KB058871

인피니트 덴드로그램
3. 초급 격돌

카이도 사콘 지음
타이키 일러스트
천선필 옮김

피가로
피가로

〈알터 왕국 삼거두〉 중 한 명이자 왕국의 결투 랭킹 1위. 투사 계통 직업의 정점인 [초투사]로서 콜로세움의 정점에 서 있다. 별명은 '무한연쇄'.

신우
신우

황하 제국의 결투 랭킹 2위에
군림하고 있으며 이번 이벤트
에 맞춰 초대받은 〈초급〉. 직업
은 도사 계통 초급 직업 [시해
선(마스터 강시)]이며 별명은
'응룡'.

마리
마리 애들러

〈DIN〉이라는 정보상 집단 소속이며 [기자]로서 여러 정보를 다루고 있는 플레이어. 지금은 사건에 자주 휘말리곤 하는 레이와 함께 다니는 중.

"음~♪
이렇게 놀아본 건
오랜만이로구나~♪"

"잘 됐네요.

엘리자베트
엘리자베트 S 알터

알터 왕국의 제2왕녀. 천진난만하고 자신의 호기심에 따라 행동하는 천방지축 공주. 자주 호위를 따돌리고 몰래 성 아랫마을로 놀러나가곤 한다.

외전 SIDE STORY　　기데온의 휴일

인피니트 덴드로그램

3.초급 격돌

카이도 사콘 지음
타이키 일러스트
천선필 옮김

커버 그림, 본문 일러스트 | **타이키**

Contents

　□■카르디나 서쪽 · 알터 왕국 국경 주변 〈바레이라 대사막〉

　동트기 전, 어둑어둑한 사막에 바람이 불었다.

　아득히 먼 서쪽 바다로부터 알터 왕국을 가로질러 온 바람이 카르디나 사막의 모래를 뒤흔들었다.

　카르디나의 영토는 모래로 덮인 대지다. 99퍼센트의 모래와 황야, 그리고 1퍼센트의 오아시스…… 그것이 카르디나라는 나라였다.

　국토는 가난을 뛰어넘어 죽음의 영역에 도달했지만, 카르디나는 대륙 중앙에 위치하고 있다. 황하와 천지, 이 동방의 두 나라, 그리고 왕국과 황국, 요정향, 이 서방의 세 나라 사이에서 양쪽의 교역 중심점을 맡아 번영해왔다.

　또한 지하광맥과 지하자원, 수많은 매직 아이템을 품고 있는 유적도 많았다. 식물을 제외한 자원은 풍족했고, 식물도 교역을 통해 얻을 수 있었다.

　카르디나는 모래와 부, 그리고 교역의 나라. 사막은 길이 되어 대륙 동서쪽으로 수많은 부를 실어 날랐다.

　그것은 예전에 지구에서 실크로드라 불린 것과 유사했다.

　그런 모래길을 10대 정도의 용차── 아룡이 끌고 가는 대형 차량이 일렬로 달리고 있었다.

용차는 카르디나가 아니라 황하에서 만들어진 것이었다. 동방 나라인 황하가 중계지점인 카르디나에서 짐을 내리지 않고 직접 서쪽까지 운반하는 경우는 드물긴 하지만 전혀 없었던 상황은 아니다.

이 일행도 그런 경우일지도 몰랐지만 매우 기묘한 점이 두 가지 있었다.

하나는 각 용차에 황하 제국의 국기를 내걸고 있다는 점. 상인의 용차에도 소속된 나라를 나타내는 문양을 넣는 경우가 있긴 하지만 이렇게 국기를 내걸지는 않는다.

다른 하나는 용차 그 자체가 아니라 용차에 타고 있는 사람이다.

가장 뒤쪽의 용차, 그 지붕 위에 사람이 앉아 있었다.

그 사람은 용차가 지나간 뒤에 남은 자국과 흘러가는 새벽의 사막을 보고 있었다.

그리고 풍경을 즐기며 입가에 물고 있던 금속제 곰방대——와 비슷하게 만든 비눗방울용 관으로 거품을 날리며 바람에 흘리고 있었다.

그것만 놓고 보면 특이하긴 해도 기묘하진 않다.

기묘한 것은 그 사람의 행동이 아니라 모습 그 자체였다.

팔다리가 너무나도 길다. 입고 있던 도복의 긴 소매와 옷자락으로 팔다리를 덮어 가리고 있긴 했지만 그 길이는 속일 수가 없었다.

키는 4메텔이 넘는데 다리가 그 키의 절반 이상을 차지하고 있었다. 마치 서커스에서 볼 수 있는 롱다리 남자 같았다. 팔 또한 비슷할 정도로 길었다. 곰방대형 관을 집고 있던 다섯 손가락은 손가락이라기보다는 검이라고 하는 것이 맞을 정도로 얇은 금속 칼날이었다.

그 사람은 지나치게 긴 손을 이상하게 구부려 비눗방울을 불면서 풍경을 즐기고 있었다.

그리고 관을 물고 있던 그 얼굴도 이상한 모양이었다.

쓰고 있던 모자에는 부적이 달라붙어 있었고, 아래로 처진 부적이 얼굴을 가리고 있었다.

입고 있던 도복과 합쳐서 보면 마치 중국영화에 나오는 강시 같았다.

척 보기에도 이상한 모습이 그 사람을 세계에서 홀로 격리시키는 것 같았다.

하지만, 그와 동시에 그 사람은 아는 사람만 아는 무형의 위압감을 내뿜고 있었다.

이상한 모습으로 이상한 위압감. 존재하는 것만으로도 세계를 위협하는 것 같은 그 사람은 지금, 그저 조용히 풍경과 바람에 떠다니는 거품을 즐기며 세계를 바라보고 있었다.

"신우 님!"

홀로 동트기 전 사막을 바라보고 있던 강시—— 신우라 불린 사람에게 누군가가 말을 걸었다.

그 사람은 열 살이 될까 말까한 소년이었고, 신우가 앉아 있던 지붕으로 올라가려 하고 있었다.

용차의 지붕에는 올라가기 위한 사다리나 계단이 달려 있지 않았기에 고생하고 있었다.

보기에도 위험했고, 달리고 있는 용차에서 떨어져 버릴지도 모른다.

"…………."

보다 못한 신우가 그 긴 팔을 뻗어 소년의 목덜미를 붙잡고 지붕 위로 끌어올렸다.

그대로 지붕 위에 소년을 훌쩍 내려놓았다. 칼날과도 같은 다섯 손가락으로 잡았는데도 불구하고 소년이 입은 고급스러워 보이는 옷, 그리고 가녀린 피부에도 생채기 하나 나지 않았다.

"우와, 감사합니다! 신우 님!"

"일찍 일어났구나, 쯔안."

신우의 입에서 나온 목소리에는 독특한 억양이 있었지만 쯔안이라 불린 소년은 그것을 신경 쓰지도 않고 표정이 밝아졌다.

"아뇨! 신우 님 정도는 아니죠."

"……너한테 님, 님, 그렇게 불리는 것도 마음이 편하진 않구나."

눈을 반짝이며 자신을 보고 있는 소년을 보고, 신우는 비눗방울과 함께 깊은 한숨을 내쉬었다.

이 쯔안이라는 소년, 본명은 쯔안 롱(蒼龍)이라고 한다.

황하 제국에서 '龍'이라는 글자를 이름에 붙이는 것이 허락되는 것은 황제 직계 남자들뿐이며, 그 사실은 분명히 이 쯔안이 황하 제국의 황족이라는 것을 나타내고 있었다.

쯔안은 현 황제의 셋째 아들이다.

그렇다, 이 용차 행렬은 상인들이 아니라 황족을 태우고 왕국으로 가는 사절단인 것이다.

"이제 곧 국경이로군."

"네! 신우 님! 신우 님께서는 알터 왕국에 가보신 적이 있나요!"

"나는 가본 적이 없다만 인형옷 우주…… '영귀(靈龜)'는 전에 한 번 갔었다고 했었지."

"그레이 α 켄타우리 님 말씀이시죠! 그레이 님께서는 뭐라시던가요?"

"……『재미있는 인형옷이 있었다』고 하더군."

"인형옷?"

그들이 그런 이야기를 하던 와중에 용차 행렬이 알터 왕국의 국경에 도착했다.

일행의 입국 수속을 하고 있던 왕국 쪽 관리는 긴장하고 있는 것처럼 보였지만, 그동안에도 지붕 위에 있던 두 사람은 아무렇지도 않아 보였다. 왕국 쪽뿐만이 아니라 제국의 시종이나 관리들도 뭔가 하고 싶은 말이 있는 것 같았지만 황족인 쯔안을 두려워했고…… 그와 동시에 신우를 무서워하고 있던 탓에 주의를 주는 것을 망설이고 있었다.

쯔안은 호기심이 왕성했고, 솔직한 성격이었다. 그로 인해 황족이 아닌 자들에게도 편하게 말을 걸곤 했지만 그렇게 말을 건 사람이 신우처럼 대답을 하지는 않았다. 원래는 좀 더 공손히 대하고 겸손한 태도를 보인다. 당연한 것이고, 그 이외의 태도는 용납되지 않는다.

신우가 용납되는 이유는 신우가 〈마스터〉 중에서도 특별했기 때문이다.

　국경을 통과하여 왕국과 카르디나의 국경 부근인 〈크루엘라 산악지대〉를 달리기 시작한 뒤 한 시간 정도 지난 때였다.
　왕국 쪽에서는 사전에 이 부근을 소굴로 삼고 있는 고즈메이즈 산적단이라는 도적들이 있다는 사실을 알렸다. 강력한 언데드와 투사가 이끌고 있다는 그 무리는 유괴 전문이지만 용차를 습격할 가능성도 전혀 없는 것이 아니기에 경계해달라는 것이었다.
　원래는 경계하는 것으로 끝날 문제가 아니지만 왕국 쪽 관리도 더 이상 말하지는 않았다.
　태만한 것은 아니다. 그들에게는 '경계하는 것으로 끝날 문제'이기에 경계하라고만 한 것이다.
　"…………냄새가 나는군."
　갑자기 신우가 코로 소리를 내며 그렇게 말했다.
　"그런데 언데드는 아니다. 쯔안, 잠깐 엎드려봐라."
　"네!"
　지시에 따라 쯔안이 용차 지붕에 엎드리자—— 그 직후에 신우의 긴 팔이 번쩍였다.
　2초 뒤, 멀리 떨어진 땅바닥에 무언가가 파묻히는 듯한 소리가 들렸다.
　축축한 땅에 파묻힌 것—— 그것은 지식이 있는 사람이 보면 곧바로 '총탄'이라는 것을 알 수 있는 물체였다.

"…………."

신우는 아무런 말도 하지 않았지만 부적 너머로 보이는 눈으로는 수백 메텔 앞의 바위를 노려보고 있었다.

◆ ◆ ◆

카르디나는 동쪽과 서쪽을 연결하며 재산을 운반하는 황금의 대동맥.

그와 동시에 최근 알터 왕국에서는 망국이 될 수도 있는 왕국을 버리고 카르디나나 더 동쪽으로 이주하는 상인들도 늘어나고 있었다. 카르디나로 가든 카르디나에서 나오든, 카르디나와의 국경을 통과하는 자들은 재산을 지니고 있다.

그런 땅이기 때문에…… 운반되는 부에 몰려들기 위해 굶주린 늑대들도 송곳니를 갈고 닦는다.

"초탄, 명중하지 않음. 죄송합니다, 빗나갔네요."

신우가 노려보고 있던 바위에는 스코프가 달린 대형 총기를 겨눈 여자가 혼자 엎드려 있었다.

그녀 말고도 스무 명이 넘는 사람들이 바위 그늘에 숨어 있었다. 제각각 무기를 들고 수백 메텔 앞에 있는 용차 행렬을 바라보고 있었다.

그들은 도적들. 그런 사람들은 드물지 않지만…… 그들에게는 어떤 공통점이 있었다.

그것은 왼쪽 손등에 드러나 있는 고유한 문장. 그 문장이 나타내는 것은 그들이 〈마스터〉……〈엠브리오〉라 불리는 특이능력을 구사하는 불사신이자 〈Infinite Dendrogram〉의 게임 플레이어라는 사실이다.

그들의 이름은 〈고블린 스트리트〉. 며칠 전까지 벌어지고 있었던 알터 왕국의 왕도 봉쇄사건에서 서쪽의 항만도시와 왕도를 연결하는 〈웨즈 바닷길〉을 봉쇄하고 있었던 PK 클랜이었다.

그 사건에서는 누군가가 세 PK 클랜과 한 명의 PK를 고용하고 있었다.

그 네 무리……〈고블린 스트리트〉, 〈K&R〉, 〈흉성(매드 캐슬)〉, 〈초급 킬러〉는 전부 다 PK이긴 했지만 행동지침은 서로 달랐다.

플레이어를 강탈하고 우월감을 느끼며 악당 롤플레이를 주목적으로 삼고 있는 〈흉성〉.

플레이어를 사냥하는 것을 목적으로 삼고 있는 〈K&R〉.

살인청부업자처럼 의뢰를 받아 플레이어를 데스 페널티에 몰아넣는 〈초급 킬러〉.

그리고 상대방이 누구든 상관없이 약탈하는 도적집단 〈고블린 스트리트〉.

그 사건 때, 봉쇄된 네 방향 중 타인에게 피해——강도, 그리고 살해——가 발생한 것은 〈고블린 스트리트〉가 점거하고 있었던 〈웨즈 바닷길〉뿐이었다.

그로 인해 〈고블린 스트리트〉는 네 무리 중에서 유일하게 왕국에서 지명수배를 당한 상태였다.

이 〈Infinite Dendrogram〉에서는 플레이어가 플레이어를 살해하는 것, 그리고 플레이어의 소지품을 강탈하는 것도 범죄행위에 해당되지 않는다.

〈마스터〉끼리 벌이는 항쟁은 티안의 법으로 처벌할 수 없다고 생각했기 때문이다.

하지만 〈마스터〉가 티안에게 중대한 범죄행위를 저질렀을 때는 꼭 그렇지만도 않다.

티안이 죄를 저질렀을 때와 마찬가지로 국내, 또는 나라의 범위를 뛰어넘어 지명수배하게 된다.

부활지점으로 설정된 모든 국가에서 지명수배된 상태에서는 데스 페널티에서 부활할 때 '감옥' 내부의 세이브 포인트에서 부활하게 된다.

〈고블린 스트리트〉가 국경 부근에서 활동하고 있는 이유도 그때문이다.

왕국 안의 세이브 포인트는 지명수배로 인해 사용하지 못하는 상황에서 왕국의 〈초급〉 중 한 사람, '주지육림'의 레이레이에게 로그인해 있던 모두가 데스 페널티를 받게 되었다.

다른 나라의 세이브 포인트에서 부활한 사람도 있었지만, 왕국에만 세이브 포인트를 설정해두어서 '감옥'에 가게 된 사람도 많았기에 이탈한 사람이 멤버 절반에 이르렀다.

피해가 컸기에 클랜 활동은 중지하게 되었고, 해산되더라도 이상한 상황은 아니었다.

그들과 마찬가지로 포위망 중 한 곳을 맡고 있었던 〈흉성〉은 실제로 그렇게 되었다. 〈흉성〉은 지명수배가 걸리지는 않았지만 피가로에게 일방적으로 섬멸당한 뒤에 활동을 중지하고 있었다.

그에 비해 〈고블린 스트리트〉는 세이브 포인트를 왕국에서 카르디나로 옮기긴 했지만 지금도 왕국을 사냥터로 삼고 있다.

국경을 몰래 넘어 밀입국한 뒤에 서부가 아니라 카르디나에서 오가기 쉬운 동부에 자리 잡고 있다. 특히 이 〈크루엘라 산악지대〉에는 〈고블린 스트리트〉말고도 고즈메이즈 산적단이라는 악명 높은 티안 도적들이 있었다. 편한 장소긴 했다.

물론 PK이자 범죄자인 그들을 토벌하러 오는 사람들이나 그곳을 거점으로 삼고 있던 고즈메이즈 산적단을 필두로 한 도적들과의 항쟁이 벌어질 가능성이 있긴 했다.

하지만 〈고블린 스트리트〉는 그것에 대해서는 전혀 두려워하지 않았다.

"이봐, 이봐. [저격명수(샤프 슈터)]로 전직하고 나서 유효사정거리가 천 미터나 된다고 하지 않았던가?"

"아무래도 용차의 이동속도를 잘못 짐작한 모양이에요."

〈고블린 스트리트〉 멤버들은 방금 그녀가 용차에 있던 사람에게 가한 저격에 대해 이야기하며 그녀가 맞추지 못했다고 생각하고 있었다.

"아니야, 니아라. 네가 맞추지 못한 게 아니야. 튕겨져 나갔을 뿐이지."

단 한 명을 제외하고.

"오너, 그게 무슨 소리죠?"

오너라 불린 것은 붉은 머리카락을 지닌 젊은 남자였다.

그는 사자의 갈기가 달린 붉은 재킷을 입고 있었는데, 머리카락의 색깔이 자연스러운 느낌인 것에 비해 재킷의 붉은색은 마치…… 빨간 무언가를 난잡하게 끼얹은 듯한 느낌이었다.

"네가 쏜 총탄을 저 녀석이 튕겨냈다. 그게 다야."

"불가능해요. 탄속이 초음속인데요?"

"나라면 할 수 있어. 그리고 저 녀석도 할 수 있을 뿐이지."

쉽사리 말하는 붉은 남자를 보고 주위에서 웅성댔다.

그것은 오너가 할 수 있다고 말한 것 때문이 아니라 상대방도 할 수 있다고 말한 것 때문이었다.

그들은 오너라면 그 정도는 할 수 있을 거라고 믿고 있었고, 알고 있었다.

그의 이름은 [강탈왕(킹 오브 버글러리)] 엘드릿지.

강도 계통 초급 직업의 자리에 오른 남자이며 왕국 PK 중에서도 최강 중 하나로 평가받고 있다.

〈초급〉에게 숙청당하고 있을 때, 그는 우연히 로그아웃 중이었다.

그로 인해 그는 무사했지만 그와 동시에 〈고블린 스트리트〉 멤버들은 이렇게 생각하고 있었다.

──오너가 로그아웃 중이 아니었다면 그 〈초급〉이라도 오히려 당했을 것이라고.

〈고블린 스트리트〉가 위치를 옮겼긴 했지만 아직 계속 활동하고 있는 것도 엘드릿지의 힘 덕분이다. 엘드릿지가 무사하다면 아무런 문제없이 활동할 수 있다, 〈고블린 스트리트〉 멤버들도 그렇게 믿은 것이다.

엘드릿지는 수백 메텔 앞에 보이는 용차 무리를 보며 멤버들에게 말했다.

"아마도 상대방은 황하의 초급 직업일 거다. 하지만 문제는 없어. 내가 일대일로 박살 내지. 그밖에 나타난 졸개들은 너희들이 공격을 퍼부어라. 그러면 끝이야."

엘드릿지는 그렇게 말하고 양쪽 손을 펴고 뒤로 뻗었다.

마치 활시위를 당기는 것처럼 그의 양팔에 보이지 않는 힘과 살의가 담기기 시작했다.

엘드릿지는 근육을 삐걱이며 자신의 두 주먹을 쥐었다 폈다.

이 동작은 쥐고 빼앗겠다고 원하는 그의 의지가 이루어낸……무의식적인 버릇이다.

"《그레이터 빅 포켓》……《그레이터 테이크 오버》…… 세트!"

[강탈왕]의 전용 스킬은 세 개, 전부 다 두 손으로 날리는 스킬이다.

그가 오른손에 세팅한 것은 아이템을 빼앗는 스킬 《그레이터 빅 포켓》. 사정거리…… 반경 100메텔 이내에 존재하는 양도 불가능 아이템을 제외한 아이템을 빼앗고, 강제로 자신의 아이템 박스에 수납한다. 용차조차 단숨에 품속에 집어넣을 수 있을 정도로 위협적인 스킬이다.

왼손에 세팅한 것은 목숨을 빼앗는 스킬 《그레이터 테이크 오버》. 사정거리 안에 존재하는 상대방의 부위를 빼앗는다. 자신의 손으로 쥘 수 있는 사이즈라면 어디든 쥐어뜯어 빼앗을 수 있다.

(이왕 노리려면 저 '긴 녀석'이 앉아 있는 용차를 노려야겠지.)

엘드릿지가 단련한 《감정안》은 그 용차가 특별하다는 것을 이해하고 있었다.

(저건 이동식 세이브 포인트야.)

매직 아이템 제작에 뛰어난 기술을 지니고 있는 황하 제국에서도 최상급에 속하는 고급품. 엘드릿지는 왕국의 세이브 포인트를 잃은 클랜의 우두머리로서도 반드시 빼앗을 수밖에 없었다.

지금 용차는 약 300메텔 앞에 있다. 주행속도로 볼 때 1, 2분만에 사정거리 안으로 들어온다.

우선 녀석이 앉아 있는 용차를 빼앗아 자세를 강제로 무너뜨린 다음, '목'을 강탈한다.

그러면 끝이다. 엘드릿지는 그렇게 생각하고 있었다.

──여기서 한 가지 보충하자면.

──엘드릿지의 계산은 틀리지 않았다.

──그가 설정한 조건대로라면 높은 확률로 그렇게 되었을 것이다.

──하지만 그는 조건 수치를 하나 잘못 설정하고 있었다.

──그는 신우의 수치를 황하의 초급 직업이라 짐작하고 있었

지만.

──그 수치에는 결정적으로 부족한 것이 있었기 때문이다.

"내렸다고?"

용차 위에 앉아 있던 신우가 지붕에서 뛰어내렸다.

그의 팔다리는 앉아 있었을 때보다 더 길게 보였다.

멀리서 보기에도 세로로 너무 길어서 전봇대 같은 인상이 매우 강했다.

"저쪽에서 먼저 덤빌 셈인가?"

"첫 일격을 통해 우리들이 있는 장소를 눈치챈 건가!"

"경계해! 대륙 서방과 동방은 직업 구성도 다르니까, 무슨 짓을 할지 모른다고!"

클랜 멤버들이 시끄럽게 떠들고 있는 와중에 엘드릿지는 조용히 신우를 보고 있었다.

(……위험하다.)

그가 지니고 있던 《위험감지》 스킬이, 아니면 그 자신이 선천적으로 지니고 있던 직감이 경종을 울렸다.

하지만 그것은 강력한 보스 몬스터나 〈마스터〉, 티안에게도 느낀 적이 있었고, 그것들을 박살 내고 쓰러뜨린 적도 몇 번이나 있었다.

그는, 초급 직업 [강탈왕]인 엘드릿지는 상대방이 위험하다고 인정하면서도 이길 수 없다고 생각하지는 않았다.

(내려온 이상, 이쪽으로 공격하러 나서겠지. 하지만 사정거리로 들어온 순간, 선수를 쳐서 그 목을 빼앗기만 하면 돼.)

순식간에 오른손 스킬도 《그레이터 테이크 오버》로 변경했다.

엘드릿지는 지나치게 긴 옷 안쪽이 어떻게 되어 있는지 몰랐지만 보이는 목을 빼앗으면 죽을 것이다. 그렇게 생각했다.

틀림없다. 인간은 급소를 빼앗기면 죽는다.

틀림없다. 그는 지금까지 그렇게 수많은 사람들을 죽여왔다.

──그리고, 신우도 마찬가지로 죽여왔다.

"움직이지 않…… 커허……억?"

용차에서 내려선 채 움직이지 않는 신우를 보고 의아하게 생각하고 말하려 했다.

하지만 목에서 흘러나온 것은 소리가 아니라 막대한 양의 혈액이었다.

혈액은 입뿐만이 아니라 귀에서도, 코에서도, 두 눈에서도 흘러나왔다.

그야말로 칠공분혈.

"으, 으아아아악?! 오, 오너?!"

"이봐! 회복 직업, 얼른…… 아니 [쾌유 만능 영약(에릭실)]을……."

멤버들이 시끄럽게 떠드는 와중에 엘드릿지는 신기하게도 침착한 기분이었다.

너무 침착했다. 들려야 할 소리가 들리지 않았다.

엘드릿지는 고개를 갸웃거리며 가슴을 만졌다.

(그런가…….)

엘드릿지가 신우를 보자 신우의 오른손——이라 부르기에는 지나치게 험악한 빛을 내뿜고 있는 금속제 손톱——이 검붉은 '무언가'를 쥐고 있었다.

그것은 마치—— '심장' 같았다.

(…………빼앗겨버렸다.)

그것이 무엇인지를 이해한 직후—— 알터 왕국 굴지의 PK라 불린 남자는 빛의 입자가 되어 소멸했다.

"으, 으아아아아아아아아뭐어어어어."

"뭐……어, 어."

가장 믿음직스러웠던 사람의 갑작스러운, 그리고 이유를 알 수 없는 '죽음' 앞에서 멤버들이 당황하며 비명을 지르……려고 했지만.

"늦어."

비명을 지르기 직전, 그들 가운데에는 약 300메텔 앞에 있었던 신우가 있었다.

그리고 곧바로 저격총을 겨누려 했던 여자보다, 칼로 찌르려던 남자보다, 〈엠브리오〉 스킬을 쓰려던 자들보다 빠르게—— 움직였다.

——빙글.

신우는 그 자리에서 긴 몸을 비틀어 지나치게 긴 두 손을 한 바퀴 회전시켰다.

그 직후, 둘러싸고 있던 사람들의 몸이 '둥글게 잘려' 땅바닥에 떨어졌다.

그중에는 치사 대미지를 막아주는 액세서리를 장착하고 있었던 사람도 있었지만 그 사람들은 특히 더 꼼꼼하게 잘려나갔다.

절명 대미지를 입은 그들의 몸은 크게 손상된 탓에 부활 유예시간도 없이 소멸되었다.

그들이 흩뿌려진 뒤에는 바람이 나무를 뒤흔드는 소리와 아침해로 인해 드리워진 신우의 지나치게 긴 그림자만 남았다.

이렇게 PK 클랜 〈고블린 스트리트〉는 두 번째 섬멸을 맛보게 되었다.

신우가 용차에서 내린 뒤 2분도 되지 않는 동안 벌어진 일이었다.

"재미없군."

신우는 아이템 박스에 넣어두었던 관을 다시 꺼내 입가에 물었다.

"왕국은 초급 직업도 이 정도인가?"

비눗방울과 함께 한숨을 내쉬고 예리한 손톱——방금 전에 스무 명 이상을 둥글게 자른 **〈초급 엠브리오〉**——으로 재주도 좋게 목을 긁었다.

"보아하니 〈초급〉도 어느 정도로 기대할 수 있을지 모르겠는데."

신우는——황하 제국의 〈초급〉은 다시 숨을 내쉬고 따분하다는 듯이 용차로 돌아왔다.

"고생하셨습니다! 신우 님!"

"정말 훌륭하십니다! [풍수사(지오맨서)]의 이야기를 들어보니 도적은 〈마스터〉 수십 명이었다던데 그걸 혼자서!"

"역시 우리 나라가 자랑하는 〈황하사령〉 중 한 분! '지뢰(地雷)', 아니 '신속', '응룡' 신우 님이시군요!"

신우가 용차로 돌아오자 용차에 함께 타고 있었던 쯔안과 그의 시종, 관리들이 말을 걸었다.

하지만 쯔안을 제외한 사람들은 왠지 신우를 무서워하고 있는 것 같기도 했다.

"별것 아닌 일이다. 하지만 일은 일이고, 이런 시간이라 아직 졸리지만."

신우가 그렇게 말하자 그들은 재빨리 다른 용차로 물러갔다.

쯔안도 고개를 꾸벅 숙이고 신우 전용이 된 용차에서 나갔다.

신우는 혼자 남은 차 안에서 특별 주문한 긴 소파에 누우며 코웃음을 쳤다.

"쯔안처럼 순수하다면 귀엽기라도 하지, 어른이 아부하는 건 꼴사납군."

하지만 그들도 필사적인 것이다. 황족인 쯔안을 데리고 어떤 중대한 역할(신우는 듣지 못했다)을 맡아 알터 왕국으로 향했다. 그

도중에는 방금처럼 많은 습격이 예상되며 그러한 것들로부터 몸을 지키기 위해서는 신우의 무력이 필수였다.

하지만 신우는 〈마스터〉다. 티안에게는 존재 자체가 변덕스러운 특이능력자다.

지금 신우가 장기간 이탈——로그아웃한다면 그들의 일은 성립되지 않는다.

그러기는커녕 황족인 쯔안에게 무슨 일이 생긴다면 그들의 목이 물리적으로 날아갈 것이다.

물론 원래 그들의 호위는 신우의 스케줄에 잡혀 있지 않기에 신우는 '스스로 알아서 해'라고 하고 싶기도 했다.

그들의 목적지가 왕국의 왕도이고, 마침 신우도 같은 시기에 왕국에 볼일이 있었기에 겸사겸사 호위를 맡았을 뿐이니까.

보수인 이 특제 용차는 신우에게도 매력적이긴 했지만.

"흥."

신우는 소파 위에 누우며 아이템 박스에서 종이 두 장을 꺼냈다.

한 장은 신우를 지명하는 의뢰서였고, 다른 한 장은 전단지였다.

의뢰서는 황하의 모험자 길드를 통해 온 것이었고, 왕국까지 멀리 간다는 것을 고려하여 꽤 높은 보수가 적혀 있었다.

내용은 결투도시 기데온의 투기장에서 시합을 한 번 해줬으면 한다는 것.

의뢰자는 도시를 다스리는 기데온 백작이었다.

신우도 자신에게 의뢰가 온 이유를 알고 있었다. 신우는 황하의 결투 랭킹 제2위이자 〈초급 엠브리오〉 사용자…… 〈초급〉이기도 하다.

　수집한 정보에 따르면 기데온은 최근 정세가 불안하여 그 우울한 분위기를 날려버리기 위해 결투도시답게 큰 행사를 개최하려는 모양이었다.

　그것이 다른 종이, 〈초급 격돌〉이라는 이름의 이벤트 전단지였다. 알터 왕국에 소속되어 있고, 결투도시의 절대왕자라고도 불리는 〈초급〉 피가로와 마찬가지로 〈초급〉인 신우의 격돌.

　〈초급〉과 〈초급〉의 시합. 이것은 어떤 나라의 결투도시에서도 벌어진 적이 없는 획기적인 싸움이었기에 이벤트가 발표된 직후부터 나라 안팎에서 주목을 받고 있었다.

　(기데온 백작이라는 녀석은 자기 지방의 영웅인 피가로 뭐시기가 이기게 해서 주민들의 기운을 북돋게 하고 싶겠지만……공교롭게도 지는 것까지 의뢰에 들어 있진 않군.)

　신우는 입가를 치켜세우고 미소를 짓고 있었다.

　모자에 붙어 있는 부적 너머로 살짝 보이는 그것은 매우 사나운 미소였다.

　(그것까지 신경을 쓰지 못한 건지, 아니면 피가로라는 녀석을 믿고 있는 건지. 어찌 됐든 내가 할 일은 하나. 온 힘을 다해 싸우고, 온 힘을 다해 즐기고, 온 힘을 다해 쓰러뜨린다. 그게 전부야.)

　신우는 얼굴을 가린 부적 너머로 소리내어 웃었다.

　"크카카카카, 좀 즐겁게 해달라고, 알터 왕국의 〈초급〉 씨."

　이렇게 동방의 초월자와 제국의 황자를 태운 용차는 국경을 넘어 알터 왕국에 도착했다.

　머칠 뒤, 피가로와 신우에 의해 〈초급 격돌〉이 개최된다.

　──하지만 그 싸움은 다른 어떤 사건의 방아쇠가 되었다.

□[성기사(팔라딘)] 레이 스탈링

고즈메이즈 산적단, 그리고 [원령우마 고즈메이즈]와 싸웠던 지옥과도 같은 하루, 그 다음 날. 동트기 전에 네메시스와 함께 실버를 타고 〈넥스 평원〉을 달리며 앞날에 대해 이야기를 나눈 나는 그대로 주위에 있던 몬스터를 사냥하고 있었다.

[고즈메이즈]를 쓰러뜨린 단계에서 내 레벨은 39였는데 사냥 하던 동안 또 올라서 40이 되었다. HP도 드디어 5천에 도달했 다.

실버 덕분에 이동속도가 올라가서 효율이 좋아진 것 같은 느 낌이 들었다. 특히 몬스터 집단을 스쳐 지나가며 《연옥화염》을 방사하는 것이 가장 효율이 좋았다.

『말을 탄 빨갛고 검은 것이 인사 대신 화염방사를 날리고 떠나 간다…… 구도는 아무리 생각해도 악당이로구나.』

"…………나도 알아."

하지만 고생하면서 보스 몬스터를 쓰러뜨리는 것보다 평범한 몬스터를 대량으로 쓰러뜨리는 게 레벨을 더 올리기 편한 것 같 은데…… 뭐, 상관없지.

자, 레벨도 올랐으니 사냥은 일단 정리하고 테스트를 해보자.

이번에는 실버와 [자원주갑 고즈메이즈]의 테스트다. [자원주갑]의 성능은 어제 확인했던 대로, 《원념변환》을 통한 에너지 회수는 문제없이 작동하고 있다.

그리고 보아하니 죽은 자의 원념이 아니어도 괜찮은 모양이었다. 살아 있는 동안 내뿜은 어두운 감정도 죽은 자의 원념과 비교하면 미량에 불과하지만 MP나 SP로 변환 가능한 원념으로 회수하고 있었다.

다시 말해 상대방을 살려둔 채 괴롭히면 얼마든지 MP와 SP를 보충할 수 있다고…… 유용할지도 모르겠지만 무섭고 질린다.

[자원주갑]의 스킬 중 다른 하나인 《인마일체》로는 《승마》를 할 수 있게 되었고, 실버를 타고 달릴 수 있다는 것을 어제 이미 확인했다.

그래서 이번에는 실버의 스킬을 확인한다.

실버의 스킬은 《주행》, 《바람발굽》, 그리고 《???》라고 표시된 미해방 스킬, 이렇게 세 개다. 미개방 스킬은 [장염수갑] 쪽에도 있었으니 자주 붙는 건지도 모르겠다.

자, 《주행》은 말 그대로 사람을 태우고 달리는 스킬이다. 《승마》의 스킬 레벨이 높을수록 빠르게, 정교하게 달릴 수 있는 모양이다. 완전히 말 같다.

그리고 문제는 스킬 중 다른 하나, 《바람발굽》이었다.

《바람발굽》은 탄 사람이 《승마》 레벨3 이상, 또는 《기승》 레벨6 이상을 지닐 경우에 사용 가능한 스킬이다. 설명에 따르면 『압축된 공기를 박참으로써 공중이동이 가능하다』, 『탄 사람의 MP를 소비함으로써 압축공기 장벽을 전개한다』고 적혀 있었다.

《승마》와 《기승》, 두 가지 조건이 적혀 있는데 아무래도 《승마》는 말에만 적용되지만 그만큼 말을 다루는 것이 뛰어나고, 《기승》은 다른 탈것도 OK지만 그만큼 높은 레벨이 필요하다는 형태로 구별되는 모양이었다.

참고로 내 《승마》는 어제 〈산악지대〉에서 돌아온 것과 오늘 동트기 전에 달렸던 것으로 인해 레벨2가 되어 있었다. 《인마일체》로 1이 오르는 것까지 포함하면 레벨3이 되어 이 《바람발굽》이라는 스킬을 사용할 수 있게 되었다.

시험삼아 써보니…… 날았다.

아니, 날았다기보다는 공중에 보이지 않는 발판을 만들어 그곳을 달리는 형태다.

"오오……."

『절경이로구나.』

일단 현실에서는 맛볼 수 없는 감각으로 인해 감동했다.

그런데 그와 동시에 유리 바닥 위를 말을 타고 달리는 듯한 불안함과 공포도 느껴졌다.

그래도 한 시간 정도 달려보니 나름대로 익숙해졌다. 다행히도 이렇게 하늘을 달리는 능력은 실버가 스스로 때우고 있는 모양이라 내 MP는 소비되지 않았다.

한편, 스킬을 사용할 때 내 MP를 소비하는 방식도 있었다.

그것은 압축공기의 벽. 스킬 설명에도 있듯이 이것을 사용하면 공기의 벽이 생겨서 공격으로부터 몸을 지킬 수 있다고 한다.

마침 아래쪽에 [고블린 아쳐]가 있었기에 어느 정도 막을 수 있는지 시험해보았다.

"쏴봐!"

결과를 말하자면 쉽사리 관통하여 내게 꽂혔다.

허둥대며 《연옥화염》으로 아래쪽에 있던 [고블린 아쳐]를 태웠다.

그런데 상공에서 날리는 화염방사는 내가 생각해도 좀 심한 것 같다.

[고블린 아쳐]도 화살로 응전했지만 중간에 화살이 다 타버렸다.

뜻밖의 궁지를 뛰어넘은 뒤, 방금 있었던 일에 대해 검토했다.

문제는 명백했다. 《바람발굽》의 방벽이 너무 약했다.

'왜 그럴까, 아무리 그래도 너무 약하지', 그렇게 생각했는데 잘 생각해보니 당연했다.

사용 MP가 너무 적었던 것이다. 원래 MP는 많지 않은 편이기에 절약했던 것이 문제였던 모양이다.

이번에는 MP를 전부 사용해보았다. 다음 실험 상대는 [고블린 워리어]다.

"덤벼!"

결과를 말하자면 도끼에 쉽사리 부서졌다.

약간이나마 벽 같으려나, 그렇게 생각했는데 쾅, 소리와 함께 쉽사리 부서졌다.

하마터면 머리가 깨질 뻔했던 나는 [고블린 워리어]와 접근전을 벌이게 되었다. 이기긴 했지만 MP가 전혀 없는 상태에서 벌인 전투였기에 약간 위험했다.

"안 되겠네."

"안 되겠구나."

이 《바람발굽》, 공중보행은 제쳐두고 내 MP로는 벽을 제대로 이용할 수 없을 것 같다.

『효율도 안 좋은 것 같은 느낌이다.』

그건 나도 그렇게 생각했다. 특전 무구인 [장염수갑]은 더 적은 MP로 《연옥화염》이나 《지옥독기》 같은 강력한 스킬을 행사할 수 있다.

역시 특전 무구는 훨씬…….

"아."

그때 어떤 생각이 났다. 이 조합이라면 가능할지도 모른다.

결과를 말하자면 노리던 것은 성공했다.

방금 전처럼 부서지지도 않고, 방어능력은 차원이 다르게 올라갔다.

문제가 있다고 한다면 뜻밖의 사태가 벌어져서 온몸이 진흙투성이가 되었다는 것 정도다.

그리고 또 하나.

"……절대로 마을 안에서는 못 쓰겠네."

『곧바로 지명수배가 걸릴 것이야.』

나와 네메시스는 막 떠오른 운용방법을 잠시 봉인하기로 정했다.

◇

테스트를 마친 뒤에는 마을로 돌아와 숙소에서 샤워를 하며 진흙을 씻어낸 다음, 기데온의 기사단 초소로 향했다. 어제 릴리아나가 '고즈메이즈 산적단 토벌 건을 기사단 초소에 보고해 줬으면 한다'라고 했기 때문이다.

기데온 1번가에 있는 기사단 초소로 가자 왠지 모르겠지만 [기사] 같은 사람들이 바쁘게 뛰어다니고 있었다.

고등학교 축제 준비작업을 다섯 배 정도 바쁘게 만들면 이렇게 되려나, 그런 느낌이었다.

무슨 행사가 있는 모양이라 그 준비로 인해 고생하고 있는 것 같았다.

그들을 방해하지 않게끔 신중하게 개방되어 있는 통로를 지나 릴리아나에게 미리 들었던 사무국으로 향했다.

그런데 그 도중에.

"아."

나는 하얀 갑옷을 입고 있는 낯익은 기사──분명 릴리아나가 린도스 경이라고 불렀던 사람과 딱 마주쳤다. 상대방도 나를 기억하고 있는지 멈춰 서서 이쪽을 보고 있었다.

"안녕하세요."

"…………."

인사해봤는데 대답이 없었다.

뭐, 〈마스터〉에게 좋은 감정을 가지고 있지 않은 사람인 것 같으니 그럴 만도 한가.

　나는 딱히 신경 쓰지 않고 사무소로 향하려 했는데.

　"그 고즈메이즈 산적단을 쓰러뜨린 모양이더군."

　린도스 경이 그렇게 말을 걸었다.

　"네. 저 혼자 한 건 아니고 동료와 같이요."

　내가 그렇게 대답하자 린도스 경은 말없이 눈을 감고.

　"……감사한다."

　내게 그렇게 말하고 떠나갔다.

　"……?"

　뭐였지?

　"고맙다고 하고 싶었던 것 아닌가."

　"그래도 왜 저 사람이?"

　"글쎄다."

　나는 신기하게 생각하면서 다시 사무소 쪽으로 걸어가기 시작했다.

◇

　기데온 기사단 초소는 시민의 진정 등을 위해 시설 일부가 개방되어 있다.

　물론 기밀 유지로 인해 출입금지구역도 많지만 사무국은 개방된 부분에 있었다.

　안내 표지판도 있었기에 길을 헤매지도 않고 사무국에 도착하여 용건을 전달하고 수속을 밟았다.

사무국 수속을 밟을 때는 공적이 어쩌고저쩌고 하는 이야기를 들었는데 기억이 잘 나지 않는다. 서류를 보고 '맞으면 사인해주세요'라는 걸 몇 번 반복했을 뿐이다.

읽어보니 특별히 문제도 없을 것 같은 서류들뿐이었기에 거의 대부분 사인했지만 '고즈메이즈 산적단이 수탈한 재보의 획득권리'에는 사인하지 않았다.

물론 돈 때문에 곤란하긴 하다. [자원주갑]을 입수했기에 《승마》용으로 [기마민족의 부적]을 살 필요는 없어졌지만, 지갑이 썰렁한 건 마찬가지다.

하지만 그래도 녀석들이 아이들을 먹잇감으로 삼아 얻은 돈에 손을 댈 생각은 들지 않았다.

그래서 그 돈은 '아이들 관련 자선사업에 기부해주세요'라고만 말했다.

재보의 권리는 유고에게도 있을 테니 그에게 허락을 받지 않고 혼자 정해버린 건 마음에 걸렸다. 유고는 편지에 보수가 필요 없다고 적었지만 그래도 한 번 상담하고 나서 정하고 싶었다. 만약 그가 불만이라고 생각한다면 길드 쪽에서 받을 현상금을 주자.

하지만, 분명 그렇게 되진 않을 거라는 생각도 든다.

유고와는 짧은 시간 동안 함께 행동했지만 나와 유고의 입장이 반대였다고 해도 마찬가지로 판단하고 선택했을 것이다.

메이든의 〈마스터〉라는 점을 제외하더라도 우리들은 비슷하니까.

　서류에 사인을 마치자 '나중에 연락이 갈지도 모릅니다'라고 했기에 연락처로 기데온에서 머무르고 있는 숙소를 알려주었다.
　그렇게 수속이 끝났고, 나와 네메시스는 기사단 초소를 떠나려했다.
　그때, 어떤 직원 분이 일어서서 내게 고개를 숙였다.
　그리고 말했다.

　'아들의 원수를 갚아주셔서 감사합니다'라고.

　그 직원 분이 한 말에 나는 뭐라고 대답해야 할지 알 수가 없었다.
　감사라면 지금까지 밀리안느 구출 때나 [갈드랜더]에게서 알레한드로 씨 일행을 지켜냈을 때도 받았지만…… 상황이 다르다.
　그 두 번의 상황과 이번 상황과는 두 가지 차이가 있다.
　하나는 내가 결말에만 관여했다는 것. 나는 고즈메이즈 산적단에 얽힌 사건의 결말만 보았다. 녀석들이 가져온 비극의 결말과 나와 유고가 녀석들에게 가져다준 결말밖에 보지 못했다.
　이 도시에 사는 사람들에게는 과정도 있었고, 그로 인해 계속 괴로워했을 것이다. 혹시 이 나라의 기사도 손을 쓰지 못한다는 것을 괴로워했을지도 모르고, 좀 전에 린도스 경이 한 말도 그런 이유 때문인지도 모른다.

하지만 나 자신은 그 과정을 아무것도 알지 못했다.

다른 하나의 차이…… 이번에는 구해주고 감사를 받은 것이 아니었다.

원수를 갚고 감사를 받았을 뿐이다.

비극은 이미 일어났고, 고즈메이즈 산적단에게 잡혀간 아이들 중 대부분은 이미 죽은 상태였다.

우리들이 의뢰를 받은 소년은 구할 수 있었고, 그밖에도 몇 명을 구하긴 했지만 내가 그 지하에서 불태운 언데드는 열 배는 더 될 것이다. 돌아오지 못했던 아이들이 너무 많았다. 그 의미를 생각하니 가슴이 저미는 것 같았다.

분명 나 자신도 그 사건으로 인해 잃게 된 것에, 그 시점에서는 이미 끝난 일이라 내가 어떻게든 해볼 수 없다는 것에 응어리가 생겼을 것이다.

어떻게든 해볼 수 없었다는 것을 용납하지는 않았다. 어떻게든 해보고 싶다고 생각하고 있다.

하지만 그러기 위해서…….

"어떻게 하면 될까?"

"……그렇게 물어봐도 곤란하구나."

네메시스에게 물어보았는데 대답은 쓴웃음이었다.

"레이가 진지하게 고민하고 있다는 건 알겠다만 지금 내가 그대에게 할 수 있는 말은 그다지 많지 않다. 굳이 말하자면 과거의 비극을 '어떻게든 해볼 수 없었던 것일까'라고 하면서 후회하는 건 루프물 주인공에게라도 맡기면 되겠지. 그대가 고민할 대상은 앞으로 일어날 일들에게만 돌리거라. 그대는 루프 같은 건 하지 못하는 일개 인간이고, 나의 〈마스터〉니까."

"앞으로…… 말이지."

"결국은 지금까지와 마찬가지다. 우연히 사건하고 마주쳐서 방치할 경우, 뒷맛이 씁쓸하다는 생각이 들면 개입해서 돕는다. 그대는 분명 반복할 게야, 그걸."

……생각해보니 나는 덴드로에 들어오고 나서, 아니 그 전부터 그래왔던 것 같은 느낌이 들었다.

그야말로 어렸을 때부터.

"……왠지 내가 엄청 그때그때 맞춰서 사는 사람 같은 생각이 드는데."

무계획이라고 해야 하나, 흘러가면서 스스로 골치 아픈 일에 머리를 들이민다고 해야 하나. 그때는 몰랐지만 돌아보니 다가온 트러블에 몸을 날리러 간 것처럼 보이기도 했다.

내가 그렇게 말하자 네메시스가 웃었다.

"내가 그대를 좋아하는 점이 몇 가지 있지만 그중 하나가 그거니 말이야."

"그거?"

"누군가를 구하기 위해서는 도망치지 않는 점이다."

"앞뒤 안 가리고 들이박는다는 뜻이야?"

"상대방이 강대하더라도 용기를 숨기지 않는다는 뜻이다. 나는 멋지다고 생각한다."

"…………."

어라…… 뭘까…… 쑥스럽네.

"하지만 그대가 항상 힘겨운 적과 맞선다 해도 원래는 힘겨운 적보다 강해야 하는 것이 바람직하다. 어떻게든 해보고 싶다면 우선 저력을 기르는 것이 중요하겠지."

"저력이라."

생각해보니 처음과 비교하면 강해진 것 같긴 하지만…… 그래도 나는 아직 약하다. 비장의 수로《복수는 나의 것(벤전스 이즈 마인)》,《역전은 나부끼는 깃발과 같이(리버스 애즈 플래그)》, 특전 무구가 있다고 해도 지금까지 강적과 벌인 싸움은 전부 운 좋게 이긴 것에 불과하다.

그 PK, 〈초급 킬러〉에게는 쉽사리 살해당했다.

"그런데 그렇게 강해지기 위해서라면 나와 이야기하는 것보다 더 좋은 사람이 있지. 자, 저기 우리보다 경험이 풍부한 동료가 있지 않느냐. 언젠가 〈초급 킬러〉에게 복수하기 위해서라도 조언을 듣도록 하자꾸나."

네메시스가 손가락으로 가리킨 곳에는 만나기로 한 장소로 지정된 카페가 있었고, 그 가게의 오픈 테라스에는 낯익은 여자──마리가 우리들을 향해 손을 흔들고 있었다.

◇

"강해지기 위해서, 말이죠. 그렇군요~."

마리는 내 이야기를 듣고는 그렇게 말하며 고개를 끄덕이고 있었다.

참고로 네메시스는 자리에 앉자마자 바로 아침식사로 산더미처럼 쌓인 샌드위치에 도전하고 있었다.

아, 이거 아침 사냥 때 번 돈이 다 날아가겠네.

"음! 언젠가 그 〈초급 킬러〉에게 복수하기 위해서라도 조언을 해줬으면 좋겠구나!"

"…………그렇군요~."

왠지 모르겠지만 마리는 손으로 얼굴을 가렸다.

"마리는 나보다 덴드로 경력이 길 테니까 자세히 알고 있을 것 같았는데."

"이것저것 알고 있죠~. 1년 이상 일도 안하고 플레이하고 있으니까요. 폐인이라고요~."

……그거, 괜찮은 건가?

"자, 〈초급 킬러〉에게 이길 수 있을 정도로 강해지려면 어떻게 해야 하는가, 라는 거죠? 흠……."

마리는 입가에 손을 대고 뭔가 생각하고는.

"레이 씨는 자기 약짐이 뭐라고 생각하세요?"

"약점?"

약점이라. 아직 약하니까 허점투성이일 것 같은데…… 굳이 말하자면.

"사정거리가 짧은 것, 그리고 네메시스의 스킬이 빗나가면 위험하다는 거려나.”

“그렇죠. 맞아요. 왜 그런지 설명하실 수 있나요?”

우선 내 사정거리는 짧다. 비장의 수인 《복수》는 대검을 휘두를 수 있는 범위까지만 닿고, 《연옥화염》도 사정거리는 별로 길지 않다.

그야말로 수백 미터 밖에서 총이나 마법으로 저격한다면 저항하긴 힘들다. 방어할 때 쓸 수 있는 《카운터 앱솝션》의 저장 횟수도 적고. 지금까지 쓰러뜨린 강적, [데미 드래그 웜], [갈드랜더], [고즈메이즈]와는 전투 사정거리가 들어맞는 상태였다.

반대로 원거리에서 탄환 괴물을 쏴대는 〈초급 킬러〉에게는 생채기 하나 입히지 못했다. 이것은 확실히 내 약점이라 할 수 있었다.

다음, 내 스킬을 실패하게 만들 수 있다는 것. 예를 들면 《카운터 앱솝션》에 매우 약한 공격을 가해 무용지물로 만들 수 있다는 것.

아니면 저번 [고즈메이즈]전 때 그랬던 것처럼 《복수는 나의 것》의 대미지 전달을 자절 등의 수단으로 막아내는 것.

그렇게 대처하면 네메시스의 고유 스킬은 간단히 무효화된다.

처음 상대하는 거라면 문제는 없겠지만…… 구조를 파악하면 대처할 것이다.

“네, 맞아요. 그런데 하나 부족하네요.”

“뭐가 부족하지?”

“'속도 또는 맷집 결여'네요.”

'속도 또는 맷집 결여'?

"자, 레이 씨. 강해지고 싶다고 하셨는데, 우선 게임 시스템적으로 강해지는 방법을 가르쳐드릴게요. 『AGI(민첩)나 END(내구도)를 올립시다』, 이상이에요."

………………이상?

"아니, 잠깐. 아무리 그래도 그게 끝은 아닐 거 아냐."

"물론이죠. 직업과 스킬의 구성이나 〈엠브리오〉의 복합 전술 등, 잔뜩 있죠. 하지만 시스템적으로 강해지려면 이 두 가지 중 하나를 달성해야만 하니까요."

"달성해야만 한다고?"

그 말투에서 뭔가가 걸리는 느낌이 들었다.

"레이 씨. 전투 중에 주위가 평소보다 느리게 보인 적 없나요?"

"……있지."

특히 《역전》으로 강화상태가 되었을 때 그렇게 된다. 세계가 천천히 움직이는 것처럼 보이고, 그런 상태이기에 상대방의 공격을 피하는 것도 훨씬 쉬워진다.

"그건 평상시와 전투시에 AGI의 수치 차이가 크기 때문이에요."

"수치 차이가 크다고?"

"네. 우선 아무런 직업노 시니지 잃있을 때는 지구의 일반인 정도지만요, 스테이터스는 대충 10에서 20정도였죠?"

"그래, 분명 그 정도였어."

"그리고 직업 레벨을 올리면 100이나 200…… 상급 직업이라면 특화된 스테이터스가 1000이 넘을 수도 있거든요. HP, MP,

SP 특화라면 그 10배죠."

"그렇지."

내 경우에는 [성기사]의 레벨을 끝까지 다 올렸을 때 HP가 1만은 여유롭게 넘을 것이다.

[성기사]는 HP에만 특화된 것이 아니고, 릴리아나의 스테이터스를 보아하니 원래 [성기사]는 그렇게까지 올라가진 않는 것 같지만 내 경우에는 네메시스의 보정이 붙는다. 다른 〈마스터〉도 〈엠브리오〉의 보정을 더하면 그 정도는 간단히 넘을 것이다.

"그래서, 그 AGI가 10인 사람과 100인 사람을 비교하면 전투 중에 체감하는 시간이 다르거든요."

"......?"

"이렇게 전투 같은 걸 안하고 있을 때는 일반인 같은 AGI지만요, 전투에 들어가거나 의식적으로 마음먹으면 스테이터스 수치가 전환돼요. 실제로 해보시는 건 어때요?"

".........."

내 AGI는 [자원주갑]의 상승치도 포함해서 100 정도.

마리가 한 말대로 의식해서 스테이터스를 전환해보았다. 그 상태에서 도로를 보니 길을 가던 사람이 걷는 모습이 느리게 보였다.

전투 말고는 시험해본 적이 없었는데, 이렇게 되는 건가.

"체감시간은 그대로 AGI와 정비례하는 건 아니지만요. 시스템이라고 해야 하나, 티안이나 몬스터를 포함해서 이쪽 생물은 그렇게 만들어져 있어요. 평소에도 빨라지면 일상생활에 지장이 생긴다는 이유도 있겠지만요."

"……AGI로 인한 전투시 체감시간의 차이라."

나는 마리가 방금 전에 말했던 '달성해야만 한다'는 말의 의미를 이해하기 시작했다. 체감시간마저 다르다면 AGI의 차이로 인한 어드밴티지는 크다.

"후위라면 딱히 상관없지만요. 전위를 맡는다면 상대방과 동등한 수준 이상으로 움직일 수 있는 AGI나 상대방에게 많이 맞더라도 버틸 수 있는 END가 필요해요. 뭐, 후자인 경우에는 반격을 맞출 수 있는 수단도 필요하지만요."

나는 [성기사]라서 스테이터스도 굳이 따지자면 END 쪽이겠지만 아마도 아직 상급 상대로 대항할 수 있는 정도에 달하지 못했을 것이다. 나는 첫 직업이 이 [성기사]니까 하급 직업의 스테이터스 상승치가 통째로 빠져 있다.

그렇구나, 이거 힘들겠는데.

"참고로 빠른 탈것 같은 걸 타고 있다고 해도 체감시간은 변함이 없어요."

그건 알고 있다. 실버를 타고 있을 때 이동속도가 빨라지긴 하지만 체감시간이 그렇게까지 빨라진 느낌이 들지는 않았다.

"그런데 그렇게까지 차이가 나는데 용케 지금까지……."

……아, 지금 깨달았다. 지금까지 내가 이겨왔던 상대는 전부 다 AGI가 그렇게까지 높지 않았던 거구나. [데미 드래그 웜], [갈드랜더], [대사령], [고즈메이즈], ……굳이 말하자면 내구력이 뛰어난 녀석들뿐이다.

"하급 직업, 상급 직업이라고 해도 하급 직업은 여섯 개, 상급 직업은 두 개를 얻을 수 있으니까요. 그걸 어느 정도 메꿨는지에 따라서도 전투력이 대폭 변하고요."

"첫 번째 직업이고 레벨도 어정쩡한 나는 아직 멀었다는 거지."

"그렇죠. 아, 맞다. AGI형 초급 직업의 AGI는 다섯 자리에 달한다고 하네요."

"다섯 자리?!"

인플레 대단하네, 초급 직업.

"초음속으로 움직이고, 날아오는 탄환도 튕겨내거나 잡아낸다고 하네요. 그리고 어디까지나 남에게, 소문으로 들은 이야기인데요. 그 〈초급 킬러〉도 AGI형 초급 직업인 모양이니 맞서기 위해서라도 AGI나 END를 올려야겠죠."

〈초급 킬러〉도 AGI형인가……. 맞서기 위해서라도 스테이터스를 올릴 필요가 있다.

응? 스테이터스를 올린다면.

"그런데 STR에 특화시키면 안 되는 거야?"

공격력을 올리는 게 가장 단순히 강할 것 같은데.

"STR 특화? 죽겠죠."

죽겠죠?!

"STR에 특화시키면 그만큼 AGI하고 END가 부족하니까요. 아무리 힘이 세도 피할 수 없고, 맷집도 약하니 금방 당해버릴 거예요."

"그런 건가."

"어느 정도 균형이 잡힌 상태에서 STR이 높거나 모든 스테이터스가 말도 안 되게 높은 '물리최강'의 [수왕(킹 오브 비스트)] 같은 사람도 있지만요. 그냥 STR만 높은 구성이라면 표적에 불과해요."

그렇구나⋯⋯. 그리고 [수왕]은 황국의 〈초급〉 중 한 사람이었던가. '물리최강'이라는 별명이 있나.

"이 정도까지가 강해져서 싸우기 위한 기반이고, 지금부터는 플레이어 스킬 이야기에요."

마리는 그렇게 말하고 목을 축이기 위해 홍차를 마신 뒤 숨을 돌렸다.

"플레이어 스킬이라고 해도 여러 가지가 있으니까요. 예를 들면 현실에서 격투기를 잘한다면 여기에서도 사용한다든가, 현실에서 그림을 잘 그리면 이쪽에서도 스킬을 배우지 않아도 그림을 잘 그릴 수 있다든가, 그런 거예요."

"현실에서 격투기⋯⋯."

생각난 건 형이었다. 예전에 언크라에서 우승까지 했던 형.

하지만 이쪽에서는 개틀링 포를 들고 다니는 데다 전차까지 타는 모양이었다.

⋯⋯아니, 그 인형옷으로 격투기를 할 수 있는 건가?

움직이기 힘들 것 같은데⋯⋯ 오히려 권법가에게 쓰러지는 쪽 아닌가? 곰.

"리얼 스킬 이야기는 개인마다 차이가 크니까 제쳐두도록 하죠. 전투, 특히 대인전에서는 중요한 생각이 세 가지 있어요."

"생각?"

"상대방이 가장 힘을 잘 발휘할 수 있는 상황을 아는 것. 자신이 가장 힘을 잘 발휘할 수 없는 상황을 아는 것. 그리고 상대방의 필살기를 읽는 것. 이 세 가지예요."

"…………."

첫 번째는 이해가 된다. 상대방의 영역에 들어가지 말라는 것. 생각난 것은 처음에 싸웠던 [데미 드래그 웜]. 그때는 이길 수 있었지만, 그 녀석이 형에게 그랬던 것처럼 나를 지하로 끌고 들어갔다면. 네메시스가 있었다 해도 아무것도 보이지 않는 어둠 속에서, 그 녀석의 생존영역 속에서 내가 이길 수 있었을까?

두 번째도 이해가 된다. 〈초급 킬러〉에게 살해당한 상황. 완전히 사정거리 바깥에서 쳐내지도 못하고 막아내지도 못할 정도로 많은 탄환이 쏟아졌다. 그것은 단발 방어와 근거리 공격밖에 지니지 못한 내게 치명적이었다. 지금은 그때보다 잘 움직일 수 있게 되었고, 사정거리도 늘어났지만 아직 원거리전에 대응할 수 있다고 할 수는 없다.

하지만 세 번째는 이해가 되지 않았다.

"필살기?"

"전투 계열은 일정 이상 강해지면 지니게 되거든요. 〈마스터〉든, 티안이든, 〈UBM〉을 필두로 하는 보스 몬스터든…… '이걸 맞추면 상대방을 죽일 수 있다', 그렇게 믿을 수 있는 비장의 수를요."

비장의 수라는 말을 듣고 떠오른 것은 나와 네메시스의《복수는 나의 것》이다.

"강력한 스킬이라는 말이야?"

"스킬일지도 모르고, 무기나 책략일지도 모르죠. 강한 자일수록 여러 개의 필살기를 가지고 있어요. 〈엠브리오〉에게는 그 자체가 그야말로 '필살 스킬'이라 불리는 것도 있으니까요."

"필살 스킬?"

"호오."

계속 샌드위치를 먹고 있던 네메시스가 눈을 반짝이며 이야기에 끼어들었다.

아무래도 필살 스킬에 흥미가 생긴 모양이었다.

"필살 스킬은 〈엠브리오〉 자신의 이름을 딴 〈엠브리오〉 최대, 최강의 스킬이에요. 예외 없이 그 〈엠브리오〉의 특성을 드러내는 강력한 효과를 지니고 있죠."

〈엠브리오〉 자신의 이름을 딴 최대, 최강의 스킬……이라.

"예전에 보여드렸던 영상…… 피가로와 PK 클랜 〈흉성〉의 오너가 벌인 전투에서 오너 쪽이 마지막으로 썼던 스킬이 그거예요."

아, 기억하고 있다. 피가로 씨의 움직임을 순간적으로 멈추게 만든 다음에 날렸던 연속 공격 말이겠지. 피가로 씨는 피했지만 지면에 거대한 크레이터가 생겼었다.

"흐음, 필살 스킬인가. 다시 말해 나라면《네메시스》가 되겠군."

"네, 읽으면 그렇게 되겠죠."

네메시스는 스킬 이름이 되어도 위화감이 없네.

"그래도 〈엠브리오〉이름이 스킬 이름에 적합하지 않을 경우도 있겠네."

예를 들면《모모타로》라든가.

49

"뭐, 그렇긴 하죠. 그란바로아의 〈초급〉, 〈그란바로아 칠대 엠브리오〉 중 하나, 아부라스마시(기름병 요괴)라는 이름인 〈초급 엠브리오〉가 있으니까요.

"아부라스마시……."

정말 강할 것 같은 이미지가 떠오르지 않네.

"아, 이름 때문에 약할 것 같다고 생각하실지 모르겠지만 아부라스마시는 제가 알고 있는 것들 중에서도 열 손가락 안에 들 정도로 위험한 〈엠브리오〉거든요?"

"그래?"

"네. 닿은 액체를 뭐든 폭약으로 바꾸는 〈엠브리오〉니까요. 바닷물이든 체액이든 니트로도 빵칠 고성능 폭약으로 바꿀 수 있어요. 반경 500미터의 바닷물을 전부 폭약으로 바꿔서 몬스터 무리를 산산조각 낸 적도 있었죠."

뭐야 그거, 무서워.

"그리고 이건 해적 클랜과 항쟁을 벌였을 때 일화인데요, 해적 클랜 중 한 명하고 싸우고 나서 일부러 놓아주고…… 온몸의 체액이 폭약으로 변했던 그 〈마스터〉를 '사용해서' 클랜 아지트를 날려버렸다고 하네요.

잔인하네.

"그래서 붙은 별명이 '인간폭탄'……."

트라우마가 될 것 같다.

……앞으로 아부라스마시 일러스트를 똑바로 바라볼 수 없을 지도 모르겠다.

"뭐, 이름하고 힘은 비례하지 않는다는 이야기죠."

응, 그건 정말 제대로 이해가 되었다.

"어찌 됐든 필살 스킬을 습득하는 게 기대되는구나."

"네. 하지만 습득할 수 있는 건 빨라도 상급으로 진화한 뒤니까 한참 멀었을 거예요."

"상급이 되고 나서……라. 어라, 그러고 보니 마리는 1년 이상, 이쪽에서는 3년 플레이한 거지?"

"네."

"그렇게 많이 했으니 마리는 이미 필살 스킬을 습득한 거야?"

"음, 애초에 마리의 〈엠브리오〉를 본적이 없구나."

"…………………."

마리는 항상 그랬듯이 방글거리는 표정으로 말이 없는데 왠지 모르겠지만 땀이 볼에 잔뜩 흘러내리고 있었다. 기온은 봄 정도인데, 정장이라서 더운 건가?

"저기, 그러니까, 제 〈엠브리오〉…… 이름은 아르캉시엘이고……."

"아르캉시엘(무지개)인가. 멋진 이름이네."

신화나 동화 같은 상상 속의 생물만 있는 게 아니었구나.

아니면 세계 각지의 신화에 나오는 무지개가 기원인가?

"어떤 〈엠브리오〉냐 하면요…… 저기……."

마리는 왠지 모르겠지만 자신의 〈엠브리오〉에 대한 설명을 제대로 하지 못하고 있었다.

"죄송해요, 기다리셨죠."

"배고파~! 밥 먹자~ 루크~!"

그때, 기다리고 있던 루크와 바비가 카페에 도착했다.

"둘 다 안녀……."

"아! 루크 큥하고 바비! 안녕하세요! 어! 배가 고프신 건가요! 그러면 제가 아침식사를 대접할게요! 여긴 샌드위치가 맛있거든요! 카운터에서 주문하고 올게요!"

마리는 그렇게 단숨에 말하고 나서 자리에서 일어나 가게 안에 있는 카운터로 달려갔다.

"아하하, 마리 씨는 기운이 넘치시네요."

"아니, 방금 전까지는 굳이 말하자면 기운이 없었던 것 같은데……."

뭐, 기운이 넘치는 건 좋은 거다.

그 뒤로 이상하게 기운이 넘치는 마리가 네메시스가 먹고 있던 분량보다 더 많은 샌드위치를 가져와서 모두 함께 나누어 먹어대게 되었다. 그리고 그동안에도 우리들의 정보교환이 계속되고 있었고, 이번에는 내가 어제 있었던 사건의 전말에 대해 이야기하고 있었다.

"네? 레이 씨는《성별의 은광》을 쓸 수 있나요?"

"쓸 수 있는데?"

어제 습득한 스킬에 대해 말하자 마리가 의아해하며 말했다. 루크도 이야기는 듣고 있는 것 같지만 원래 소식하는 편인데도 불구하고 억지로 샌드위치를 먹은 탓인지 쓰러져서 아무 말도 없었다. 네메시스와 바비는 여전히 먹는 것에 집중하고 있었다.

화제는 《성별의 은광》에 대한 것이었다. 《성별의 은광》은 그 지하통로에서 내가 아이 언데드를 화장시켰을 때 습득한 스킬이다. 대 언데드 스킬이며 파격적인 성능을 지니고 있다. 어제 전투에서 이길 수 있었던 것도 이 스킬이 있었다는 점이 크다.

공격이 스피릿에게도 유효한 성속성이 되고, 언데드에게 입히는 대미지에 10배의 보정이 붙는다.

그렇다, 10배다. 《복수는 나의 것》의 대미지는 고정 수치이기에 영향을 받지 않지만 통상공격만으로도 충분하고도 남는다.

그리고 《성별의 은광》에는 대 언데드 대미지 10배 효과 말고도 언데드에게 입힌 상처를 회복할 수 없게 만드는 효과도 있다. [고즈메이즈]는 주변 조직을 상처까지 통째로 잘라내어 회복하긴 했지만, 다른 언데드는 언데드 특유의 맷집을 발휘하기도 전에 소멸되었다.

어제 전투는 정말 《성별의 은광》이 없었다면 위험했을 것이다. 《복수는 나의 것》과 《연옥화염》만으로는 [고즈메이즈]와 싸우기도 전에 졌을지도 모른다.

"…………."

그런데 왠지 마리의 반응이 이상했다. 진짜로 놀란 모양이었다.

"어떻게 쓸 수 있게 된 건가요? 《은광》."

"[조건 해당 몬스터 토벌 숫자 100마리] 라는 알림이 뜨긴 했는데……."

"카운트를 좀 보여주실 수 있나요?"

"카운트?"

······카운트라니, 무슨?

"메뉴창을 띄워주세요. 전투이력 화면의 부가사항, 종족별 토벌 카운트예요."

"아, 이건가."

띄워보니 그곳에는 언데드, 마수, 괴조, 드래곤, 악마, 엘레멘탈, 귀신, 인간 등의 항목이 나열되어 있었고 그 옆에 숫자가 적혀 있었다.

내 토벌 숫자 중 가장 많은 것은 언데드 158. 그 다음이 마수와 귀신이었다.

"이건 지금까지 쓰러뜨린 숫자 합계인가?"

"네. ······조건은 일정 숫자 토벌, 그래도 이 숫자는······ 너무 적네요."

마리는 내 카운트를 들여다보면서 중얼거리고 있었고, 나도 다시 카운트를 바라보았다.

"인간도 있구나."

내 창에 뜬 인간 카운트는 0이다. 아무래도 [대사령] 메이즈는 원래 인간이지만 언데드로 카운트 된 모양이었다.

"뭐까지가 인간이야?"

"직업을 가질 수 있는 게 인간뿐이니 직업을 가지고 있다면 '인간'이에요. 전문용어로는 인간 범주 생물이라고도 하죠."

"그런데 내가 쓰러뜨린 [대사령]은 카운트 되지 않았는데."

"아. [대사령]은 직업 특성으로 종족이 언데드가 된다는 효과가 있으니, 된 시점에서 인간에서 빠지거든요. 몇 없는 예외 케이스예요."

몬스터와 비슷하게 생긴 인간이 공격을 당할 경우도 있을 것 같은데, 괜찮으려나.

"그래도 몬스터인 언데드와도 다른 점은 있어요. 그, 몬스터라면 머리 위에 이름이 뜨잖아요. 원래 인간이었던 [대사령]은 뜨지 않으니까요."

아, 그게 있었구나. 그렇다면 사고가 일어날 경우는 별로 없을 것 같다.

"그런데 인간을 죽인 횟수도 카운트되는 거구나."

"이곳 결투도시처럼 결계 안에서 쓰러뜨린 것도 포함되니까 인간 카운트가 올랐다고 해서 무조건 죽인 거라고는 할 수 없지만요. 결계 안이라면 결투가 끝난 뒤에 원래대로 돌아오고요."

"그렇구나."

"네. 이곳 단골 분들은 수백 명은 죽였겠죠."

무시무시한 말이다.

"저기~."

그때 쓰러져 있던 루크가 고개를 들고 이야기에 끼어들었다.

"테임 몬스터가 쓰러뜨리면 카운트는 어떻게 되나요?"

"캐퍼시티 범주 안에 들어서 소유자의 전력으로 삼고 있을 때는 소유자의 카운트에 추가. 캐퍼시티 범주 바깥이라 파티 멤버 자리를 차지하고 있을 때는 소유자가 아니라 각 몬스터에 카운

트 돼요. 그건 몬스터의 스테이터스 확인에서 볼 수 있고요. 아,
가드너 같은 〈엠브리오〉가 행한 살해 행위는 자동으로 〈마스터〉
의 카운트에 추가돼요."

"그러면 [매료]를 건 상대방이 다른 상대를 해쳤을 경우에는
어떻게 되나요?"

"음, [매료] 당한 쪽에 카운트되죠. [매료]를 건 사람에게는 카
운트 되지 않아요. 참고로 [맹독] 등을 건 뒤에 전투를 이탈해서
잠시 뒤에 상태이상에 걸린 상대방이 죽었을 경우에는 카운트
돼요."

'손을 쓴 것이 누구인가'가 중요한 모양이다. 몬스터는 캐퍼시
티 안이라면 소유자의 '전력'으로 취급되니 카운트도 소유자에
게. 파티 자리를 사용하면 몬스터의 카운트로. 상태이상이라도
[맹독]처럼 직접적이면 자기 자신에게. [매료]처럼 간접적이라
면 [매료]된 살해 행위의 실행자에게. 각각 카운트된다.

"그러면 제가 레이 씨처럼 일정 숫자 격파 조건을 달성하려면
[매료]나 파티 자리를 차지한 아이들에게 의존하지 않고 저 자
신이, 그리고 캐퍼시티 안에 들어가는 아이로 쓰러뜨려야만 하
는 거네요."

그렇구나. 그럴 경우에는 분명 가드너의 캐퍼시티 소비량은
0이었을 테니 그대로 〈마스터〉의 카운트에 더해지는 건가.

"신기하네요."

끙끙대고 있던 마리가 그렇게 말했다.

"뭐가?"

"《성별의 은광》, 〈마스터〉 중에서 가지고 있는 사람은 처음 봤어요."

"……처음?"

"스킬의 존재 자체는 티안, 유명한 사람 중에는 선대 기사단장이나 지금 부단장이 사용하고 있으니까 알려져 있었지만요. 실제로 〈마스터〉 중에서 습득한 사례는 한 번도 없어요. 《그랜드 크로스》와 마찬가지로 [성기사]의 비장의 수이고, 강력한 효과 자체는 정보로 알려져 있으니까 얻으려고 애쓴 사람도 많았는데."

"어? 언데드 100마리 토벌이잖아?"

알림은 그렇게 떴다. 다른 [성기사]들도 간단히 습득할 수 있을 텐데.

"그렇죠. 티안에게 들은 정보로 토벌 숫자에 의해 개방된다는 것도 판명되었어요. 하지만 언데드를 5000 마리 이상 쓰러뜨릴 정도로 숙련된 [성기사]도 습득하지 못했거든요. 하급 직업까지 전부 만렙이었는데…… 어라?"

마리가 뭔가를 눈치챘는지 턱에 손을 대고 고개를 갸웃거렸다.

"레이 씨, [성기사] 레벨이 몇이셨죠?"

"41이야."

아침 테스트가 끝난 시점에 또 조금 올랐다.

"합계 레벨은요?"

"그것도 41이지."

다른 직업도 없으니까.

"……아마 그거겠네요. 추측이지만요, 습득 조건 중 일정 숫자 토벌은 같은 레벨대의 언데드 토벌인 것 같아요. 그것도 합계 레벨."

"같은 레벨대……."

그러고 보니 〈적합 합계 레벨대 언데드〉의 조건이 어쩌고저쩌고 하는 알림도 떴었지.

"아마도 하급이든 상급이든 마찬가지로 50 단위일 테니 합계 레벨이 50 이하라면 몬스터도 레벨 50까지의 하급 몬스터가 대상, 51 이상 100 이하라면 몬스터도 51 이상 100 이하인 상급 몬스터가 대상. 그런 거겠죠."

"그렇구나."

내가 습득할 수 있었던 것도 납득이 된다. 내 합계 레벨은 아직 50도 안 되었으니까.

그런데 그런 조건이라면 달성할 수 있는 사람도 있었을 것 같은데. [기사] 다음에 [성기사]가 되어서, 레벨 51 이상인 언데드를 쓰러뜨리기만 하면 되니……까?

"……어라?"

뭔가 엄청 걸리는데. 합계 레벨 51 이상이라고 해도 [성기사]의 레벨이 낮은 상태로 높은 레벨 언데드하고 싸울 수 있는 건가?

내가 [대사령]하고 싸웠을 때 통로에 나타난 [하이엔드 스켈레톤 워리어]가 그에 해당되겠지만 아마도 《은광》하고 실버가 없었다면 여유롭게 졌겠지.

있었으니 박살 내버렸지만.

"이거 심하네요.《성별의 은광》을 위해서 다른 걸 버리라고 하는 거나 마찬가지예요."

"그렇게 심한 거야?"

"보통 상급직이 되기 위해서는 최저 하나, 조건이 어렵다면 두세 개의 하급 직업의 만렙을 찍어야만 하니까요. 어려운 상급직의 대표가 [성기사] 같은 거예요."

"……그럴지도 모르지."

돈뿐만이 아니라 아룡급 이상의 보스 몬스터에게 1할 이상 대미지를 입히는 조건 같은 것도 있었다. 아룡급은 한 마리가 하급 직업 파티 하나에 해당된다고 들었다.

기사단 관계자의 추천 같은 것도 있으니 제대로 전직조건을 달성하려면 하급 직업 하나의 만렙을 찍어도 부족할지도 모른다.

"그리고 되었을 무렵에는 합계 레벨이 100을 넘어서《성별의 은광》조건을 달성하는 게 힘들다…… 아니, 불가능해요."

"레벨 101 이상인 몬스터는 어떤데."

"보통 몬스터는 보스라도 100까지밖에 없어요. 그보다 높은 건 [삼극룡 글로리아] 같은 〈SUBM(슈페리얼 유니크 보스 몬스터)〉인데요…… 이건 제쳐두도록 하죠. 문제는 레벨에 따라 실질적으로 조건을 달성하는 것이 불가능하다는 거예요."

"아니, 그렇다면 티안이 배우는 것도 힘들지 않나?"

"티안일 경우에는 [성기사]가 되는 건 대부분 높은 사람들의 아들이나 딸들이니까요. 기부와 신임은 문제도 아니고 남은 보스 토벌도 여러모로 도움을 받을 수 있거든요."

"……그렇구나."

레벨이 높은 사람에게 탱커 역할을 맡아달라고 하고, 상대방을 방해하고, 지원마법도 받고, 오랜 시간에 걸쳐서 쓰러뜨린다. 그렇게 하면 가능할 것 같다. 잘만 하면 [기사] 만렙을 찍기 전에 [성기사]의 조건을 달성할 수 있을 것 같다.

"그렇다면 〈마스터〉라도 아는 사람에게 지원을 받으면."

"〈마스터〉는 기사단 중요 인물에게서 신임을 받는 게 힘들어요. 함부로 사람을 소개하는 걸 피하고 있으니까요. 그야말로 제대로 된 실적을 쌓지 않으면 소개해주지 않거든요."

그리고 소개받을 무렵에는 합계 레벨이 올라서 막히고.

……이렇게 생각해보니 나도 참 아슬아슬하게 [성기사]가 되어서 《은광》까지 습득했구나.

이렇게까지 조건이 엄격하니 성능이 파격적일만도 하네.

"일반적인 방법으로는 습득할 수 없지만 간단히 얻을 수 있는 방법이 딱 하나 있네요."

"그게 뭔데?"

"……[성기사]를 제외한 모든 직업을 리셋하는 거예요."

직업의 리셋.

직업을 선택할 때 형도 했던 말이다. 맞지 않는다 싶으면 직업을 리셋할 수 있다고.

그렇구나, 그렇다면 간단하다. [성기사]가 된 뒤에 다른 직업을 리셋하면 합계 레벨이 낮아진다. 그 뒤로는 〈묘표미궁〉의 하급 언데드를 사냥하는 것만으로도 《은광》을 습득할 수 있다. 그

때문에 [성기사]는 〈묘표미궁〉에 자유롭게 들어갈 수 있는 건지도 모른다. 하지만 그러면…….

"리셋한 직업의 스테이터스와 스킬이 없어지지?"

"없어져요. ……같은 계통의 [기사]까지 포함해서요."

……으아. 뭐라고 해야 하나, 으아아.

"나중에 Wiki에 정보를 올려보긴 할 건데 실행할 사람이 있을지는 의문이네요."

"다 키운 상태라면 리스크가 너무 크니까."

《은광》은 언데드 상대로는 매우 강한 힘을 발휘하지만 그것 말고는 딱히 의미가 없다. 그리고 이건 제대로 된 정보이긴 하지만 만약 틀린 정보라면 눈물나는 상황이다. 그 리스크를 생각하면…… 실험해볼 사람은 거의 없겠지.

여담이지만 나중에 릴리아나에게 어떻게 습득했는지 물어보니 '[성기사]를 제외한 직업을 리셋해서 《성별의 은광》을 습득한 뒤 다시 [기사] 같은 직업을 올렸어요'라는 대답을 들었다.

……티안도 쉽사리 직업 리셋을 하기 힘들 텐데, 너무 대담하다.

"그건 그렇고, 레이 씨의 여정은 정말 특이하네요. 이 정도인 사람은 별로 없어요. 어제도 큰일이었던 모양이고."

"실제로 이번에도 죽는 줄 알았어. 〈노즈 삼림〉에서 데스 페널티를 받았을 때보다 더 등골이 오싹했다고."

하지만 〈노즈 삼림〉 때처럼 데스 페널티를 받게 되지는 않았
지만.

……그리고 보니 〈초급 킬러〉는 [파괴왕]에게서 도망친 뒤로
어떻게 지내고 있을까.

"죽는 줄 알았다고요. 하긴 레이 씨는 메이든의 〈마스터〉니까
요."

"……그렇게 말하는 걸 보니 마리도 알고 있구나. 메이든의 〈마
스터〉는."

"'메이든의 〈마스터〉는 이곳을 게임이라고 생각하지 않는다'
말이죠."

역시 알고 있었나.

"이상하게 보이겠지. 나도 머리로는 게임이라고 생각하는데."

마음으로는 그렇게 느끼지 않고 있다.

"이상할 정도는 아니에요. 오랫동안 플레이한 사람들 중에는
많으니까요."

"그래?"

많다고 할 수 있을 정도일 줄은 몰랐다.

"이곳은 현실에 없는 것이 꽤 있지만, 오감은 현실 그 자체니
까요. 그리고 티안인 사람들도 있고요."

하긴, 이곳의 감각은 통각을 제외하면 현실과 같다. 그 통각
도 스스로 창을 띄우고 설정을 변경하면 현실과 마찬가지로 받
을 수 있게 된다.

그리고 티안인 사람들과 접하는 것. 오랫동안 접하면서 이곳

을 게임이라고 생각하지 않게 된 사람도…… 있겠지.

"그와 마찬가지로 이곳을 어디까지나 게임이라고 생각하는 사람도 있어요."

"그야 물론 있겠지."

게임으로 발매되었으니까.

"티안이나 마을, 나아가서는 이 〈Infinite Dendrogram〉에 대한 태도는 개인마다 다르지만요, 이곳이 현실과 게임 중 어느 쪽인지 전제를 두고 있는 사람은 많아요."

"전제라고."

"현실이라고 전제하는 쪽을 세계파, 게임이라고 전제하는 쪽을 유희파라고 부르는 경우도 있죠. 그리고 세계파가 보기에는 유희파가 사람도 아닌 것처럼 보일 테고, 유희파가 보기에는 세계파가 꼴사나운 녀석일 거예요."

그렇구나. 나는…… 지금 양쪽이 모두 무슨 이야기를 하는지 이해할 수 있다.

"세계파와 유희파 같은 게 또 있어?"

"그래요, 양쪽 다일 수도 있다고 애매하게 생각하는 사람도 잔뜩 있고…… 그리고 〈Infinite Dendrogram〉을 접하다가 그만 둬버리는 사람이 많이 있어요."

"그만둔다고?"

"이곳이 귀찮아져버려서 그만두는 거예요. 현실하고 별로 다르지 않은 인간과의 관계, 자신의 몸을 움직이는 감각, 그리고 그런 행동 그 자체. 그런 것들이 귀찮아져버리는 거죠. '이런 건 게임이 아냐'라고 말이에요."

하긴, 그렇게 볼 수도 있다. 이곳이 게임이든 세계든 화면 너머에서 컨트롤러를 움직이는 것과는 전혀 다르니까.

"아니면 뭔가 힘든 일을 겪고 마음에 상처를 입었거나요."

"…………."

"계속 하던 사람이 그만두는 건 그런 이유 때문이지만요, 금방 그만두는 사람도 있어요. 그런 사람은 맨 처음 전투를 벌인 뒤에 그만둬버리죠. 다른 생물과 싸우는 건 무섭고 스트레스를 받게 되니까요. 첫 튜토리얼 때 시각을 애니메이션이나 CG로 하지 않았던 사람 중에 많아요."

"……그렇구나."

첫 [데미 드래그 웜]과의 전투는 무시무시했고, 〈초급 킬러〉에게는 한 번 살해당했다. 먹히는 공포, 살해당하는 공포를 실제로 느낀다면 〈Infinite Dendrogram〉에서 도망치더라도 이상하지는 않다.

도망치지 않더라도 언젠가는 힘든 일을 겪고 그만둬버릴 수도 있다.

그런 선택을 거쳐 이곳에 남은 사람들 중에는 이 〈Infinite Dendrogram〉을 어떻게 접할지 생각하는 사람도 있다는 거고.

"그 〈초급 킬러〉는 세계파와 유희파 중 어느 쪽일까."

나를 쓰러뜨린 그 PK는 과연 이곳을 어느 쪽이라고 생각하고 있을까.

"……글쎄요? 모르는 이상 중간이라고 생각하면 되지 않을까,

그런 거 아닐까요."

"……그렇구나."

그 녀석은 모르는 것 투성이다.

나를 포함한 〈노즈 삼림〉의 초보들을 제거했다. 그런가 싶었는데 [갈드랜더]와의 전투 때 궁지에 처한 나를 도와주었다.

행동 이념을 이해할 수가 없다.

그리고 녀석의 모습도 그 안개에 감싸여 볼 수도 없었다.

어떤 녀석일까, 키가 클까 작을까, 아바타의 모습조차도 모른다.

"…………."

"?"

문득 정신을 차리고 보니 루크가 마리를 지긋이 바라보고 있었다. 마치 방바닥에서 낱말 퍼즐을 풀고 있을 때의 형과 비슷한 눈초리였다.

……그러고 보니 왠지 모르겠지만 그 퍼즐은 아라비아어였지.

"그렇지, 생각났네요. 두 분께 먼저 드릴게요."

마리는 그렇게 말하고 아이템 박스에서 티켓을 두 장 꺼내 나와 루크에게 내밀었다. 티켓에는 〈초급 격돌〉이라는 글자가 좀 화려하게 그려져 있었고, 그 아래에는 번호와 날짜, 시간이 적혀 있었다. 날짜는 오늘, 시간은 밤이었다.

"이건?"

"그거예요, [갈드랜더]의 남은 상금을 어떻게 쓸지 맡겨달라고 했잖아요. 그 결과예요. 오늘 밤에 중앙 투기장에서 열리는 이벤트의 박스석 티켓이죠."

"이벤트? 그런 게 있어?"

"……어라, 모르시나요?"

"응."

기데온에 도착하고 나서는 여러 가지 일들이 있었으니까. 그러고 보니 이 티켓에 그려져 있는 제목과 비슷한 느낌인 전단지는 이곳저곳에 붙어 있었던 것 같긴 한데.

"그런가요. 그래도 이건 봐도 손해는 아닐 거예요. 뭐니 뭐니 해도 〈초급〉끼리 벌이는 시합이니까요."

"〈초급〉끼리?"

"네. 〈초급〉끼리 싸운 적은 지금까지 몇 번 있었지만요, 공식 시합은 이번이 처음이에요."

"시합은 누구하고 누가 하는데?"

"한쪽은 당연하게도 결투도시의 왕자 [초투사] 피가로. 대전 상대는 황하의 결투 랭킹 2위 [시해선(마스터 강시)] 신우예요."

피가로 씨의 시합이라, 그건 꼭 보고 싶네.

여러 가지 일들이 있어서 아직 인사하러 가지도 못했지만 기데온으로 오는 길을 봉쇄하고 있던 PK를 물리쳐준 것에 대해 고맙다는 말도 아직 못 했으니까.

"이거에 남은 상금 중 대부분을 써버렸는데요, 괜찮으신가요?"

"문제없어. 분명 그 정도 가치는 있을 것 같아."

〈초급〉, 톱 플레이어의 격돌을 볼 수 있다면 손해는 아니다.

보기만 해도 내 실력이 변하는 건 아니지만 보지 않으면 짐작도 할 수 없다.

이 〈Infinite Dendrogram〉에서 우리들…… 〈마스터〉가 어느 정도까지 할 수 있을지, 그 짐작.

"저도 상관없어요. 저도 대인전 공부는 하고 싶었으니까요."

"네~. 그러면 두 분 다 티켓에 적혀 있는 시간까지 입장해주세요."

"그래."

그리고 일단 해산. 그 뒤로는 각자 자유행동을 한 뒤에 이벤트 입장 시간에 맞춰 다시 집합이다.

나는 모험자 길드 쪽에 고즈메이즈 산적단 토벌 보고를 하러 가야 하니까.

루크는 마리에게 뭔가 상담할 게 있는 것 같다. 무슨 이야기인지 물어봤는데 '비밀 이야기예요'라고 둘러댔다. 귓속말을 들은 마리가 왠지 모르겠지만 얼굴이 굳어진 채로 '왜 들킨 거죠……'라고 알 수 없는 말을 중얼거린 건 의아하지만 비밀이라니 어쩔수 없지.

여담이지만 마리가 산 대량의 샌드위치는 9할 가량이 네메시스의 위장 속으로 들어갔나.

……척 보기에도 한 번에 먹는 양이 늘어났다는 것에 전율을 느꼈다.

◇

"어떻게 할까."

"어떻게 하면 좋겠는가."

나와 네메시스는 모험자 길드 안에 있는 술집 테이블에서 머리를 맞대고 고민하고 있었다. 왠지 어제부터 고민만 하고 있는 것 같은데, 고민의 벽이 차례차례 다가오고 있으니 어쩔 수 없다.

"아무리 그래도 너무 많은데……."

"그래도 받지 않을 수는……."

나와 네메시스가 고민하고 있는 이유는 내가 띄운 창 때문이었다.

그것은 소지 아이템 창이었는데, 중요한 것은 아이템이 아니었다.

화면 일부에 적혀 있는 소지금 부분이었다.

그곳에는 **8000만 릴**이라는 거금이 적혀 있었다.

말할 필요도 없이 막대한 거금, 일본 엔으로 따지면 8억 엔이다.

자, 어째서 내가 이런 거금을 손에 넣어버렸을까.

그것은 모험자 길드에 온 목적인 고즈메이즈 산적단 토벌 보고 때문이었다.

이번에는 [고즈메이즈]의 특전 무구를 보여주는 것뿐만이 아니라 여러 가지 질문을 받고 상황을 설명할 필요도 있어서 묘하게 긴 시간동안 꼼꼼하게 진행되었다.

서류 선택지에 동그라미를 치고 사인을 하면 끝이었던 기사단

에서의 수속보다 더 귀찮았지만 나는 제대로 처음부터 끝까지 대답했다.

상황에 따라서는 함께 갔던 유고가 알터 왕국의 적국인 드라이프 황국의 〈마스터〉라는 것만 숨기고 사실을 말했다.

결과적으로 토벌이 인정되어 상금을 받게 되었다. 그때는 '유고에게도 줘야지. 그래도 특전 무구는 내가 얻었으니 돈은 그 녀석에게 더 많이……'라고 생각했었다.

그런 생각을 가로막은 것은 눈앞에 놓인 8000만 릴이라는 파격적인 상금이었다.

——이게 뭐야?
——8000만?
——80만이나 800만이 아니고?
——[갈드랜더]의 80배?

그렇게 혼란스러운 생각이 뇌를 가득 메웠는데, 곧바로 창구 직원 분이 설명해주었다.

원래 모험자 길드가 정한 고즈메이즈 산적단의 상금은 양대 두목에게 100만 씩, 단원 한 명 당 1만, 대충 300만 정도였던 모양이다.

그런데 지금까지 고즈메이즈 산적단을 토벌하러 간 사람은 전부 다 당했다. 그 때문에 고즈메이즈 산적단은 수지가 맞지 않고 엮이는 것조차도 무시무시한 상대라는 것을 알게 되었다.

실패할 때마다 유괴된 아이들이 살해당한다는 큰 부담도 있어서 그런지 손을 대려는 파티도 없어졌다.

하지만 아무도 쓰러뜨리지 않는다고 해서 '네, 그렇습니까'라고 할 수 없는 사람들이 있었다.

피해자가 된 아이들의 유족, 그리고 이 기데온을 다스리는 기데온 백작이었다.

이 기데온이라는 도시가 부유하기도 해서 아이들 유족 중에는 자산가도 많았다.

몸값을 냈지만 아이의 시체만 돌아온 사람도 몇 명이나 있었다. 그런 사람들은 아이들의 원수나마 갚아주었으면 한다고 상금을 모험자 길드에 더 얹어준 모양이었다.

또한, 기데온 백작도 영지를 어지럽히는 고즈메이즈 산적단에게 강한 적의를 보이며 할 수만 있다면 영지의 병력을 써서 토벌하러 나서려고 했던 모양이었다.

하지만 국경 부근에 잠복한 고즈메이즈 산적단 상대로 군대를 움직이면 동쪽 이웃나라인 카르디나를 자극하게 되기 때문에 그럴 수 없었다.

기데온 백작은 답답한 마음을 품고 차라리 우수한 파티가 고즈메이즈 산적단을 토벌해주었으면 하고 백작 개인의 재산으로 상금을 추가했다.

그렇게 쌓이고 쌓인 결과가 이 8000만 릴이다.

"용케도 지금까지 아무도 움직이지 않았네요."

이 액수 정도면 일확천금을 꿈꾸며 달려드는 사람도 많을 것이다. 특히 〈마스터〉라면 〈마스터〉 자신만 놓고 보면 거의 리스크가 없는 거나 마찬가지니까.

"실패하면 그때마다 아이들의 생환 확률이 줄어들어버리니까요. 『이 사람이라면』, 길드가 그렇게 판단하는 분 말고는 수배서를 보여주지 않는 방침이었습니다. 확실히 해결해주실 〈초급〉 분들만을 대상으로……요."

상황이 악화되는 것을 막기 위해 정보를 흘리지 않았던 건가.

그 판단이 옳은 건지 그른 건지는 모르겠지만.

"오늘 중앙 투기장에서 개최되는 이벤트로 인해 안팎에서 우수한 분들께서 모이는 것이 예상되므로 그 타이밍에……."

우수한 〈마스터〉에게 접근하는 것을 노리고 있었다고. [대사령]의 말로는 녀석들도 그걸 내다보고 어제 거점을 옮길 생각이었던 모양이지만.

"그러니까 그 전에 고즈메이즈 산적단을 괴멸시키는 분이 계실 줄은 몰랐거든요……."

뭐, 다시 말해 손을 쓰지 못하던 와중에 갑작스럽게 튀어나온 나와 유고가 영문도 모르고 녀석들을 쓰러뜨려버렸다는 거다. 그야 믿기지 않으니 이것저것 질문을 할 만하네.

역시 마지막에는 내가 가지고 있던 [자원주갑 고즈메이즈]가 증명의 결정타가 된 모양이지만.

아무튼, 내 눈앞에는 이 거액의 현상금이라는 문제가 생겨난 것이다.

"우선 유고하고 만나야만 하겠어."

"그렇구나."

유고는 편지에 전부 주겠다고 적긴 했지만 아무리 그래도 이렇게 큰돈을 말도 없이 받을 수는 없지.

기사단 초소에서 내 독단으로 정해버린 것도 있다. 연락을 취하려 해도 연락처 같은 걸 듣지 못했고, 친구 등록도 못했으니까 로그인 중인지 어떤지도 모른다.

"어찌 됐든 이 거금의 행방은 유고하고 이야기한 뒤에 결정해야지."

돈 때문에 곤란하긴 했는데!

"원래 그 말 언데드의 현상금이 100만인 모양이니 말이다. 그 금액은 써도 문제없지 않은가?"

"……그렇구나."

하긴, 그 정도는 괜찮을 것 같다.

100만, [갈드랜더]의 상금과 같은 금액을 전부 쓸 수 있다면 충분히 많은 돈이다.

하지만 돈이 있어도 뭘 사면 좋을지 모르겠는데.

장비는 장비 가능 레벨 때문에 아직 새로 맞추기는 이르다.

굳이 말하자면 액세서리, 그리고…… 무기인가.

"……바람을 피울 셈인고?"

"아니야. 유고도 말했었잖아. 메이든이 인간 형태로 싸우면 얻을 수 있는 스킬도 있다고."

"하긴, 그리 말했었지."

"그러니까 사는 건 네가 쓸 무기하고, 네가 인간 형태일 때 내가 쓸 무기야."

"……그렇군, 필요하겠어."

그렇게 설명하자 네메시스는 납득했는지 고개를 끄덕였다.

"음, 내가 아니긴 하지만 레이가 쓸 무기다. 제대로 꼼꼼히 골라야만 하겠지!"

……왠지 엄청 기합이 들어가 있다.

아, 그렇지. 알레한드로 씨 가게로 갈 거면 겸사겸사.

"'겸사겸사 다시 뽑기를 해볼까'라고 생각한 것 아닌가? 레이."

"HAHAHA, 무슨 소릴 하는 거야? 네메시스. 나는 제대로 반성할 줄 아는 남자라고."

"호오, 그런가. 그렇다면 그 말을 제대로 이쪽을 보면서 해보거라."

"…………죄송합니다."

으, 그야 넣은 돈보다 싼 경품을 뽑거나 또 [허가증]을 뽑으면 안 되겠지만 말이야. 그래도 실버나 루크의 [단영수투]같은 당첨도 있으니 꿈이……?

"어라?"

가게로 가던 도중 중앙 투기장 앞 광장에서 낯익은 실루엣을 보았다.

처음에는 착각이나 비슷한 것을 잘못 본 줄 알았는데…… 다가가보니 잘못 본 것이 아니라는 것을 알게 되었다.

온몸에 난 까만 털, 사람들보다 큰 키, 앞뒤 좌우로 부풀어오른 실루엣, 짧은 팔다리, 어린이들이 몰려든 그것은 아무리 봐도 곰 인형옷이었고.

『오, 인기 많다곰~! 입국한 스타 기분이다곰~!』

우리 형이었다.

"…………"

저 곰 인형옷은 분명 형이다. 중앙 광장이라는 곳이라 그런지 많은 아이들이 형을 퍼포먼스, 또는 마스코트로 착각해서 마구 만져대고 있었다.

『발을 디딜 곳도 없다곰~! 아, 기어올라 오는 건 좋은데 떨어지지 않게끔 조심해라곰!』

"……뭐하는 거야, 형."

많은 아이들이 둘러싸고, 기어 올라가며 운동기구로 진화해가던 형에게 말을 걸었다.

『음, 나를 형님이라 부르는 건…… 오, 레이 아니냐곰~!』

두 손을 들고 대답하는데 외모 때문에 곰이 위협하는 구도다. 그리고 '형님'이라고 부르진 않았다. 형에게 질리지 않았을 때도 그런 식으로 부른 적은 없다.

"곰 형님도 오랜만인 것 같구나."

『네메시스도 안녕이다곰~.』

형은 천천히 손을 흔들었다. 천천히 흔든 건 팔에 매달려 있는 아이들이 떨어지지 않게 하기 위해서다.

"그건 그렇고 여전히 인기가 많네. 왕도에서 만났을 때도 아이들에게 둘러 싸여 있었고."

『인형옷이 신기하니까곰~.』

"신기하구나."

『다들 거의 입지 않는다곰~. 장비로 따지면 최악이다곰~.』

"그래?"

『……이걸 입기만 해도 손으로 드는 무기와 액세서리를 제외한 장비 슬롯을 전부 차지한다고.』

아, 그러면 인기가 없을 만하네.

『그걸 커버할 수 있는 성능인 인형옷은 극소수다곰~. 나 말고 평소에 입는 〈마스터〉는 다섯 명도 안 된다곰~.』

"……네 명은 되는구나."

형하고 합치면 다섯 명. 전대 히어로냐.

……그러고 보니 형은 예전에 그것도 했었지.

『그것도라는 건 무슨 뜻인고.』

네메시스가 텔레파시로 물어보는데, 대단한 건 아니다.

예전에 형이 전대 히어로 멤버로 특촬 프로그램에 출연했을 뿐이다.

『……그쪽 이야기는 잘 모르겠다만. 내가 레이에게 얻은 그쪽 세계의 상식으로 따지면 대단한 것 아닌가? 아니, 형은 원래 격투가 아니었는고?』

그 말대로, 중고등학생 때는 학생 겸 무술가였다.

그리고 초등학생 때는 아역 배우 겸 가수였다.

그때 전대 히어로의 추가 전사, 여섯 번째 멤버로 발탁되었다는 거다.

내가 철이 들었을 때는 그만뒀기에 잘은 모르겠지만.

『……곰 형님은 대체 뭔가.』

내 백수 형인데?

"형은 〈초급 격돌〉을 관전하러 기데온에 온 거야?"

『맞다곰~. 친구인 피가 공의 시합을 보러 왔다곰~.』

피가 공…… 피가로 씨인가. 친구였나.

"그래, 나도 시합을 관전할 생각이니까 회장에서 만날지도 모르겠네."

『어? 티켓 구했냐곰?』

"그래. 동료가 구해줬어."

마리에게 받은 티켓을 아이템 박스에서 꺼내 형에게 보여주었다.

『오, 박스석이다곰~. 용케도 구했…… 음?』

형은 티켓을 한 번 본 뒤 눈——부분 파츠——에 가져가 들여다보고 있었다.

"왜 그래."

『이거 봐라곰.』

그리고 형도 아이템 박스에서 자신의 티켓을 꺼냈다.

그걸 확인해보니…… L-001이었다.

이 L이라는 것이 박스 번호고 001이 그 박스 안의 좌석 번호인 모양이었다.

참고로 내 티켓은 L-004다.

"박스 번호가 같네?"

자리 번호는 다르지만 나와 형의 박스 번호가 같았다.

『엄청난 우연이다곰~. 이러면 나란히 관전할 수 있다곰~.』

"이런 우연도 있구나."

『레이의 동료가 나와 같은 암표상에서 구입했을지도 모른다곰~.』

그렇구나. 그렇다면 같은 박스석이라도 이상하진 않겠지.

『그건 그렇고 덴드로에 들어온 지 얼마 안 되었는데도 벌써 친구가 생겨서 형으로서 기쁘다곰~.』

형은 손수건을 꺼내 눈 부분 파츠에 가져다 대며 우는 시늉을 했다.

……아니, 거기에서는 눈물 같은 건 안 나오잖아?

『그리고 장비를 보니 이 짧은 기간 동안에 대모험을 한 모양이구나.』

형이 수갑과 부츠── [장염수갑]과 [자원주갑]을 보는 것이 느껴졌다.

"뭐, 여러 가지 일이 있었어. 그 이야기도 하고 싶지만…… 아무리 그래도 이런 상황에서 오래 이야기하기는."

아직 아이들이 형을 둘러쌌고, 우리들이 이야기하고 있는 동안에도 형을 마구 만져댔다.

『그래. 자~, 얘들아~! 곰돌이는 슬슬 가야 한다곰~! 작별 선물로 과자를 줄게곰~.』

형은 그렇게 말하고 아이템 박스에서 대량의 과자를 꺼내 아이들에게 나눠주기 시작했다.

아이들은 기뻐하며 형에게 "곰돌아 고마워~"라고 인사를 하며 차례대로 떠나갔다.

"……왕도에서도 그랬었지."

『훗, 이 인형옷을 입고 움직일 때는 필수다곰.』

그러면 벗으면 되잖아…… 아니, 벗을 수가 없구나. 저 안에는 형의 쌩얼이 있고.

"그렇지, 인형옷이 아니라 가면이나 복면을."

『그렇게 수상쩍은 모습은 싫어.』

……곰은 수상쩍지 않다고?

"그러면 예전 솜씨를 발휘해서 전대 히어로로 꾸미면 되잖아."

『그거 말이지, 전문 클랜이 있어서 헷갈리게 된다곰.』

"있구나…… 전대 히어로."

『가면의 히어로도 있다곰.』

"……자유롭구나, 덴드로."

그러던 동안 형은 과자를 다 나누어 주었고, 몰려들었던 아이들도 흩어졌다.

흩어졌는데.

"……머리에 뭔가 남아 있지 않아?"

『그렇네곰︿﹀.』

보아하니 형의 정수리 근처에 아직 달라붙어 있는 것이 있었다.

인간 아이가 아니었다. 고슴도치나 호저 같은 느낌의 작은 동물을 간략화시킨 것 같은 생물이 인형옷의 머리에 찰싹 달라붙어 있었던 것이다.

형과 세트로 보면 처음부터 그런 마스코트인 것 같기도 한데, 물론 원래 형에게는 그런 옵션이 딸려있진 않다.

이 작은 동물은 언제부터 붙어 있었던 걸까.

머리 위에 이름이 뜨지 않으니 몬스터는 아니겠지만…… 〈엠브리오〉인가?

"죄송합니다."

그때 옆에서 목소리가 들렸다.

보아하니 그곳에는 여자 한 명이 서 있었다. 외모로 볼 때 나이는 20대 초반 정도, 평범한 판타지 같은 장비를 차고 있었지만 왠지 비서 분위기가 풍기는 사람이었다.

그리고 왼쪽 손등에 문장이 있으니 〈마스터〉겠지.

"저희 베헤모트가 폐를 끼쳤네요."

"베헤모? 아, 이 아이말인가요?"

베헤모트, 구약성서에 나오는 베히모스의 발음 중 하나였을 것이다.

그렇다면 이 사람이 이 〈엠브리오〉의 〈마스터〉인건가?

『자, 마중 나왔다곰~ 아가씨.』

형은 그렇게 말하고 머리 위에 있는 고슴도치…… 베헤모트를 내리려 했지만 달라붙어서 떨어지려 하지 않았다. 아가씨라니…… 암컷인가?

『XD』

베헤모트는 한 번 운 다음 다시 달라붙었다. 형의 머리 위가 정말 마음에 든 모양이다.

"베헤모트, 내려오세요. 슬슬 가지 않으면 늦어요. 서서 보는 자리니 일찌감치 들어가야죠."

베헤모트는 형의 머리 위에서 뛰어내려 데리러 온 〈마스터〉의 가슴으로 뛰어들었다.

"그러면 실례하겠습니다."

『아, 잠깐 기다려라곰.』

형은 떠나려 한 여자를 불러세우고 박스에서 꺼낸 과자를 건넸다.

『선물이다곰~. 둘이서 먹어라곰~.』

"……감사합니다."

『thx.』

그렇게 베헤모트와 〈마스터〉는 떠나갔다. 서서 보는 자리 어쩌고 했으니 그녀도 중앙 투기장의 이벤트에 간 건지도 모른다.

"그런데 형은 아이들뿐만이 아니라 작은 동물들에게도 인기가 많구나."

내가 그렇게 말하자 형은 왠지 모르겠지만 고개를 갸웃거렸다.

큰 동물은 아니지, 곰도 아니고.

『음~. 뭐, 결국에는 아이들에게 인기가 많다곰. 역시 곰은 인기가 많다곰~.』

"그래, 그래."

어쩔 수 없이 입기 시작했다고 했던 것 치고는 인형옷을 마음에 들어하는 것 같은데.

『그런데 곰이 인기가 너무 많아서 다른 인형옷을 입는 게 망설여진다곰~.』

"다른 것도 있어?!"

『특전 무구 인형옷만 해도 두 손가락이 부족할 정도로는 있다곰.』

"그렇게 많이?!"

특전 무구를 그렇게 많이 가지고 있다는 거에 놀라야 하나, 그게 다 인형옷이라는 것에 놀라야 하나. ……정말 형은 질리지 않는구나.

『그러면 어디서 천천히 이야기하자곰~.』

"그래. 네메시스도 가자…… 아니, 왜 멍하니 서 있는 거야?"

왠지 모르겠지만 네메시스는 그 자리에 서 있었다. 그러고 보니 아까부터 말이 없었지.

왠지 모르겠지만, 네메시스는 베헤모트와 〈마스터〉가 걸어간 방향을 지긋이 바라보고 있었다.

"왜 그래?"

"……아니, 아무것도 아니다. 아마 착각일 게야. 〈엠브리오〉를 데리고 있었으니 말이다."

뭘 신경 쓰는 거지?

『어이~, 둘이서 왜 멈춰 서 있냐곰~?』

"이런, 곰 형님이 기다리는군. 가야지."

"그래."

나와 네메시스는 걸어가기 시작했고, 형과 함께 어디 가게라도 들어가기로 했다. 가게는 우리가 정해도 된다고 했기에 네메시스의 희망으로 어제 갔던 디저트 가게로 정했다.

　……또 잔뜩 먹겠지.

◇ ◆ ◇

"만족했나요? 베헤모트."

『lol.』

"그거 잘됐네요. 그 곰을 귀엽다, 껴안고 싶다고 했으니까요. 좀 상스러운 것 같지만요. 자, 이제 오늘 관전 때 다른 소원을 이뤘으면 좋겠네요."

『yup.』

"강하면 좋겠는데요. 이 나라의 〈초급〉은."

『Hype.』

□[성기사] 레이 스탈링

『그래, [갈드랜더]하고 [고즈메이즈]라. 레이도 꽤나 기연을 얻었다곰.』

"기연 말이지."

우리들은 어제 왔었던 디저트 가게에서 차를 마시면서 지금까지 있었던 일들을 이야기하고 있었다.

참고로 나는 아까 먹은 샌드위치가 아직 위에 남아 있어서 차만 마시고 있다.

네메시스는 그냥 먹고 있다. 네 위장은 어떻게 된 거야.

『〈UBM〉은 애초에 마주치기가 힘들고, 일화급이라도 강적이다곰. 〈Infinite Dendrogram〉에 들어와서 얼마 되지도 않았는데 싸워서 쓰러뜨리는 경우는 거의 없다곰.』

형은 그렇게 말하면서 벌꿀을 바른 팬케이크를 입에 가져갔다.

물론 포크로 찔러서. 저 인형옷 손으로 용케도 잡는다 싶긴 한데, 개틀링 포와 비교하면 그나마 나으려나.

……그런데 곰이 의자에 앉아서 벌꿀 팬케이크를 먹고 있는 모습이 너무 팬시하다.

귀엽기도 하겠지. 안에 들어 있는게 20대 후반 남자라는 걸 모른다면.

『뭐, 이렇게 말한 나하고 피가 공이 〈UBM〉을 쓰러뜨린 것도 첫 번째 하급 직업 때였지만.』

"어?"

『피가 공하고 만났던 것도 그때였지. 나하고 그 녀석은 우연히 길을 잃고 들어간 필드에서 〈UBM〉 두 마리하고 싸워서…….』

"두 마리?!"

머릿속에서 [갈드랜더], [고즈메이즈]와 동시에 싸우는 걸 상상했다.

응, 안 되지. 죽을 거야. 두 마리를 쓰러뜨린 지금이라도 여유롭게 죽을 거야.

"그러면 피가로 씨하고 함께 2대2로."

『아니야.』

"아, 그렇구나. 피가로 씨 말고도 다른 멤버가."

『아니. 각자 〈UBM〉하고 일대일로 붙게 되었어.』

저기, 응?

『우선 두 마리를 떼어놓는 것부터 힘들었고, 쓰러뜨리는 것도 머리를 꽤 써서…….』

"잠깐. 그때 형은 아직 첫 번째 하급 직업이었잖아."

『그래.』

"피가로 씨는?"

『그 녀석도 첫 번째인 [투사]였지. 50도 안 되었고.』

"……〈엠브리오〉는?"

『나하고 피가 공 둘 다 제3. 네메시스처럼 자이언트 킬링 능력은 없었지.』

"…………."

내가 할 말은 아닐지도 모르겠지만…… 그런데 어떻게 이긴
거야.

게다가 나 때처럼 다른 누군가의 도움을 받은 것도 아닌데.

더 따져보자면…… 게임을 제일 먼저 시작한 형이 하급 직업
이었을 때잖아?

그러면 〈마스터〉 중에서는 거의 최초로 〈UBM〉을 쓰러뜨린
거 아닌가…….

『뭐, 그 일에 대해서 이야기하면 피가 공의 〈엠브리오〉 능력
을 까발리게 된다곰. 내 입으로는 말하고 싶지 않으니 이야기한
다면 네가 스스로 알아낸 뒤다곰.』

"그런 사정이 있다면 어쩔 수 없겠지."

이 결투도시는 피가로 씨의 본거지이기에 투기장의 왕자이기
도 한 피가로 씨의 정보는 잔뜩 돌아다니고 있지만, 그 정보에
는 한 가지 결정적으로 빠져 있는 것이 있다.

그것은 피가로 씨의 〈엠브리오〉다.

피가로 씨의 〈엠브리오〉는 정체불명이라고 한다. 능력, 형태,
카테고리조차 전부 다 비밀. 다른 〈알터 왕국 삼거두〉는 [파괴
왕]의 '전함'이나 [여교황]의 '밤' 등 어느 정도는 정체가 추측, 또
는 판명되어 있다.

하지만 [초투사]── 피가로 씨의 〈엠브리오〉에 대해서는 전
혀 모르는 상태다.

나도 마리가 보여준 PK와의 전투 영상을 통해 피가로 씨가 싸우는 것을 보았지만 〈엠브리오〉는 짐작도 되지 않았다.

　형이 살짝 해준 이야기가 이 비밀의 진실로 이어진다면 지금은 들을 수 없다는 것도 납득할 만하다.

　"그런데 형은 알고 있구나."

　『오래 알고 지냈으니까. 이쪽 시간으로 따지면 4년 이상이다곰.』

　"그렇구나. 그럼 피가로 씨가 왜 솔로를 고집하는 건지도 알아?"

　『알아. 하지만 그건 사생활 쪽 이야기니까 말할 수 없다곰.』

　"그렇구나. 그럼 됐어."

　'잡스러운 싸움은 하고 싶지 않다'고 하면서 전쟁에 참가하지 않았던 이유가 아마 거기 있을 것이다.

　하지만 그렇게 고집스러운 솔로 방침이 피가로 씨 자신의 사정으로 인한 것이라면 어쩔 수 없다.

　"그런데 곰 형님은 발이 넓은 모양이로구나. 그 피가로와도 친구인 모양이고."

　『뭐, 오래 플레이했으니까~.』

　"물어보려고 했는데, 형은 하루에 이쪽에서 얼마나 오래 지내고 있는 거야?"

　불로소득이 있는 네오 니트 같은 형은 그야말로 시간이 얼마든지 있다.

　『아니, 이래 봬도 건강하게 살고 있다곰~.』

"건강하게라니."

『세 끼 식사와 목욕, 화장실, 몸매(근육)를 유지하기 위한 트레이닝 한 시간은 저쪽에서도 빼먹지 않는다곰.』

"반대로 말하면 그것 말고는 전부 이쪽이라는 거잖아!"

폐인이야! 엄청난 폐인이라고!

『뭐, 지금은 하고 싶은 게 이쪽에만 있으니 어쩔 수 없지.』

"시간하고 돈이 있으니 연애라도 하면 좋을 텐데."

어머니가 슬슬 손자 얼굴을 보고 싶어하시니까.

나? 아직 학생이니 이르지.

누나는…… 그 사람은 뭐, 응.

결국 형이 결혼에 제일 가까울 것 같은데…… 보아하니 아직 먼 것 같다.

형하고 그런 이야기를 하고 있던 동안 시간이 한 시간 정도 지나 있었다.

『그럼 나는 잠깐 들를 곳이 있으니 이만 실례한다곰~.』

"그래, 알았어. 그럼 회장에서 보자."

『응. 레이의 동료와 만나는 걸 기대한다곰~.』

형은 그렇게 말하고 가게를 나섰다. 테이블 위에는 계산할 돈보다 약간 많은 돈이 놓여 있었다.

상금을 손에 넣었으니 이번에는 내가 내려고 했는데 『이번에는 내 체면을 세워주라곰~』이라고 하면서 결국 형이 내줬다. 이번에는 고맙게 받아두자.

그리고 그중 9할은 네메시스의 식비였다. 먹는 양이 늘어나서 정말 곤란하다.

천벌을 내리는 신하고 이름이 같은데, 하는 행동은 대죄 중 하나인 폭식이라니……

"아니, 그건 아니다. 레이."

"뭐가 아닌데."

"폭식이란 아무런 생각 없이 음식을 낭비하는 것. 하지만 나는 확실하게 맛을 보고 즐긴 뒤에 피와 살로 만들고 있다. 그러니 이건 폭식이 아니라 미식이다!"

"그렇구나, 그렇다면 됐어. 하지만 한 가지 말해두지."

"뭔가."

"전부 피와 살로 바꿨다면 네 몸무게는 얼마나 늘어나는 거야."

몸무게 이야기 같은 건 여자에게 할 이야기는 아니지만…… 아무리 그래도 보다 보면 걱정이 되는 수준이라고.

"훗, 안심하거라. 나는 〈엠브리오〉이니 말이다. 몸매나 몸무게가 그리 쉽사리 바뀌지는 않으니."

"그러십니까, 대단하시네요."

"국어책 읽기?!"

형태가 바뀌면 모습이나 무게도 엄청나게 바뀌는데.

"그런데 그러면 〈엠브리오〉는 다들 많이 먹어?"

"반론. 〈엠브리오〉라서 많이 먹는 건 아니야. 나는 그렇지 않아. 네메시스가 많이 먹는 건 어디까지나 네메시스 자신의 문제. 그런 괴물 같은 위장이 기본 스펙이라고 생각하면 곤란해."

"그렇구나."

생각해보니 다른 〈엠브리오〉…… 바비도 이상하게 매운 걸 좋아하긴 했지만 먹는 양은 보통이었지. 이 식사량하고 비교하면 그 모독적인 미각이 더 정상적인 것 같기도 하다.

"……아니?!"

"음?!"

"야호~."

어느새 옆에 하얀 소녀──유고의 〈엠브리오〉인 큐코가 앉아 있었다.

"네메시스가 쌓아올린 접시 숫자가 너무 심해. 나는 이것의 5퍼센트도, 못 먹어~. 냠냠."

그녀는 예전에 만났을 때와 마찬가지로 축 처지게 국어책을 읽는 것처럼 말하면서 새하얀 레어 치즈 케이크를 먹고 있었다.

보아하니 가게 안에는 꽤 오래 있었던 것 같은데, 새하얀 모습이라 눈에 띌만도 한데 전혀 눈치채지 못했다. 그만큼 형과 네메시스의 식사에 정신이 팔려 있었던 걸까.

"신기해하네. 비밀을 밝히자면, 나는《기척조작》스킬을 습득하고 있어. 어느 정도라면, 눈에 띄지 않을 수도 있어."

"왜 기척을 지우고 있었던 거야?"

"놀랐지?"

"놀랐고 말고."

그렇게 대답하자 그녀는 "후후~", 그렇게 만족스러운 표정으로 다시 케이크를 먹기 시작했다.

……어? 설마 놀라게 하고 싶었던 것뿐인가?

"여전히 알 수가 없는 녀석이로구나."

정말 그렇다. 함께 고즈메이즈 산적단과 싸운 동료이긴 하지만 그녀의 캐릭터는 아직 전부 파악하지 못하고 있다.

"큐코. 유고랑 같이 있는 거 아니었어?"

"슬슬 올 거야~. 나뉘어서 찾고 있었으니까~. 텔레파시로 장소 알려줬으니까 올 거야~."

'찾고 있었다'라는 말에 내가 의문을 품고 "뭘 찾고 있었는데?"라고 물어보려 했을 때, 가게 문이 열리고 손님이 온 것을 알리는 종이 울렸다.

문으로 들어온 것은 낯익은 군복 라이더 슈트를 입은 남자 한 명.

"여, 레이. 내가 무사히 다시 만나게 된 것을 신과 자네에게 감사해야만 하려나?"

여전히 거창하게 연기를 하는 것 같아서 느끼한 남자―― 유고의 모습이 그곳에 있었다.

……왠지 오늘은 다시 만나게 되는 일이 많네.

가게가 혼잡한 시간대가 되어서 그런지 가게 안에 사람이 많아질수록 〈미스터〉외 다른 나라 분위기를 풍기는 사람들이 많이 보였다.

"맛있어~! Wiki에 나와 있었던 대로 진짜로 맛있는 디저트 가게야~!"

"……이오, 목소리, 크거, 든?"

"복숭아 타르트, 80점. 숏 케이크, 76점. 레어 치즈 케이크······ 95점."

내 뒤쪽 테이블에서는 젊은 여자로 보이는 시끄러운 목소리도 들리고.

"아, 포장해서 가져갈 수도 있구나. 유메지 군하고 카루루에 게 가져다 줄 선물은 이거면 되려나. 먹을 것도 보존 성능이 높은 아이템 박스라면 오래 가니까. 알베르토는······ 먹을 거 말고 다른 걸로 해야지."

왼쪽 옆 테이블에는 터번을 두르고 있어 척 보기에도 아라비 아 같은 사람이 뭔가 메모하고 있었다.

그밖에도 짐승의 가죽 갑옷을 걸치고 있는 투박한 집단이나 해적 모자를 쓴 여자애와 그녀를 둘러싸고 있는 해적 머리띠를 두른 근육 남자들, 왠지 어제보다 다양한 손님들이 보이는 것 같았다.

그리고 이 가게에 있는 이상, 외모가 가게의 분위기에 맞지 않는 것 같은 사람들까지 전부 이 디저트를 맛보러 왔을 것이다.

"······여기, 인기가 많은 가게였구나."

"그래, 이곳의 디저트는 맛있다고 티안, 〈마스터〉할 것 없이 평판이 좋은 모양이니까."

"레어 치즈 케이크, 요구르트 무스, 소프트크림, 딜리셔스."

유고와 큐코도 만족하는 모양이었다. 큐코는 왠지 하얀 것만 먹는 것 같긴 한데.

아, 모처럼 유고와 다시 만났으니 상금 이야기를 해야지.

"······설마 녀석들의 상금이 이렇게 많을 줄이야. 솔직히 놀랍군."

상금이 8000만이라는 것을 말하자 유고도 역시 놀란 모양이었다.

"그래서 배분 말인데."

"편지로도 말했듯이 나는 사양하겠다고 하고 싶지만, 그러면 납득하지 못하겠지?"

"당연하지."

이런 거금을 독점하면 위에 구멍이 뚫린다고.

"절반씩 나누자."

"나는 그 절반의 절반이라도 상관없어. 한 번 사양한 거니 그것도 많은 편이지."

"그래?"

오히려 고즈메이즈 산적단 토벌이라는 명분을 따지면 내가 쓰러뜨린 건 메이즈뿐이니 유고가 좀 더 가져갔으면 하는데.

"······레이는 욕심이 없군. 내게 솔직하게 말하지 않고 얼마든지 속일 수도 있었을 텐데."

"동료에게 거짓말을 해서 뭐하게."

"·············."

내가 그렇게 말하자 유고는 왠지 모르겠지만 눈을 내리깔았다. 무슨 일이라도 있나?

"아, 그리고 기사단 초소에서 말인데."

내가 녀석들이 남긴 재보를 유고에게 말하지 않고 기부해버렸다는 것도 말했다.

"그것도 상관없네. 나라도 그런 선택을 했겠지."

좀 안심이 되었다. 역시 나와 유고는 사고방식이 비슷한 모양이다.

『그래, 그대들 두 사람은 정말 비슷하다.』

양쪽 다 메이든의 〈마스터〉니까.

돈에 대한 이야기를 일단 마치고 난 뒤, 유고가 받을 몫을 건넸다.

지금 와서 생각하는 거지만 [도적] 같은 사람에게 도난당하지 않아서 다행이다…… 가게 안에도 [도적]이 있겠지?

"상금, 확실히 받았다. 고맙네. 부서진 [마셜Ⅱ] 수리비를 때울 수 있겠어."

"호오………… 그런데 그건 얼마나 해?"

"한 대에 1000만 릴."

"으익?!"

그게 그렇게 고급품이었나?!

"튜닝과 옵션장비까지 포함하면 2000만 릴이 약간 넘지."

유고는 2000만 릴을 넣은 아이템 박스를 손가락으로 가리켰다. 그와 동시에 '〈마징기어〉의 파손은 필요경비가 아니니 더 이상 상금은 필요 없다'라고 눈으로 말하는 것 같았다.

"비용이 많이 드는 장비라 말이지. 게다가 이 가격은 우리 클랜…… 〈예지의 삼각〉의 멤버만 가능한 원가 판매 가격이야. 드라이프의 통상 판매 가격은 두 배. 카르디나에 흘러나갈 경우의 최종 판매 가격을 따지면 두세 배는 더 될 테고."

원가가 1000만이라는 것에 놀라야 하는 걸까, 아니면 최종 가격이 엄청나게 불어난 것에 대해 놀라야 하는 걸까.

"이 높은 비용이 [마셜 II]…… 〈인간형 마징기어〉의 가장 큰 단점이야. 아룡급 전투력을 지니고 있지만 그 아룡도 테임 몬스터로 구입하면 300만 정도, 비용면에서는 꽤 큰 차이가 있지."

아룡은 그 정도 가격인가. 나도 용차하고 세트로 살까. 그래도 실버가 있으니 필요 없으려나.

"하지만 〈마징기어〉에게도 장점은 있네. 테임 몬스터와는 다르게 캐퍼시티를 차지하지 않고, 재료와 돈만 있으면 얼마든지 양산할 수 있으니까."

아룡급은 하급 직업 파티 하나에 해당한다. 그것을 얼마든지 만들 수 있다니, 역시 대단하네. 비용이 많이 들 만하다.

"생물인 몬스터는 재료와 돈이 있더라도 늘리지 못할 테니까."

"……그렇지."

"아까 잠깐 이야기가 나왔는데, 카르디나에서도 팔아?"

"그래, 그 나라는 여러 나라의 특산물을 수입해서 팔고 있고, '나라가 수출하지 않는 것'도 이유는 모르겠지만 팔고 있으니까. 드라이프의 〈마징기어〉, 그란바로아의 선박, 알터의 〈묘표미궁〉 드랍 아이템, 천지의 무기, 황하나 레젠더리아의 매직 아이템. '돈만 있다면 어떤 나라의 상품도 구입할 수 있다'가 그 나라의 특징이자 장점이야. 신분조차 돈으로 살 수 있지."

이 세계는 돈이다, 그런 나라로구나.

"덕분에 많은 릴을 손에 넣은 하이엔드 플레이어가 이주해서…… 〈초급〉의 숫자도 가장 많다는 점이 문제다."

유고는 뭔가 고민하는 것처럼 중얼거렸다.

"가장 많다니, 몇 명인데?"

"아홉 명의 〈초급〉. 그것이 그 나라의 최대 전력이야."

"……많은데."

알터 왕국은 네 명이라고. 두 배 이상이잖아.

"그러고 보니 저번 전쟁 때 드라이프는."

"알터에게 압승했지만 그 직후에 카르디나가 드라이프를 침공했지. 막기 위해 〈초급〉을 전선에서 뺄 필요가 생겼어. 그래서 알터를 끝까지 몰아붙이지 못했지."

덕분에 〈초급〉 전원이 빠진 저번 전쟁에서도 왕국은 멸망하지 않았다.

드라이프의 침공으로 인해 변경된 국경선을 되찾을 정도의 여력도 남아 있지 않았지만.

"마지막까지 이길 생각으로 잔뜩 투자했는데 그런 결과였으니. 드라이프의 내정을 담당하고 있는 비고마 재상은 머리를 감쌌다고 하더군. 참고로 드라이프가 그렇게 〈마스터〉에게 포상을 뿌릴 수 있는 건 앞으로 한 번이 한계야. 그 이상은 경제가 파탄나지."

"그런 말을 해도 되는 거야?"

"나 정도…… 소속된 〈마스터〉 중 한 사람에 불과한 사람이라도 알고 있고, 게시판에도 자주 올라오는 내부 사정이야. 문제는 없다."

"그렇구나."

"어찌 됐든 드라이프가 전쟁에서 이기려면 카르디나가 개입하기 전에 알터 왕국을 점령하든가…… 강화를 통한 병합 등, 전쟁에 의존하지 않는 수단으로 손에 넣을 필요가 있지."

뭐, 장기간 전쟁을 벌이면 국력이 매우 크게 쇠퇴한 왕국도 힘드니까.

다행인지 불행인지 카르디나의 존재가 방파제가 되고 있는 것이다.

……고즈메이즈 산적단 사건 때는 골칫덩이 나라인가 싶었는데.

"그래, 참고로 알터의 동맹국인 레젠더리아가 저번 전쟁 때 참가하지 않았던 이유도 카르디나다. 알터의 남쪽에 위치한 레젠더리아에서는 알터 북쪽에 있는 드라이프 국경이 멀지. 하지만 대륙 중앙의 사막지대를 주름잡고 있는 카르디나와는 매우 가까워. 만약 도와주기 위해 〈초급〉이나 초급 직업인 티안을 보낸다면 그 틈에 카르디나가 레젠더리아를 함락시킬 거야. 그 나라가 드라이프에 개입한 것은 드라이프가 알터 왕국을 병합하여 대륙 통일에 나서는 것을 막기 위해서지만, 그것과는 별개로 그 나라도 대륙 통일을 노리고 있으니까."

드라이프뿐만이 아니라 카르디나에도 야망이 있는 건가. 난세구나.

"카르디나가 빈틈을 보이는 나라 말고는 침공하지 않는 건 대륙 중앙에 위치하고 있기 때문이야."

그건 지리 쪽 이야기다. 해상 국가인 그란바로아를 제외한 여섯 개의 나라가 있는 이 대륙 주변을 지도로 보면 마치 프랑스나 이탈리아 국기처럼 나눌 수 있다.

　왼쪽은 서방 세 나라. 북쪽부터 드라이프 황국, 알터 왕국, 레젠더리아.

　중앙은 도시국가연합 카르디나.

　오른쪽은 황하 제국과 대륙과 가까운 섬나라인 천지, 이 두 나라다.

　이 중 중앙의 카르디나는 멀리 동쪽에 있는 천지를 제외한 모든 나라와 국경이 맞닿아 있다.

　"서방의 드라이프, 알터 왕국, 레젠더리아, 동방의 황하 제국. 그리고 바다 위의 그란바로아. 둘러 싸여 있는 거야. 어딘가를 공격하는데 주력하면 다른 나라가 카르디나의 영토를 깎아내겠지. 공격할 이유는 얼마든지 있으니까."

　"저쪽을 치면 이쪽이 들고 일어난다는 거구나."

　고착상태에 빠져 있다. 그리고 상황이 움직이는 계기가 될 만한 것이 일시적으로 휴전 상태가 된 알터와 드라이프의 전쟁인가.

　"……이제 와서 하는 말이지만 말이야. 너, 그 차림으로 돌아다녀도 괜찮은 거야?"

　"그 차림이라니?"

　"아니, 그거 드라이프의 군복 같은 거 아니야?"

　유고는 어제와 마찬가지로 군복과 라이더 슈트를 합쳐놓은 듯한 옷을 입고 있었다.

유고의 소속을 생각해보면 그것이 어느 나라 군복인지 말할 필요도 없다.

그렇다면 이 나라에서 입고 다니는 건 위험한 거 아닐까.

"아니, 이건 드라이프의 제식 장비가 아니야. 〈마신기갑 그란마셜〉의 슈트지."

"마신기갑, 그라…… 뭐라고?"

"〈마신기갑 그란마셜〉이야."

로봇 애니메이션 같은 이름인데…….

"그런 애니메이션을 방송했었나?"

유고가 프랑스인이라는 것을 생각하면 해외 애니메이션일지도 모르겠는데…….

"애니메이션은 아니지. 〈예지의 삼각〉에 소속된 [화가(페인터)]가 그린 만화다."

"……이쪽에서?"

"이쪽에서 말이야."

유고의 말에 따르면 다음과 같은 흐름이었던 모양이다.

유고가 소속된 클랜, 〈예지의 삼각〉은 고생한 끝에 첫 전투 로봇형 〈마징기어〉인 [마셜Ⅱ]를 개발했다. 원래 로봇 애니메이션 같은 '인간형 전투 로봇을 만드는' 목적으로 모인 멤버들이었기에 그 완성에 매우 열광했다고 한다.

그들은 그 열기를 이어가며 그 이후로도 로봇 개발을 계속 했는데, 그와 동시에 다른 불꽃도 점화되어버렸다.

어느 날, 클랜에 소속된 멤버가 지니고 있었던 [화가] 스킬을 사용해 [마셜Ⅱ]의 멋진 일러스트를 그려냈다.

그러자 다른 멤버는 만화를 그렸다. 그림을 그리지 못하는 멤버 중에서도 소설을 쓰는 사람이나 입체모형을 만드는 사람이 나왔고, 다른 곳에서는 주제가나 BGM을 제작하는 사람도 있었다.

그것은 클랜 멤버가 늘어남과 동시에 연달아 진행되었고, 점차 거대한 창작이 되어갔다.

원래 로봇 애니메이션을 좋아하는 사람들의 모임. [마셜Ⅱ]라는 소재에 대한 토론을 통해 오타쿠 열기가 더욱 커졌고, 여러 가지 창작을 전개하여 지금은 본거지 안에 창작물 진열 전용 공간을 마련하게 되어버린 정도인 모양이다.

그러한 창작물 중에는 만화 작품에서 파일럿이 입고 있던 파일럿 슈트를 본따 만든 의상, 다시 말해 유고가 지금 입고 있는 옷도 있었다고 한다.

"다시 말해 항상 코스프레인가."

"일류 생산 직업이 만들었기에 성능에 부족함이 없기도 해서 〈예지의 삼각〉에 소속된 [조종사]의 유니폼처럼 취급받고 있지. 어디까지나 내부 이야기고 외부에는 알려지지 않았으니 이 나라에서 입더라도 문제는 없다만."

"성능이 좋구나."

"특전 무구에는 미치지 못하지만 착용 가능한 레벨대에서는 최상급에 속하겠지."

얼마나 뜨거운 마음을 저 의상에 쏟아부은 걸까.

인간은 좋아하는 것에 대한 고집을 부리기 시작하면 멈출 수 없게 되는 법이니까…….

"유고도 로봇을 좋아해서 그 클랜, 〈예지의 삼각〉에 들어간 거야?"

"……아니. 나는 클랜의 오너와 아는 사이여서 클랜에 들어간 케이스다. 아니, 애초에 그 사람의 권유로 〈Infinite Dendrogram〉에 들어왔지."

왠지 들어본 이야기 같다. 나도 형이 권유해서 알터 왕국에서 시작했으니까.

"자, 나도 몇 가지 물어보고 싶은 게 있다. 특히 어제 그 [고즈 메이즈]와의 전투 이야기는 느긋하게 듣고 싶군."

"그래, 좋아. 유고하고 큐코가 아이들을 데리고 탈출한 뒤에 나하고 네메시스는……."

그 뒤로 나와 유고는 정보교환, 그리고 근황들을 이야기했고.

"아, 슬슬 시간이 됐네."

정신을 차리고 보니 이벤트 시작 시간까지 한 시간 정도밖에 안 남은 시간이었다. 오늘은 알레한드로 씨 가게에서 쇼핑할 시간은 없겠네. 내일 하자.

"볼일이라도 있나?"

"그래, 이벤트 티켓을 얻었거든. 중앙 대투기장에서 피가로 씨하고 황하의 신우라는 〈초급〉이 시합을 벌인다는데, 알고 있어?"

"알고 있지. 아니, 지금 이 마을에 있는 〈마스터〉 중 대부분은 그게 목적일 거야."

"유고도 그걸 보러 온 거야?"

"……그렇다 할 수 있지."

"그렇구나, 그럼 회장에서 만날지도 모르겠다."

"…………."

내가 그렇게 말하자 유고는 뭔가 생각하고 있는 것 같았다. 무슨 이상한 말을 했나?

"레이, 이건 대충이나마 기억해두었으면 하는 건데."

유고는 그렇게 말하고 약간 뜸을 들인 뒤.

"진짜는 서쪽이다."

그렇게 말했다.

"……진짜?"

진짜는 서쪽이라니…… 무슨 소리지?

"…………대단한 이야기는 아니야. 그, 대투기장의 시합에서는 동쪽과 서쪽에서 선수가 입장하지? 그러니 오늘 진짜배기는 서쪽에서 입장할 [초투사] 피가로라는 거다."

"그런 식으로 입장하는 건가. 나는 아직 본 적이 없어서 몰랐네."

그런데 왜일까. 유고가 한 그 설명은 뭔가를 둘러대는 것처럼 들렸다.

"나는 이제 회장으로 갈게."

"그래, 알았다. 나와 큐코는 좀 더 있다가 이동하도록 하지."

"그렇구나. 그럼 여기서 일단 헤어지자. 아, 친구 등록 해둘까?"

또 볼일이 생겼을 때, 로그인 중인지 아닌지 정도는 알 수 있는 편이 좋을 테니까.

"……지금은 하지 말도록 하지. 다음에…… 다다음에 만났을
때 하도록 해."

"그래. 뭐 딱히 상관은 없는데."

왠지 인연이 있을 것 같으니 또 만날 테고.

"후후, 그럼 또 만나지. 레이."

"시 유 어게인, 네메시스."

"그래, 또 보자. 유고."

"음, 큐코여, 언젠가 또 보자꾸나!"

"저기, 유고. 말해도 괜찮은 거야?"

"…………."

"그런 건 '정보누설'인 거 아니야?"

"그럴지도 모르겠군."

"유고는 '계획'이 싫어?"

"……글쎄. 솔직히 말하자면…… 나도 잘 모르겠어."

"모르겠어?"

"물론 '그 사람'의 소원을 이루고 싶지. 그렇지 않다면 내가 유
고일 이유가 없으니까. 하지만 그것과 비슷할 정도로 여성의 불
행을 그냥 넘길 수는 없다."

"이율배반이구나."

"이율배반…… 그럴지도 몰라. 그래서 나는 레이에게 정보를 전달했다. 그것뿐이야. 이제 그가 그 정보로 움직이든 움직이지 않든, 그냥 별 이야기 아니라는 식으로 받아들이든 상관없어. '계획' 안에서의 나는…… '계획'에 따라 움직일 뿐이야."

"그러면, 나는 유고를 따라 움직일게."

"……고맙다."

□■왕도 알테어 영빈관

왕도 알테어 귀족 거리의 구석. 다른 나라에서 방문한 귀빈을 환영하기 위한 영빈관의 어떤 방에 세 사람의 모습이 있었다.

첫 번째 사람은 마스크를 쓰고 침대에 누워 있는 소년. 이마에는 얼음주머니를 얹고 있고, 가끔씩 기침도 하고 있기에 감기와 비슷한 증상이라는 것을 알 수 있었다.

두 번째 사람은 침대 옆에서 안절부절못하며 걱정스러운 듯이 침대 위에 있는 소녀를 보고 있는 젊은 여자. 근시인지 두꺼운 안경을 끼고 있었고 왠지 연약한 인상을 풍겼다.

세 번째 사람은 천장에 닿을 정도로 키가 큰 괴인. 침실치고는 높은 편으로 4미터 이상 되는 이 침실의 천장에 머리가 닿을 정도라는 시점에서 척 보기에도 이상한데…… 다른 두 사람은 그것을 전혀 신경 쓰지 않고 있었다.

세 사람은 황하 제국 제3황자 쯔안 롱, 황하 제국 대사 란 메이하이, 그리고 황하 제국의 〈초급〉, [시해선] 신우였다.

"콜록…… 죄송합니다, 신우 님. 저도 신우 님을 응원하러 가고 싶었는데…… 콜록…… 역시 안 될 것 같아요……."

"무리하지 마라. 느긋하게 치료하도록 해. ……그런데 네가 드러눕다니."

신우는 얼굴을 가리고 있던 부적 너머로 깊은 한숨을 쉬었다.

"네, 저도 신기한 느낌이에요……. 그래도 신우 님께서 병에 걸리지 않아 다행이네요."

황하에서 왕국의 왕도까지 긴 여행을 한 뒤 쯔안 롱은 곧바로 〈유행병〉에 걸렸다.

〈유행병〉. 그것은 갑작스럽게 발생하며 힘의 크기와는 상관 없이 만연하는 병의 총칭. 〈마스터〉들은 〈Infinite Dendrogram〉에서 부정기적으로 발생하는 광범위 이벤트로 인식하고 있다. 여러 가지 증상의 〈유행병〉이 지역에 만연하고 〈마스터〉든 티안이든 상관없이 많은 환자를 만들어낸다. 시간이 지나면 낫는 병도 있지만, 그중에는 특정 백신의 투여나 초급 회복마법의 사용 등 특수한 치료가 필요한 것도 있다.

〈유행병〉은 스테이터스나 내성에 상관없이 발병한다. 높은 레벨인 〈마스터〉라도 드러눕거나 시간이 지날 때까지 로그아웃하게 되는 사태가 발생한다. 인간의 지식을 뛰어넘은 재앙이기에 어쩔 수 없다. 오히려 이번 〈유행병〉은 감기에 가까운 증상으로 그치기에 다행이었다.

그래도 병은 병이다. 원래 쯔안 롱은 이제 곧 열릴 〈초급 격돌〉에서 신우와 함께 가서 관전할 예정이었지만…… 그러지 못한다는 것은 분명했다.

또한 마찬가지로 관전할 예정이었던 왕국의 제1왕녀도 〈유행병〉에 걸려 결석하는 모양이었다.

"으으으으…… 저기, 전하. 얼음주머니를 갈까요? 아니면 사과라도…….”

“대사 양, 얼음주머니는 한 시간에 다섯 번이나 갈았고, 사과도 아까 내가 깎았잖아.”

자기 나라의 황자가 갑자기 병에 걸리자 허둥대고 있는 메이하이를 신우가 달랬다.

“그러고 보니 쯔안뿐만이 아니라 이 나라의 여왕님이라는 녀석도 병에 걸렸던가? 그래서 쯔안의 공무도 중지되었지?”

“시, 신우 님. 아니에요……! 여왕님이 아니라 제1왕녀 전하십니다!”

“……하는 일은 똑같잖아.”

“아니에요! 외교상으로도 여러모로 다르다고요! 우선 말이죠!”

메이하이는 따지는 것처럼, 혹은 강의하는 것처럼 손짓발짓을 하고 있었다. 어린애처럼 보이기는 했지만, 저래 뵈도 명가 출신이며 외교관으로서는 우수한 인물이자 공적인 자리에서는 매우 일을 잘하는 여자다.

애초에 자기 나라 황자 앞에서 저런 태도는 좀 그렇지 않나 싶긴 하지만…….

“후후, 메이 누나는 여전하네요…… 콜록.”

정작 황자 본인이 그것을 허락하고 있었다.

누나라고 부르긴 했지만 물론 메이하이가 황족인 것은 아니다.

메이하이의 어머니가 쯔안의 유모였기 때문이다. 말하자면 젖형제인 것이다.

신우든 메이하이든 쯔안이 마음을 터놓고 있는 사람만 이 방에 있고, 다른 시종이나 관리들은 다른 방에서 대기하고 있었다.

"콜록…… 신우 님은 슬슬 기데온으로 가셔야만 하지 않나요……?"

쯔안은 방에 있던 시계를 보고 그렇게 말했다. 이제 세 시간 뒤에는 이벤트가 시작된다. 상식적으로 생각하면 용차로 한나절 이상 걸리는 기데온까지는 도저히 제때 맞춰서 갈 수 없다.

하지만 그것이 문제가 되지 않는다는 것을 이 방에 있던 모두가 알고 있었다.

"……네 호위는?"

"괜찮아요. 네, 몸 상태가 좀 안 좋긴 하지만 저 혼자서라도……."

"바보 같은 소리 하지 마라, 위험하잖아. ……손을 좀 내밀어봐."

신우가 재촉했고 쯔안이 손을 내밀자 그 손 위에 그가 보석──[주얼]을 올려놓았다.

"신우 님?"

"이번에 쓸 예정이 없는 녀석들을 넣어둔 예비 [주얼]이다."

"그래도 시합에서……."

"시합에서는 어차피 캐퍼시티 안에 있는 녀석들밖에 못 쓴다. 맡아둬."

신우는 그렇게 말하고 쯔안에게 [주얼]을 쥐어주었다. 마치 칼날과도 같은 신우의 손톱으로 그렇게 했지만 신기하게도 부드러워서 쯔안을 상처입히지도 않았다.

"……맡아두겠습니다, 신우 님."

"그래."

그렇게 말을 나눈 뒤, 신우는 창가로 걸어갔다.

신우는 그대로 칼날 같은 손톱으로 재주도 좋게 창문을 열고는 손뼉을 쳤다.

날카로운 금속음이 울리자 방 밖에서 쯔안의 시종이 허둥대며 들어왔다.

"무, 무슨 일이십니까! 전하! 신우 님?!"

"우리들이 나가면 창문을 닫아다오."

"네?"

신우는 무슨 말을 들은 건지 이해하지 못하는 시종을 곁눈질하며 손을 뻗었다.

말 그대로 5메틸 이상 금속제 팔을 뻗어 메이하이를 낚아챘다.

"어?"

"그러면 출발한다, 대사 양. 기데온이라는 곳까지 **다리를 뻗을 텐데**, 혀 깨물지 마라?"

그리고 신우는 몸을 움츠린 뒤.

"저기, 신우 님? 저, 준비, 마음의 준비가아아아아아아아아아아아아아아아아——?!"

메이하이의 비명만 남기고 열린 창문 밖—— 기데온 쪽 방향으로 날아갔다.

몇 초 뒤에는 점으로만 보인 그림자가 귀족 거리 벽 바깥에 있었다.

"다녀오세요, 신우 님, 메이 누나."

쯔안은 몸을 일으켜 그 작은 점 쪽으로 손을 흔들었고.

"…………."

눈앞에서 일어난 일로 인해 말문이 막힌 시종은 우선 들었던 대로 창문을 닫았다.

이렇게 [시해선] 신우는 왕도를 뒤로 하고 기데온으로 향했다.

■결투도시 기데온 · ???

기데온은 열기와 흥분으로 둘러싸여 있었다. 알터 왕국에서 가장 번창하고 있는 결투도시에서는 열기가 당연한 것이었지만 오늘밤은 평소보다도 훨씬 뜨거웠다.

그것은 오늘밤 중앙 대투기장에서 개최되는 이벤트가 그만큼 파격적이었기 때문이다.

기데온을 포함한 결투도시에서는 처음인 〈초급〉과 〈초급〉의 결투.

도시 안팎, 나아가서는 나라 밖에서도 많은 손님들이 모여들었고, 흥분과 기대를 공유하고 있었다.

마을 전체가 점점 다가오는 거대한 열기로 인해 들뜬 것 같았다.

하지만 극히 일부, 그런 열기와 흥분에 젖지 않은 사람이 결투도시의 구석에 있었다.

그 사람은 온도가 느껴지지 않는 눈으로 기데온의 거리를 내려다보고 있었다.

온도가 느껴지지 않는 눈이라는 것은 비유가 아니었다.

왜냐하면 그 사람은 아델리 펭귄 인형옷을 입고 있었기 때문이다. 온도가 없는 인공물 눈동자 너머로는 안에 있는 사람이 무슨 생각을 하고 있는지 파악할 수 없었다.

『아. 아. 아──…….』

하지만 인형옷 안에 있는 사람은 겉으로 보이는 것과는 다르게 태연하지 못했다.

그 사람은 끙끙대면서 오른손으로 머리를 감싸고 있었다.

잠시 끙끙대고 나서 반대쪽 손으로 들고 있던 [휴대식 통신 마법기]로 어딘가와 통화를 시도했다.

걸고 나서 2분 정도 뒤에 상대방이 받았다.

『안녕하세요~, 각하. 예정이 좀 변경되었다는 걸 알려드리려고요. 왕도에 있는 동료에게서 연락이 왔거든요. ……제1왕녀가 오지 않는다네요.』

펭귄은 전화 너머에 있는 사람에게 불평을 늘어놓았다.

하지만 그 불평에 포함되어 있는 정보는 지금 관계자 사이에서만 돌고 있는 것이었다.

『그 사실을 폐하 쪽, ……그러니까 창구의 그녀에게 연락하니까 "그러면 저희들은 이대로 관전과 관광을 즐기겠습니다"라네요. 아…… 진짜…….』

펭귄, 그리고 통화를 하고 있던 사람은 어떤 계획을 세우고 있었다.

그 계획은 제1왕녀의 참가와 어떤 인물의 조력을 전제로 하고 있었다.

『그야 말이죠. 황국의 최대 전력이니까, 있는 거랑 없는 건 천지차이거든요. 그래서 이쪽은 조커가 빠졌고요.』

하지만 원망을 잔뜩 실어 불평하고 있던 그 사람은.

『뭐, 문제는 없죠. 원래 그녀는 지나친 전력이니까요, 없으면 없는 대로 일은 진행될 거예요. 파이브 카드가 되지 않더라도 대부분의 승부는 포 카드로 끝낼 수 있으니까요.』

지금은 웃으면서 이야기하고 있었다.

『클랜에서는 저하고 벨도르벨, 그리고 제 비장의 아이가 일을 진행할 거예요. 그 이외는 배신파죠. 그래요. 그 망명을 희망했던 녀석들요. 녀석들도 '감옥'에 가는 건 싫을 테니 〈마스터〉밖에 상대하지 않겠지만요. 그걸로도 충분하거든요. 초급 직업도 없는 티안 따위는 아무런 위협도 되지 않으니까요. 아뇨, 아뇨. 황국의 전력을 바보 취급하는 건 아니거든요? 뭐, 어찌 됐든 이 전력으로도 9할은 성공하겠죠.』

펭귄이 한 말에 통화를 하고 있던 사람도 납득한 것 같았다.

하지만.

『만약에 '계획'에서 빠진 〈초급〉이 있을 경우의 성공 확률요? 5할이 되겠죠.』

펭귄은 통화하던 사람이 한 질문에 곧바로, 당연한 대답을 하는 것처럼 말했다.

『하하하, '좀 더 낮아지는 거 아니냐'고요? 각하.』

그리고 펭귄은…… 펭귄 인형옷 안에 있던 사람은 살며시 웃고.

『——여기 있는 게 누군지 잊으셨는지요?』

광기와 살기조차 풍기는 목소리로 그렇게 말했다.

『그러니 계획은 타깃 변경이라든가 약간의 수정을 해서 실행할게요. 이제 성공하는 걸 기도라도 해주세요.』

통화는 그렇게 끊겼다.

『막지 않았네, 스폰서. 재정 상황이 잔뜩 기울어서 이번에 결판을 내지 않으면 위험한지도 모르겠어. 역시 이게 실패하면 나중에는 원수파의 노선으로 가게 되려나…….』

펭귄 인형옷 안에서 쿡쿡, 웃었다.

『나중 일은 어찌 되든 상관없지. 실제로 강한 녀석이 나오면 어떻게 할까. 뭘 시험해볼까. 어디까지 해도 괜찮으려나.』

앞으로 일어날 일을 상상하자 펭귄 안에서 표정이 약간 변했다. 그것은 천진난만한…… 개미집에 물을 부을지 폭죽을 넣을지 생각하는 아귀 같은 표정이었고.

그와 동시에 앞으로의 전개와 타산을 냉철하게 생각하고 있는 어른의 얼굴이기도 했다.

하지만 어떤 생각이 나자 그 표정이 바뀌어 다시 생각하기 시작했다.

(아, 강한 상대가 있다고 해도…… 내가 손을 쓰기 전에 그 아이에게 질지도 모르겠네.)

펭귄은 이 마을로 데려온 어떤 〈마스터〉를 떠올렸다. 펭귄이 예전부터 잘 알고 있는 사람이자, 〈Infinite Dendrogram〉을 시작한지 한 달 정도밖에 안 된 루키.

희귀한 메이든의 〈마스터〉이긴 하지만 아직 베테랑에게는 못 미친다.

(그 아이의 〈엠브리오〉도 다른 의미로는 조커지. 역전의 용사들은 어떻게 하더라도 불리하니까. 상황에 따라서는 그야말로…….)

하지만 그래도.

『――그 아이 혼자서 기데온의 〈마스터〉를 전부 다 죽여도 이상하진 않으니까.』

펭귄은 자신이 데려온 그 〈마스터〉의 역량과 전과를 확신하고 있었다.

□[성기사] 레이 스탈링

오페라 등을 관람할 때 박스석, 또는 발코니석이라 불리는 자리가 있다. 벽에 파묻힌 반 개인실, 반 개방형 공간이자 보통 자리보다 고급이고 가장 무대를 보기 편한 자리다.

우리들이 자리잡은 중앙 대투기장 박스석도 그것과 비슷했지만 약간 달랐다. 개인실이지만 벽 한쪽 면이 전부 유리였고, 그곳을 통해 투기장 무대를 한눈에 볼 수 있게 되어 있었다.

참고로 일반적인 관객석은 축구 경기장 같은 형태였다. 인테리어도 완전히 달랐고, 관객석이 돌로 된 통로나 벤치였는데 이쪽은 융단과 골동품 의자(이 세계에서는 평범한 의자인가?)가 있었다. 공간도 꽤 넓어서 투기장 안인데도 불구하고 마음이 편했다. 환기시설 같은 것도 갖춰져 있어 그야말로 호화로웠다.

이렇게 고급스러울 줄이야. 암표상에서 구하긴 했지만 한 사람 당 10만 릴 값은 하는 것 같았다.

그런데 이거, 스포츠를 한 번 관전할 때 100만 엔을 쓰는 거나 마찬가지다.

……현실에서는 불가능할 정도의 사치야.

"6000만 릴이라는 거금을 얻었으면서도 빈티가 나는구나."

거금을 가지고 있다는 것과 아무렇지도 않게 거금을 쓸 수 있다는 것은 다른 문제인 것 같은데.

"뽑기."

"끄으으……."

나도 모르게 끙끙대버렸다. 맞받아칠 수가 없다. ……그래도 뽑기에는 거역할 수 없는 매력이…….

"레이 씨, 시합 안 보시나요?"

"아, 볼 거야, 볼 거야."

옆자리에 있던 마리가 재촉했기에 나는 다시 시합을 보았다.

그 전에 박스석 안 상황을 다시 한 번 확인했다. 우리 박스석 L에는 이미 나와 네메시스, 루크와 바비, 그리고 마리가 있었다.

참고로 네메시스와 바비의 요금은 〈엠브리오〉이기에 무료다.

……처음에는 그걸 몰라서 네메시스를 문장으로 되돌린 채로 들어가려 했는데.

"내가 할 말은 아니지만 운반 용기에 들어간 채 운반되는 개의 기분이었지."

그 예가 적당한가?

"그렇군. 개라고 하면 그대이니 말이야."

"잊어가던 걸 다시 파헤치지 말아줄래?!"

그 강아지 귀는 오늘 아침에 사라졌으니까 이제 깔끔하게 잊고 싶다고!

"어울리긴 했다만."

……그런 건 됐으니 다시 이야기를 되돌리자.

지금 이 자리에 있는 것은 방금 전에 확인했던 것처럼 우리 다섯 명뿐.

그렇다, 우리들과 같은 박스석이었을 형이 아직 오지 않은 것이다.

어딘가 들렀다 오는 건가?

뭐, 됐어. 지금은 시합을 관전하자.

아래쪽 전투 필드에서는 현재 서브 이벤트가 한참 열리고 있었다.

여기서 결투의 구조에 대해 확인해두자.

우선 무대에 서면 결투가 시작되기 전에 전투 조건을 설정하고 양쪽 다 승인한다.

그런 다음, 결투도시 특유의 결계를 전개하여 전투를 개시한다.

결계를 전개하면 결계 안에서 벌인 전투로 입은 부상은 치명상이나 데스 페널티를 포함하여 전투가 끝났을 때는 없었던 것이 된다. '완전한 사투'가 가능하다는 것이다.

보는 쪽의 안전도 고려하고 있어 무대와 관객석 사이에는 결계가 다섯 겹으로 쳐져 있다.

결계의 안팎은 차단되고, 통과하는 것은 소리와 빛, 선수들의 열기 정도다. 소리와 빛도 초음파나 레이저처럼 위험한 것은 통과하지 못하는 모양이다. 참고로 레벨 50이하인 사람들도 통과할 수 있는 모양이라 그 이유 때문에 나 같은 사람들은 결투에 참가할 수 없다.

그리고 우리들이 있는 박스석에는 그밖에도 여러 가지 설비가 있다. 멀리 있는 곳을 보여주는 마법을 사용한 모니터가 여러 대 설치되어 있어 여러 각도로 시합을 볼 수 있게 되어 있다.

소리도 마찬가지로 선수들이 하는 말—— 주로 외치는 스킬 이름 같은 것도 알 수 있다.

관전하는 쪽은 이러한 기능 덕분에 매우 알아보기 쉽다. 부유한 티안 귀족이나 대상인 말고는 주로 〈마스터〉가 다른 〈마스터〉를 분석하기 위해 이 박스석에서 관전하는 모양이었다.

"결투를 즐긴다라……."

목숨을 걸지 않는 결투도시에서의 결투는 참가자가 많다.

〈마스터〉든 티안이든 상관없고, 티안 무술가도 많다.

하지만 그래도 이 투기장의 꽃은 〈마스터〉끼리 벌이는 결투라고 한다.

나도 실제로 결투를 관전해보고 납득했다.

왜냐하면—— 수준이 다르다.

『빨라……!』

맞붙은 〈마스터〉 중 한쪽—— 타천사와 비슷한 검은 날개가 달려 있고 까만 장검을 든 고딕 계열 소녀가 까만 깃털을 흩날리며 결계로 가로막힌 공간에서 이리저리 날아올랐다.

『《흑사악단 장송곡(블랙 윙 오케스트라)》!!』

흩날리던 수많은 까만 깃털, 그 모든 것이 동시에 칠흑의 바람 칼날을 내뿜었다.

전부 다 합치면 셀 수 없을 정도로 많은 칠흑의 창살이 공기를 가르고 울리며 적을 둘러싸고 참살하려 했다.

하지만 적── 거대한 황금 도끼를 가볍게 휘두르던 해적 모자를 쓴 소녀는 자신의 도끼를 세게 고쳐 잡고 무대 돌바닥을 내리쳤다.

『《천지역전 대폭포》~!!』

그 직후, 아무것도 없었던 무대에서 홍수보다 더 거센 기세로 대량의 물이 솟구쳤다.

소녀를 둘러싸고 뿜어져 나온 그것은 그야말로 큰 폭포가 물구나무 선 것 같았다.

까만 바람 칼날은 전부 대폭포로 인해 소멸되었다.

하지만 그 틈에 까만 깃털의 소녀가 바람 칼날의 상쇄로 인해 얇아진 대폭포 중 한 곳을 뚫고 아직 도끼가 무대에 박혀 있는 해적 소녀에게 달려들었다.

해적 소녀는 왼쪽 토시로 막았지만 끝까지 받아내지 못하고 방어구 너머로 팔이 베여 대미지를 입었다.

하지만 그와 동시에 고딕 소녀도 몸을 숙였다. 해적 소녀는 왼팔을 들어 막는 것과 동시에 왼팔의 방어와 상대방의 공격으로 인해 사각이 된 각도에 오른손으로 공격 스킬을 사용했고, 날아간 수탄이 고딕 소녀의 복부에 명중했던 것이다.

고딕 소녀는 순식간에 뒤로 날아 거리를 두었고, 그와 동시에 몸을 젖힌 순간, 추격타를 날리려던 해적 소녀의 도끼가 빗나갔다.

거리를 두고 서로 노려보며 상대방의 수법을 읽어내고 다시 격돌.

"······수준이 높네."

지금의 나와 비교하면 기초 스테이터스뿐만이 아니라 플레이어 스킬도 몇 단계 위다.

"그래도 보이네."

마리 이야기에 따르면 AGI가 올라가면 빨라진다고 했는데.

"아, 결계 안은 시간의 속도가 느리게 설정되어 있어요. 싸우는 사람들의 주관으로는 실제 전투속도로 움직이고 있는데요, 결계 너머로 이쪽에서 보기에는 눈으로 따라잡을 수 있을 정도의 속도가 되는 거죠. 한계가 있긴 하지만요."

"오호, 편리하네."

"이 결계도 예전 문명의 로스트 테크놀로지라고 하니까요~."

이 투기장도 실버의 동료 같은 건가.

"진짜 결계가 있어서 다행이죠? 실제 속도라면 저 두 사람의 전투를 눈으로 따라잡을 수 있는 관객은 1할도 안 될 테니까요."

실제로는 그렇게 빠른 속도로 싸우고 있다는 건가.

"'검은 까마귀'의 줄리엣과 '유랑금해'의 첼시. 둘 다 제6형태의 〈엠브리오〉의 〈마스터〉고 숙련된 강자들이니까요. 참고로 양쪽 다 알터 왕국의 결투 랭킹에도 들어 있어요. '검은 까마귀'가 4위, '유랑금해'가 8위예요."

그렇구나, 둘 다 랭커였나.

"해적 모자는 아까 디저트를 먹다가 본 것 같다만."

아, 그러고 보니 그런 것 같기도 하다.

"'검은 까마귀'와 '유랑금해'라는 것은 저 녀석들의 별명인가?"

"네. 직업은 각각 기사 계통 중 기사 계열 암흑기사 파생 초급 직업인 [타천기사(나이트 오브 폴다운)], 그리고 해적 계통 상급 직업인 [대해적(그레이트 파이레츠)]이에요."

오호, '검은 까마귀'는 기사 계통인가. 친근감이 드는 것 같기도 하고, 아닌 것 같기도 하고.

장비 생김새가 약간 무섭거든…….

"아마 검은 까마귀 뭐시기도 그대에게 그런 말을 듣고 싶지는 않을 터인데?"

무슨 뜻일까.

"그런데 초급 직업은 꽤 많은 거야?"

"전체 숫자로 보면 적지만요. 그래도 〈초급〉…… 〈초급 엠브리오〉의 〈마스터〉보다는 훨씬 많으니까…… 천 명 정도려나요. 티안도 될 수 있고요."

생각한 것보다 많았다.

"〈상급 엠브리오〉에 그치더라도 강한 사람은 초급 직업이 될 수 있으니까요."

"저 '유랑금해'라는 사람은 강하지만 초급 직업은 아니고."

"아, 해적 소녀인 첼시 양은 될 수 있는 초급 직업을 발견하지 못한 경우에요. 조건이 판명되지 않은 초급 직업도 잔뜩 있으니까요."

그래서 랭커 제8위인데 초급 직업이 아닌 건가.

"……조건을 모르고 있는 동안 자기 직업 계통의 초급 직업을 뺏기면 비참하겠네."

"아, 그거 자주 있는 경우죠. 조건이 비슷한 초급 직업도 있으니까요. 그중에는 초급 직업을 두 개 얻은 사람도 있고요."

"세상은 불공평하구나. ……아."

마리의 설명을 들으면서도 시합을 보고 있었는데 크게 움직였다.

[타천기사] 줄리엣의 등에서 날개가 사라졌고, 그 대신 두 팔에 수많은 까만 깃털이 모여들었다.

막대한 양의 까만 깃털이 두 팔을 축으로 소용돌이치면서 눈으로 알아보기 힘들 정도로 빠르게 가속했다.

[대해적] 첼시가 도끼를 들어올리고 칼날이 아니라 옆쪽 부분을 상대방에게 향하자 황금 도끼가 사라지고 도끼가 있던 공간에 뻥 뚫린 구멍에서 금빛 바닷물이 흘러나왔다.

양쪽 다 마력, 기력을 쏟아 붓고 극한까지 힘을 끌어내—— 필살의 일격을 날렸다.

『《사식조(흐레스벨그)》——!!』

『——《금우 대해일(포세이돈)》!!』

투기장 위에서 암흑 회오리와 황금 대해일이 격돌했다.

여러 겹으로 쳐져 있던 결계를 통과하고도 엄청난 시각적 압력과 굉음이 날아들었다.

회오리와 대해일—— 두 사람의 비장의 수일 스킬의 격돌은 마치 다른 세상 같은 광경이었다.

그녀들의 〈엠브리오〉는 제6형태.

지금 네메시스보다 네 단계 위에 있는 자의 파괴력은 엄청났다. 어느 쪽 공격이든 일격에 [갈드랜더]의 온몸을 분쇄할 수 있는 위력이 있을 것이다.

하지만 위력뿐만이 아니라 지금에 이르기까지의 공방 전부가 그녀들의 실력을 말해주고 있었다.

"방금 공격이 낮에 들었던 필살 스킬이고 저 녀석들의 〈엠브리오〉 이름은 흐레스벨그와 포세이돈인 겐가?"

"네. 그녀들이 지금 사용하고 있는 것이 바로 〈엠브리오〉 자신의 이름을 딴 필살 스킬이에요. 〈엠브리오〉의 특성을 발휘한 스킬이니 흐레스벨그는 어둠과 바람의 복합속성 마법공격, 포세이돈은 특성이 액체의 소환이니 저런 형태가 된 거죠."

"액체의 소환은 수속성과는 다른 겐가?"

"간단히 말하자면 액체의 소환은 물리, 수속성은 마법이에요. 참고로 포세이돈의 필살 스킬로 날리는 액체는 상온에서 황금이 녹은 거라 비중이 보통 물보다 훨씬 무거워요. 요새라도 여유롭게 납작해지겠죠."

"사치군…… 그리고 무시무시해."

"공격이 끝나면 사라지는 모양이지만요."

대량의 금을 자주 만들어내면 금 시세가 무시무시하게 변할 테니까……

"그런데 들으면서 생각난 건데, 저 두 사람에 대해서 자세히 알고 있네."

"그녀들은 결투 단골이니까요. 정보도 많거든요."

기데온에서는 투기장에서 벌어지는 결투에 출장하는 마스터에게 승패에 무관하게 보상을 주는 모양이다(상금은 물론 이긴 쪽이 더 많다).

이 대투기장에서 벌이는 시합, 그것도 메인 이벤트라면 한 시합에 500만 릴이 넘는다고 한다. 그리고 이번에는 특별히 그 10배의 금액이 걸려있다고.

꽤 하이 리턴이긴 한데 반면에 관객…… 다른 플레이어에게 자신의 정보를 드러낸다는 하이 리스크가 있다. 이미 둘 다 〈DIN〉에 소속된 마리에게 직업부터 필살 스킬의 자세한 정보까지 파악당하고 있다.

"그런데 단골 중에서도 정보를 전혀 알 수 없는 사람이 있어요."

"…………."

"그러니까 다음 시합은 정말 기대되네요."

무대 위에서는 시합의 결판이 났고, '검은 까마귀'의 줄리엣의 승리를 선언하고 있었다.

그리고 드디어 오늘의 메인 이벤트.

이 결투도시 기데온에 군림하는 알터 왕국 결투 랭킹 제1위의 절대왕자── [초투사] 피가로 씨의 시합.

대전 상대는 황하 제국의 결투 랭킹 제2위── [시해선] 신우.

드디어 〈초급 격돌〉의 막이 올라간다.

◇

알터 왕국에는 〈초급 엠브리오〉의 〈마스터〉── 〈초급〉이 네 명 있다.

왕도를 봉쇄하고 있던 PK 클랜과의 전투…… 아니, 일방적인 섬멸을 보면 알 수 있겠지만 전부 다 차원이 다른 전투력을 지니고 있다.

마리 말에 따르면 하급과 상급, 그리고 초급 〈엠브리오〉는 전력의 차원이 다르다고 한다. 그녀는 "예를 들면 하급이 개, 상급이 호랑이, 초급이 용이라고 하면 될까요"라고 말했다.

그렇다면 생물로서 절망적인 차이 아닐까 하는 생각이 든다.

다른 플레이어와 비교하면 그 정도로 차이나 나는 전투력을 지닌 〈초급〉이니 당연하게도 다른 플레이어들이 연구하고 정보를 수집하는 건 피할 수 없다.

특히 〈초급〉이 〈초급〉인 이유, 〈초급 엠브리오〉에 대해서는 가장 우선적으로 파고든다.

하지만 알터 왕국의 〈초급〉이 지니고 있는 〈엠브리오〉의 자세한 정보는 〈DIN〉에서도 거의 파악하지 못하고 있다. 한 명을 제외하면 〈엠브리오〉의 이름조차 파악하지 못했고, 능력 특성도 추측의 범주를 벗어나지 못한다고 한다.

그중 한 명이 왕국 최대의 클랜 리더인 [여교황] 후소 츠쿠요인데, 다른 세 명의 〈엠브리오〉는 지금도 수수께끼다. 예전에 마리가 말했듯이 [파괴왕]의 〈엠브리오〉가 '전함'이라고 추측되고 있지만 실제로 확인된 것은 아니다. 그 압도적인 화력과 전장에 힐끗 보인 거대한 그림자를 통해 그렇게 예상하고 있을 뿐이다.

이렇게 추측 정보밖에 없기 때문에 플레이어들은 지금도 세 사람의 정보를 수집하고 있다.

그리고 피가로 씨의 결투는 그야말로 절호의 기회였다.

"그래서 마리도 그것 때문에 바쁜 건가."

"그렇다고 할 수 있죠~."

서브 이벤트가 끝나고 나서 메인 이벤트가 시작되기 전까지는 무대나 결계를 정비하기 위해 30분 정도 쉬는 시간이 있었다. 하지만 마리는 그동안에도 아이템 박스에서 여러 가지 기재를 꺼내고 있었다. [기자]의 일로서 기록을 하기 위한 것인 모양이다.

루크와 바비는 점심 때 뭔가 해서 지쳤는지 자리에 엎드려서 쿨쿨 자고 있었다. 시합이 시작되면 깨우자.

네메시스는…… 매점에서 산 요리를 없애는 작업을 계속하고 있었다.

나는 그런 다른 멤버들의 모습을 곁눈질하면서 회장을 둘러보고 있었는데…….

"……어라?"

"음?"

나, 그리고 네메시스도 눈치챈 모양이었다.

방금 아래쪽 통로로 사라진 까만 그림자는 엄청 포동포동하고 까만 곰 인형옷 같았는데 저건…… 형 아닌가?

"어떻게 생각하는고?"

"형 말고도 인형옷을 장비한 사람은 있겠지만, 형의 인형옷하고 많이 비슷하던데."

그런데 형이라면 이곳에 자리가 있는데 저런 곳에서 뭐하는
거지?

"잠깐 확인하고 올게."

"그러면 나도 가볼까."

나는 마리에게 메인 이벤트가 시작되기 전에 돌아오겠다고 말
하고 형을 찾으러 갔다.

투기장 내부의 통로는 돌로 만들어지긴 했지만 경기장 같은
스포츠 시설을 연상케하는 구조였다. 역시 자판기 같은 건 없었
지만 가벼운 식사나 음료수를 파는 사람들은 있었다.

메인 이벤트 전이기에 지금 마실 것을 사러 달려가는 사람들
이나 화장실에 가려는 사람들로 인해 통로가 꽤 혼잡했다. 참고
로 로그아웃해서 현실에서 볼일을 보는 플레이어에게는 상관이
없지만 이 세계에는 수세식 화장실이 존재한다. 중산층 이상의
집이나 이러한 공공시설에는 마법식, 수세식 화장실이 있는 것
이다.

또한 목욕탕도 있다. 일반 가정의 보급률은 높지 않지만 그 대
신 공중 목욕탕이 많이 있다. 특히 이 기데온에는 열두 개 있는
거리 중 하나가 온천 거리인 모양이었다. 투기장도 그렇고, 미
묘하게 고대 로마 같은 도시다.

"곰 형님이 없구나."

"눈에 띌만도 한데."

형인지 아닌지는 제쳐두더라도 적어도 곰 인형옷이 있었던 것은 분명한데…….

"음, 이쪽 통로가 수상쩍지 않은가?"

"관계자 전용이라고 적혀 있는데……."

"잠깐이라면 길을 잃었다고 해도 문제없을 게야. 뭐하면 내가 미아처럼 연기를 할 수도 있다."

"……참고로 어떤 연기인데?"

"엄마아, 엄마아, 엉덩이가 뜨거워."

"어린 송아지잖아!"

"그 노래, 결국 송아지의 엉덩이가 어떻게 되었는지 궁금해서 답답하구나."

그야 부뚜막에 앉아서 울고 있으니 뜨거울 만도 하지.

여담은 이쯤 하고.

나와 네메시스는 관계자 전용 통로로 들어갔다. 들키면 혼날 법도 한데 투기장 관계자들은 다른 곳에서 메인 이벤트 준비를 하고 있는지 보이지 않았다.

안쪽까지 걸어가 보니 모퉁이 너머에서 귀에 익은 목소리가 들렸다. 모퉁이로 고개를 살짝 내밀어 들여다보니.

『객석에는 두 명 와 있었어. 카르디나의 그 녀석하고…… 아마 드라이프의 [수왕]이겠지.』

『그렇군. 주목받고 있는 모양이네.』

『네가 투기장에서 〈초급〉과 싸우는 건 처음이니까. 이번에야말로 정보를 입수할 수 있을 거라 예상하고 있겠지.』

『딱히 숨기는 건 아닌데 말이야.』

『효과 자체는 수수하니까, 네 〈엠브리오〉.』

『그럴지도 모르겠네.』

『그리고…… 마을의 열기 중에 좀 수상쩍은 느낌이 들어. 왕국 소속 같아 보이는데 거동이 수상한 녀석들도 있으니까. 뭔가 음모를 꾸미고 있는지도 모르니까 조심해. 너는 그런 거에 둔하니까.』

『알았어. 그런데 내가 그렇게 둔한가?』

『피가 공은 온화한 스타일에 뇌가 근육질이니까.』

『그런가? 그렇지는 않은 것 같은데.』

『던전에서 수상쩍은 사람 모양이 보이면.』

『중거리에서 [홍련쇄옥의 간수(크림존 데드 키퍼)]를 때려 넣지.』

『PK 집단이 영역을 점거하고 있으면?』

『구성원을 전부 다 죽이고 나서 두목에게 퇴거 요구를 하지.』

『곤봉 하나밖에 없는데 몬스터 무리가 있으면?』

『들고 달려들지.』

『뇌가 근육질이잖아.』

『……그럴지도 모르겠군.』

……모퉁이 너머에서는 까만 곰 인형옷과 금빛 사자 인형옷이 이야기를 나누고 있었다.

"무슨 일이냐, 굳어 있기는. 대체 무슨 푸우웁……?!"

같은 광경을 본 네메시스가 뿜었고, 두 인형옷이 우리가 있는 것을 눈치챘다.

『여, 아까 차 마실 때 보고 벌써 만났네곰~.』

까만 곰은 예상했던 대로 형이었고.

『어라, 레이 군하고 네메시스. 무사히 이 마을에 도착한 모양이구나.』

금빛 사자는…… 피가로 씨의 목소리로 말을 걸어왔다.

아니, 저거 피가로 씨잖아.

"……저기."

일단 세 번째인 피가로 씨도 이상한 사람 같으니 인형옷=이상한 사람이라고 하자.

우리 네 명은 통로에서 피가로 씨의 대기실로 자리를 옮겨 이야기를 하게 되었다.

"그런데 왜 사자 인형옷을 입고 있나요?"

『나는 이 마을에서 유명하거든. 얼굴을 드러내고 돌아다니면 힘들어.』

아, 연예인의 모자와 선글라스 같은 건가.

『참고로 이건 시장에서 산 괴짜 장비야. 슈우처럼 〈UBM〉 특전 장비라면 좋겠지만 MVP 특전은 필요한 것만 나오니까.』

하긴, 내 [장염수갑]과 [자원주갑]도 필요한 장비다.

『나도 지금까지 〈UBM〉을 여러 마리 쓰러뜨렸지만 인형옷이 나온 적은 없어. 오히려 어떻게 해야 나오는 거야? 슈우.』

『……피가 공, 말은 그렇게 해도 나온 것이 하나 빼고는 전부 인형옷이라는 결과는 꽤 곤란하다고. 인형옷은 겹쳐서 장비할 수도 없고.』

오히려 다른 하나가 신경 쓰인다. 인형옷이 아니라면 뭐가 나온 거지? 들고 다니는 간판?

『네 경우에는 나와는 반대로 무구가 나오더라도 거의 의미가 없으니까……. 시스템도 '그에게는 일단 인형옷을 주자'라는 분위기 아닐까?』

『험프티 녀석…… 용서 못 한다곰!』

『관리 AI가 그것까지 제어하고 있던가?』

『몰라!』

……예전에 들었던 로그인 때 사건도 그렇고, 형은 관리 AI에게 미움받고 있는 걸까?

"그런데 그대들은 사이가 좋구나. 친구라는 말은 곰 형님에게 듣긴 했다만."

『친구…… 응, 뭐 그렇게 되려나. 알고 있겠지만 나와 슈우는 둘 다 이 나라의 〈초.』

『이 나라의 〈초 멋지고 정말 좋은 인형옷 동호회〉 동료다곰! 참고로 회원 숫자는 두 명이다곰!』

……그건 여기 있는 두 명이잖아.

게다가 피가로 씨는 억지로 끌려다니는 느낌이 역력하고.

『그, 그러니까……. 그렇지, 특전이라면 레이 군의 그 토시와 부츠도 특전이지? 꽤 좋아 보이는 무구야.』

"아, 네. 지금까지 두 마리 쓰러뜨렸어요."

『호오…… 흠, [장염수갑 갈드랜더]와 [자원주갑 고즈메이즈]인가. 아, 소문이 돌았던 그 산적단을 퇴치한 게 레이 군이었나.』

"네."

솔직히 말하면 피가로 씨에게 하고 싶은 말도 좀 있다. 피가로 씨가 나서면 그 고즈메이즈 산적단도 조기에 괴멸되었을 테고, 희생자도 분명 적었을 것이다.

하지만 그건 말해봤자 소용없다는 것도 알고 있다.

피가로 씨에게도 나름대로 이유가 있었을 테니까.

그리고 '힘이 있으니까 해주세요'라는 말은 앞뒤가 안 맞는 말 같다.

『레이가 힘이 있든 없든 상관없이 한다고 정하면 하는 타입이니 말이야.』

그럴지도 모르지.

그 사건에서 맞닥뜨린 여러 가지 일들은 내 마음속에 있다.

다른 사람이 대신 나섰다면, 그렇게 생각하는 것 자체가 잘못일 것이다.

『둘 다 좋은 스킬…… 그리고 네 마음이 담겨 있는 무구야. 소중히 여기도록 해.』

"네."

그런데 방금 자연스럽게 내 장비를 감정했지.

『남의 장비를 감정할 때는 마이너스 보정이 걸리지만 피가 공은 《감정안》이 거의 만렙이니까 대충 다 보인다곰~. 불가능한 건 은폐효과가 붙은 특전 무구 정도다곰~.』

『이거 같은 거지..』

피가로 씨는 형의 인형옷을 손가락으로 가리키면서 그렇게 말했다.

지금은 알 수 있다. 형의 인형옷은 고대전설급이니 생각했던 것보다 대단한 거였구나. ……보기에는 완전히 괴짜 장비인데. 이상하게 성능이 좋은 괴짜 장비다.

『그런데 왜 관계자 전용 통로에 있었냐곰?』

나는 박스석에서 형을 발견하고 찾으러 왔다고 말했다.

"왜 티켓이 있는데 박스석에 오지 않은 거야?"

『아, 좀 일이 생겨서 메인 이벤트 전에 이곳저곳 돌아다녔다곰~.』

"그렇구나. 그래도 슬슬 와. 피가로 씨의 시합이 시작되기 전에 내 파티를 소개하고 싶으니까."

『그래. 잠시 후에 갈게. 아, 그렇지. 낮에 주는 걸 깜빡했던 게 있었어.』

형은 그렇게 말하고 아이템 박스를 뒤져 안에서 귀걸이 같은 것을 꺼냈다.

"이게 뭐야?"

『[텔레파시 커프스]다곰~. 같은 아이템을 장비하고 있는 친구와 텔레파시로 이야기할 수 있다곰~.』

"오호."

그것을 귀에 끼우자 액세서리 슬롯이 하나 채워졌다.

[들리냐곰~?]

그러자 형의 목소리가 머릿속에 들렸다.

왠지 같은 텔레파시라도 네메시스와 나누는 것과 들리는 방식이 달랐다.

[들려, 들려.]

[테스트 오케이곰~.]

제대로 텔레파시가 된다. 그런데 보아하니 곰의 귀에는 이 [커프스]가 달려 있지 않았다.

……뭐, 자기 귀에 달지 않으면 의미가 없겠지. 안에 있는 형이 달고 있을 테고.

"꽤 편리하구나, 이 아이템."

『거리에 제한이 있지만 이 기데온이나 그 주위 정도 범위라면 아마 연결될 거다곰~. 이거 사실은 왕도에서 헤어질 때 줄 생각이었다곰.』

"그렇구나. 그래도 지금 받아서 다행이네. 처음부터 받았다면 형에게 의존했을지도 모르니까."

『자립심이 강해서 좋다곰~. 그래도 혼자서는 어떻게 할 수 없는 일이 생기면 부탁해.』

"그래, 그럴 때는 부탁할게."

『부탁을 받아들이마.』

인형옷을 입은 형은 그렇게 말하고 가슴을 폈다.

그 모습은 왠지 뽐내는 것 같았고, 인형옷이라 그런지 웃겼다.

『아, 슬슬 시간이 됐네.』

그 말을 듣고 시계를 보니 메인 이벤트가 시작되기 15분 전이었다.

피가로 씨는 준비도 해야 할 테니 슬슬 가는 게 좋겠지.

"피가로 씨, 시합 힘내세요."

"모르는 사이도 아니니 응원해주마!"

『고마워. 아, 아직 접수를 받고 있을 테니 창구에서 내게 걸도록 해.』

그렇게 말한 피가로 씨는 무언가를 사용하여 인형옷 차림에서 예전에 〈묘표미궁〉에서 만났을 때의 장비로 돌아왔다. 그런 다음 온화하면서도 씩씩하게 웃고는.

"내가 이길 테니 분명 돈을 딸 수 있을 거야."

이미 결정되었다는 듯이 그렇게 말했다.

그 말에서 절대왕자로서의 자부심과 결투도시 최강의 경력의 무게가 엿보였다.

"알겠어요."

피가로 씨가 그렇게까지 말하니 나도 해봐야지.

『나는 피가 공하고 좀 더 이야기를 하고 갈 테니 먼저 가 있어라곰~.』

"응, 알았어."

그리고 나는 네메시스와 함께 대기실을 나섰다.

"……그런데 〈초 멋지고 정말 좋은 인형옷 동호회〉는 뭐지? 슈우."

『갑자기 생각난 게 그것밖에 없었다곰.』

"혹시 자기 정체를 밝히지 않은 거야?"

『그 이야기는 됐다곰. 그보다 문제는 앞으로 있을 일이다곰.』

"그렇지."

『너, 반드시 이길 거라고 선언했는데 그렇게까지 편한 상대는 아니잖아. 아니, 내가 보기에는 거의 호각이야. 오히려 약간 불리하지.』

"내 예상으로도 그 정도야. 상대방의 황하의 최강 플레이어들인 〈황하사령〉 중 한 명이니까."

『맞서는 건 알터 왕국 최강의 솔로 플레이어, '무한연쇄'의 피가로인가.』

"……내가 말하기는 좀 뭐하지만 재미있을 법한 카드네. 관전하고 싶을 정도야."

『이봐, 이봐.』

"안심해."

"나는 이런 싸움을 위해…… 목숨을 불태우는 순간을 위해 〈Infinite Dendrogram〉에 있어."

"그러니까…… 지금의 내 모든 것으로 이길 거야."

투기장의 창구 카운터에서는 경기 참가 신청과 도박, 두 가지

접수를 받고 있었다. 오늘 참가 신청 창구는 이미 마감이 끝났고, 도박 쪽도 거는 사람들이 전부 다 걸었는데다 시합이 시작되기 직전이었기에 통로까지 사람이 거의 없었다.

창구 위쪽 게시판—— 마법을 사용한 전광 게시판 비슷한 것에는 메인 이벤트의 배율이 떠 있었다. 피가로 씨가 1.2배, 대전 상대가 5.6배였다.

꽤 차이가 나는데, 그만큼 피가로 씨의 실력이 널리 알려져 있기 때문일 것이다.

나는 창구에 있던 여자에게 말을 걸어 피가로 씨에게 거는 절차를 밟기 시작했다.

"얼마 걸 겐가?"

"그렇지, 1.2배니까 너무 적게 걸면 별로 따지 못하니까……좋아."

나는 6000만 릴을 피가로 씨에게 걸었다.

"그대는 바보인가아아아아아아아아아?!"

그 직후, 나는 네메시스의 강렬한 드롭킥을 맞고 날아갔다.

"무, 무슨 짓이야."

"그대가 한 짓이 무슨 짓인가?! 왜 여기서 모처럼 생긴 재산을 도박에 털어넣는 게야?!"

"피가로 씨가 한 말을 믿고 있으니까."

"본심은."

"한 번 이런 도박 만화 같은 짓을 해보고 싶었어."

"좋아. 거기 앉거라. 돈의 소중함을 제대로 가르쳐주지!"

창구 앞에서 네메시스의 설교가 시작되려 했을 때.

"——안됐군, 시궁창에 버리는 거나 마찬가진데."

희미하고 기묘한 목소리가 들린 순간, 누군가가 어깨를 붙잡았다.

"윽?!"

곧바로 뒤를 돌아보았지만 내 뒤에는 아무도 없었다.

정확히는 한 명이 있긴 했는데…… 그건 10미터 넘게 떨어진 곳이다. 어깨를 붙잡는 건 도저히 불가능한 거리다. 실제로 지금 내 어깨는 잡히지도 않았다.

목소리가 들렸을 뿐, 어깨를 잡힌 건 착각…… 아니, 말도 안된다. 지금도 감촉은 남아 있다. 어깨는커녕 쇄골 아래 있는 심장이 붙잡혀서 박살난 것 같고, 얼음보다 차가운 감촉이.

"그런데 피가로가 1.2배라고. 원정경기니 어쩔 수 없지만 참 얕보였군."

내 뒤에 서 있던 녀석이 말했다. 우수한 통역기능을 지니고 있는 〈Infinite Dendrogram〉에서도 그 녀석은 독특한 억양으로 말하고 있었다.

그 녀석은 이상한 기척을 내뿜으며 걸어왔다. 통로에 남아 있던 사람들은 그 녀석이 다가오자 거리를 두려는 것처럼 뒤로 물러섰다. 그중에는 등을 돌리고 도망가는 사람도 있었다.

창구에 있던 여자도 의자에서 넘어져서 반쯤 울상을 지으며 주저앉아 있었다.

그럴 만도 했다. 뭔가 마음에 들지 않았는지, 뭔가 짜증이 나는 일이라도 있었는지, 그 녀석은 주위 일대에 엄청난 살기를 뿜어대고 있었다.

"…………."

사람도 동물이고…… 그 동물적인 본능이 눈앞에 있는 죽음에 대해 경고하고 있었다.

하지만 나는 다가오는 그 녀석에게서 눈을 떼지 못하고 있다가―― 눈치챘다.

그 녀석은 이상했고, 이상한 형태였다.

그리고 10미터라고 생각했던 거리가 사실은 좀 더 멀었다.

그렇게 착각했던 것은 그 녀석의 키…… 눈짐작으로 4미터가 넘어서 이상할 정도로 큰 키 때문이었다.

아인들도 이용하기에 높게 설계되어 있는 통로의 천장도 아슬아슬하다.

그리고 중국 영화의 강시가 쓰는 것 같은 부적 달린 모자를 쓰고 있었다. 몸에 비해 사이즈가 너무 크고 헐렁한 옷을 입었고, 팔다리는 거의 다 가려져 있어서 조금씩만 보였다.

반대로 말하자면. 소매와 옷자락이 2미터 이상이나 되는데―― 팔다리가 조금씩 보이고 있다.

팔다리만 이상하게 길다. 조금씩 보이는 손톱은 금빛이고 예리해서 ――몇 천이라는 목숨을 죽여왔다고 주장하는 것 같은 위압감이 담겨 있었다.

그것은 분명히…… 무시무시했다.

"…………!"

무시무시하다는 것을 깨닫자 다리가 떨리고 있었다.

[데미 드래그 웜], [갈드랜더], [고즈메이즈]. 지금까지 어떤 강적과 맞섰을 대도 전의 그 자체가 사그러든 적은 없었지만…… 지금은 그것이 부러지려 하고 있었다.

본능이 말하고 있다. 저 키가 큰 괴인은 지금까지 싸워온 적과는 격이 다르다.

본능이 말하고 있다. 바로 이탈하라고.

"……윽!"

하지만 나는 그렇게 하려다가── 눈치채버렸다.

키가 큰 괴인이 왼팔로── 여자를 한 명, 짐짝처럼 안고 있다는 것을.

그 여자가 매우 괴로운 듯한 표정을 짓고 있다는 것을.

그것을 눈치채자 무시할 수도, 도피할 수도 없었다.

"네메시스!"

『……윽! 알겠다!』

곧바로 네메시스를 부르자 네메시스는 그 말에 응해 나와 융합하여 대검 모습이 되었다.

오른손에 전해지는 파트너의 고동으로 인해 내 마음에 다시 전의가 되살아났다.

"뭐야, 해볼 테냐?"

내가 대검을 겨누자 상대방은 귀찮다는 듯이 오른손을 들었다. 왼손으로는 여전히 여자를 안고 있다.

"후우……."

대답도 마찬가지로 귀찮다는 듯이…… 하지만 오른팔은 뱀이 고개를 쳐드는 것처럼 기괴하게 움직였다.

그와 동시에 주위에 확산되었던 살기가 내게 집중되었다──공격이 온다.

"〈카운

"느려."

그 순간── 부러지는 네메시스와 공중으로 날아간 내 머리의 환상을 보았다.

『스토오오오오오옵, 곰~!』

하지만, 그 순간은 오지 않았다.

『……어?』

한순간에 키가 큰 괴인의 살기가 사라졌다.

아니, 사라진 것이 아니라 나 말고 다른 사람에게 향하고 있었다.

그것은 방금 전에 말한 사람.

"너, 뭐냐?"

『지나가던 곰이다곰~!』

그 녀석의 시선과 살기를 한 몸에 받고 있던 것은…… 형이었다.

"……후우."

나는 키가 큰 괴인의 살의에서 벗어나 크게 숨을 쉬었다.

확신했다. 방금 형이 오지 않았다면…… 나는 여기서 두 번째 죽음(데스 페널티)을 맞이했을 거라고.

"곰? 흐음, 너는 강해 보이는구나."

『아니, 그냥 인형옷 애호가다곰~.』

"하하── 말은 잘하는군."

그 녀석이 웃은 직후── 파열음, 금속이 스치는 소리, 격돌음, 파쇄음이 동시에 울렸다.

"?!"

소리는 들렸지만 나는 그 순간을 보지 못했다.

정신을 차리고 보니 형이 오른팔로 무언가를 튕겨낸 것 같은 자세였고, 녀석은 오른손을 형에게 향하고 있었다.

기둥 중 하나가 부서졌고, 인형옷의 오른팔에는 쓸린 흔적이 생겨난데다 하얀 연기가 피어오르고 있었다.

내 눈에는 아무것도 보이지 않았지만 두 사람이 어떤 공방을 펼쳤다는 것은 분명했다.

그것은 내가 보지도 못한 속도. 마리에게 들었던 파격적인 스테이터스로 인한 초상적인 움직임…… 초음속의 전투가 방금 저기서 벌어졌다는 것을 실감해버렸다.

"……크, 후, 하하하! 재미있구나, 곰! 너냐! 네가 피가로냐?"

『아니다곰~.』

"그렇지! 사진하고도 다르고, 왕국의 결투왕자는 그런 기괴한 차림은 하지 않겠지!"

……그런 차림이었는데.

"좋아! 재미있다! 너, 방금 나보다 '훨씬 느렸는데'도 튕겨냈지!"

훨씬 느렸다고?

"죽어가는 나라라고 해서 얕보고 있었는데 온 보람이 있었다! 만약에 대전 상대인 피가로가 별 볼 일 없다 해도 너하고 붙을 수 있다면 즐겁겠어!"

『그래. 오늘 시합에서 피가로가 진다면 내가 상대해주지.』

형은 그렇게 말한 뒤 덧붙여 말했다.

『하지만 그럴 기회는 없을 거야. 그 녀석은 네게 이길 테니까.』

"흐, 흐흐흐흐흐흐! 네가 그렇게까지 말하는 피가로! 정말 흥미롭군! 그렇다면 메인 요리가 두 개 있다는 생각으로 즐기도록 하지."

키가 큰 괴인은 그렇게 말하고 우리들 앞을 지나 통로 바깥으로 가려 했다.

"……잠깐!"

나는 곧바로 소리쳤다.

"으응?"

키가 큰 괴인이 또 왠지 귀찮다는 듯이 고개를 갸웃거리며 이쪽을 보았다.

다시 날아든 살의로 인해 공포를 떠올렸지만 물러설 수는 없다.

"그 사람을 어떻게 할 셈이야?"

내가 눈앞에 있는 상대방에게 전혀 당해낼 수 없다는 것은 방금 전 그 공방으로 인해 매우 잘 알고 있다.

하지만 눈앞에서 벌어지고 있는 일을 넘겨버릴 수는 없었다.
……뒷맛이 씁쓸하니까.

"그 사람………… 아, 이거 말이냐."

키가 큰 괴인은 그렇게 말하고 왼팔로 안고 있던 여자를 바닥
에 내려놓았다.

바닥에 누운 여자는 "으……", 괴로운 듯이 끙끙대고 있었다.

"이 녀석은 동행이야. 이동수단이 거칠어서 멀미 때문에 뻗었
을 뿐이다."

키가 큰 괴인은 그렇게 말하고 크게 한숨을 쉬었다.

"어?"

동료야? 어, 진짜로?

……아. 잘 살펴보니 안색이 안 좋고 괴로운 듯한 표정이 심각
해보이기는 하는데 상처가 난 곳은 한 군데도 없었다.

"응? 너, 설마, 내가 유괴 같은 걸 한 줄 알고 막아섰던 거냐."

"…………죄송합니다."

진짜 죄송합니다. 완전히 착각해버렸네요.

상대방의 압박으로 인해 냉정하게 움직이지 못했다는 이유
도 있긴 하겠지만. 만약에 그러다 죽었다면 진짜 바보다. 그리
고…… 지금 엄청 창피하다.

"크, 흐, 크카카카카카카카카!!"

내가 대답하자 상대방은 왠지 모르겠지만 크게 웃었다.

"너, 크크, 너도 재미있구나. 그런 이유로 살기 투성이인 내게

덤볐던 거냐! 곰도 그렇고 너도 그렇고, 정말 재미있는 녀석들이 많아! 이 나라의 〈마스터〉!"

키가 큰 괴인은 그렇게 말하고 긴 금속 손톱을 내 머리에 올려놓고 있었다.

그리고 동작에 전혀 반응하지 못한 내 귓가에 부적으로 가려진 얼굴을 들이대고.

"마음에 들었다. 다음번에 놀아주지."

부적으로 인해 가로막히지 않은 목소리로 그렇게 속삭였던 것이다.

······어? 그런데, 방금 그 목소리는······.

"하하하, 그럼 나중에 또 보자!"

그 녀석은 그렇게 말하고 발걸음을 돌려 바닥에 누워 있던 여자를 질질 끌면서 다시 통로 안쪽으로 향해 갔다. 통로 안쪽에서는 키가 큰 괴인이 "이봐, 대사 양. 이제 슬슬 일어나. 너도 이제 곧 일을 해야지"라고 말하는 목소리와 질질 끌려가는 여자가 "흐에에, 이제 초음속으로 하늘을 여행하는 건 싫어요······"라고 힘없이 말한 듯한 목소리가 들렸다.

그리고 두 사람이 떠나자마자 분위기가 원래대로 돌아와 있었다.

『여, 위험할 뻔했다곰~.』

"······고마워, 형."

분명 그때 형이 구해주지 않았다면 나는 또 죽었을 것이다.

그 녀석에게는 그럴 만한 실력과 살의가 있었다.

『저거 앞에서 싸우려는 자세를 취했던 건 멋지지만 용기도 상황에 따라 다르다곰~. 〈초급〉하고 정면으로 맞붙기에는 아직 이르다곰~.』

"〈초급〉…… 그러면 역시 저 녀석이……."

『그래, 피가로의 대전 상대. 무선 제국 황하 최강의 4대 플레이어, 〈황하사령〉 중 한 명.』

──'응룡' 신우.

◇

""다녀왔어.""

『실례합니다곰~.』

형과 함께 박스석으로 돌아오자 마리가 기재 세팅을 마쳐놓고 있었다.

루크와 바비도 일어나 있었는데 세 사람 다 곰 인형옷을 입은 형을 보고 고개를 갸웃거리고 있었다.

뭐, 갑작스럽게 알지도 못하는 인형옷이 들어오면 의아해하는 것도 당연하겠지.

어라? 마리는 고개를 갸웃거린다고 해야 하나…… 굳었네?

"……저기, 레이, 씨? 저, 곰, 분은?"

마리가 얼굴이 굳은 채 물어보았다.

아, 역시 갑자기 인형옷이 오면 어이가 없겠지.

"그래, 우리 형. 우연히 같은 박스석이었거든."

"오호, 재미있는 우연이네요. 어라, 왜 그러시나요? 마리 씨."

"아뇨, 아무것도, 아무것도 아니거든, 요?"

왜 저러지?

표정이 엄청나게 딱딱하다. 지금도 혼자서 '비슷해, 엄청 비슷해, 모피가 아니라 인형옷이지만 질감이 똑같아. 목소리도 비슷하고…… 곰이고……'라고 중얼거리고 있었다.

"마리. 설마 너……."

"네?! 왜, 왜요!"

그렇게 동요하는 것을 보고 나는 어떤 확신을 가지고 물었다. 마리는…….

"곰을 싫어하는 거야?"

내 질문에 마리는 한순간 멍해진 뒤에…… 엄청난 기세로 고개를 끄덕였다.

"그, 그그그그래요! 어, 네! 곰이 싫거든요! 결코, 네, 결코 이[파, ……가 아니라 이분이 무섭다거나 그런 건 아니니까요!"

왠지 말이 이상하다. 그렇게 곰이 무서운 건가.

『……그러면 이런 모습이면 안되겠다곰~. 잠깐만 기다려라곰~.』

그렇게 말한 직후, 곰은 사라졌고…… 대신 이유는 모르겠지만 두 발로 걷는 '고래'가 나타났다.

아니, 애초에 두 발로 걷는 시점에서 고래가 아닌 것 같은데.

『곰이라면 안 되겠지만 이거라면 괜찮다고래.』

"이봐, 아무리 그래도 그 어미에는 무리가 있잖아! 너무 적당 적당하다고!!"

『그러면 이거 말고 어떤 어미를 붙이면 되냐고래!!』

"나도 몰라!!"

고래 캐릭터의 어미 패턴 같은 건 머릿속에 없다고!

"저, 저기…… 괜찮아요. 이제 진정이 되었어요. 곰이라도 괜찮아요."

『그렇냐고래? 그럼 돌아갈게고래.』

형은 그렇게 말하고 다시 빛에 감싸여 원래 모습인 곰으로 돌아왔다.

아, 이렇게 보니 고래보다는 곰이 더 편하구나. 엄청 안심되는 느낌이다.

……그런데 애초에 20대 중반도 한참 전에 지난 형이 인형옷을 입고 '곰곰'이라고 말하는 것에 안심이 되어도 괜찮은 건가?

…………이 의문은 잠시 보류하도록 하자.

"그러면 다시 소개할게. 이 인형옷 안에 들어 있는 게 우리 형이야."

『잘 부탁한다고옴~. 레이의 친형인 슈우다곰~.』

잘 부탁한다고옴~은 무슨.

"그리고 이쪽이 나하고 같은 파티인."

"루크예요. 이 아이는 제 〈엠브리오〉인 바비."

"바비야~!"

"저, 저는 마리 애들러예요. 잘 부탁합니다."

『……마리 애들러?』

마리의 자기소개를 듣고 이번에는 형이 고개를 갸웃거렸다.

그 동작을 보고 마리가 움찔, 몸을 떨었다. 역시 아직 곰 인형이 무서운가…….

『혹시 직업은 [기자]?』

"네, 네, 맞아요."

이름만 들었을 뿐인데 어떻게 직업까지 안 걸까.

주위에 촬영 기재가 놓여 있어서?

『그 만화는 나도 읽었으니까.』

"그 만화?"

『인투 더 섀도우라는 제목의 만화야. 마리 애들러는 그 만화의 주인공 이름이고, 직업은…… 기자거든.』

"아하. 마리도 그 만화를 좋아해?"

"……네, 맞아요. 저는 그 만화를 좋아해서 이름이나 직업 선택도 똑같이 했어요."

하긴, 좋아하는 캐릭터의 이름하고 외모를 따오는 건 MMO에서 자주 있는 일이다.

『말투도?』

"물론 롤플레이죠. 스무 살이 넘었는데 평소에 이런 식으로 말할 리가 없잖아요."

철저하네. 그리고 나보다 연상이었나.

"인투 더 섀도우였나. 나도 다음에 읽어볼까."

『그런데 그 만화는 잡지가 폐간 되어서 말이지. 제1부 완결이라는 형태로 연재가 끝났어.』

오.

『인기 있는 만화였고, 나도 좋아했으니 어딘가에서 다시 연재하는 걸 기다리고 있는데.』

"……감사합니다."

마리는 정말 그 만화를 좋아하나 보네.

두 사람이 그렇게 좋아하는 만화라면 나도 다음에 찾아서 사 볼까.

『회장에 계신 여러분! 오래 기다리셨습니다아!! 지금부터 오늘 메인 이벤트, 〈초급 격돌〉을 시작하겠습니다아!!』

이야기하고 있던 와중에 시합 개시 시간이 되었던 모양이다. 회장 안에 음악과 안내 방송이 흘렀다. 참고로 그런 것들도 화장실과 마찬가지로 마법 장치로 가동시키는 모양이었다.

『어이쿠, 시합이 시작되어버린다곰. 관전 자세를 취한다곰~.』

"그렇네요. 저도 촬영해야죠."

우리들도 자리에 앉아 이벤트 시작에 대비해야지.

그런데 이벤트 이름이 〈초급 격돌〉이라니, 참 말 그대로네.

이제부터 피가로 씨와 신우, 두 초급 직업이, 두 〈초급 엠브리오〉가 격돌할 것이다.

분명 이 싸움은 내가 본 적이 없는 싸움이다.

이 〈Infinite Dendrogram〉의 고수들이 벌이는 싸움, 톱 클래스의 결전.

『우선은 동쪽 문! 게스트의 입장입니다아!』

스포트라이트가 안내에 맞춰 입장문 중 하나를 비추었다.

『머나먼 동방의 황하에서 찾아오온 〈초그읍〉! '응룡'이라는 별명을 지닌 대 무서언! [시해선]!! 시인! 우우우우우우우우우우우우!!』

중계의 절규, 폭음, 음악, 그리고 연기까지 깔렸다.

그리고 뭉게뭉게 피어오르는 연기 안에서 녀석이 나타났다.

모든 관객이 깜짝 놀라 소리를 지르게 만든 4미터가 넘는 거구.

본 것만으로도 한기가 느껴질 정도로 이상하게 긴 팔다리.

이 나라 같은 서양 분위기의 세계관으로 보면 광기의 세계에서 기어 나온 거나 마찬가지인 이상한 옷.

회장 전체의 공포와 경악을 한 몸에 받으며── [시해선] 신우가 입장했다.

두 팔을 들어 올리며 소리를 지르자 그와 동시에 신우의 양쪽에서 폭염이 솟구쳤다.

그 퍼포먼스로 인해 회장에서 환호성과 비명이 울려 퍼졌다.

"……여기, 엔터테인먼트를 잘 알고 있네."

『행사가 빈번한 마을이니까곰. 〈마스터〉의 조언도 받아서 연출도 발전되었다곰~.』

아, 역시나. TV에서 본 격투기 이벤트하고 똑같으니까.

그래도 아나운서는 TV 쪽이 더 능숙하네. 아직 좀 익숙하지 않은 느낌이다.

『신우 쪽도 황하의 결투 랭킹에서 넘버 투. 익숙할 거다곰.』

넘버 투, 그렇다면 저 녀석 말고 다른 1위가 있다는 건가.

"그런데 [시해선]이라는 건 어떤 직업인가요?"

"황하에는 [도사]라는 직업이 있는데요, 그 직업의 초급 직업인 모양이에요. 이쪽에서 말하자면…… 분류를 따지면 [마술사(메이지)]네요."

『[도사] 계열의 특징은 소비 아이템인 [부적]을 자작해서 사용하는 거야. 장점으로는 마술을 빠르게 연달아 발동시킬 수 있다는 것. 단점은 제작 비용이 들어간다는 거.』

"그리고 큰 기술을 사용할 때 [부적]을 설치해야 하는 수고가 든다는 점도 있긴 하네요."

『하지만 [시해선]은 도사 계통인 것과 동시에 [강시]라는 직업의 상위호환이기도 하다고 들었거든. [강시]는 내구력에 특화된 직업이야. 그렇다면 순수한 마법 전투 스타일이 아니라 근접 공격도 한다고 봐야겠지.』

"아, 그랬죠. 도사 계통은 조합하는 직업에 따라 얻을 수 있는 초급 직업이 변화하는 타입이니까요. [시해선]은 오히려 강시 계열 초급 직업이라 부르는 게 맞을지도 모르겠네요."

……해설 역할이 두 명이다. 그리고 두 명이 해설을 하고 루크가 질문 역할을 맡으면 내가 배경 담당 같은 느낌이다. 딱히 상관은 없지만.

"그래도 강시하고 시해선은 다른 거지? 왜 마스터 강시라고 부르는 건데."

『뭐, 전부 다 [파괴왕(킹 오브 디스트로이)]처럼 직역하는 건 아니다곰.』

"초급은 특히 비뚤어진 이름이 많죠. [절영(데스 섀도우)]이라든가."

초급 직업은 하나밖에 없어서 네이밍은 여러 가지인 모양이다.

"결국 어떤 방식으로 싸우는 플레이어인가요?"

루크가 물어본 것은 나도 신경 쓰였던 부분이다. 창구에서 맞서고, 형과의 공방도 보긴 했지만 나는 무슨 일이 일어났는지 알 수가 없었으니까.

"'응룡'이라는 별명으로 불리고 있긴 하지만 〈초급 엠브리오〉의 명칭이 응룡인 건 아닌 모양이에요. 그리고 '응룡' 말고도 '지뢰', 또는 '신속'이라고도 불러요."

그 두 단어들은 완전히 정반대인 인상이 느껴진다. 전자는 움직이지 않고 기다리고, 후자는 움직이며 돌아다니는 분위기다. 과연 어느 쪽이 저 요괴 같은 〈초급〉의 정체인 걸까.

『그리고오! 서쪽 문! 기데온의 자랑! 절대왕자의 등장입니다아!!』

음악이 바뀌었고, 이번에는 스포트라이트가 반대쪽을 비추었다.

『왕자이자 고고한 탐색자아! '무한연쇄'라는 별명과 [초투사]라는 칭호를 지닌 최강의 남자!! 피가로오오오오오오오오오!!』

굳이 소개할 필요도 없이, 서쪽 문에서 나타난 것은 피가로 씨였다.

부드러운 미소를 지으면서도 끝없는 압력이 깃들어 있고 속마음을 알아볼 수 없는 눈.

몸에 걸친 것은 물론 인형옷이 아니라 저번에 봤던 것과 마찬가지로 기묘한 조합인 장비였다.

피가로 씨가 등장하자 관객석에서 일제히 환호성이 울려퍼졌다.

『피~가~로~! 피~가~로~!』

천천히 무대로 걸어가는 피가로 씨에게 관객들이 피가로 콜을 퍼부었다. 들었던 대로 여기에서는 엄청나게 유명하고 인기가 많은 모양이다.

아, 인형옷을 입을 만하네.

『자! 드디어 세기의 일전이 시작되려 하고 있습니다!』

두 사람은 무대 위에 서서 동시에 창을 띄웠다.

저것은 서브 이벤트 시합에서도 사용했던 결계의 설정 창이다. 서브 이벤트와 똑같이 한다면 시합 직전에 저렇게 규칙을 확인하고 두 사람이 합의한 뒤 전투를 시작한다.

결투도시 기데온에서 벌어지는 결투 중 대부분은 일대일 전투이며 규칙은 거의 없다. 어떤 공격이나 전술을 쓰더라도 용납된다.

용납되지 않는 것은 일부 액세서리나 회복 아이템을 사용하는 것이다. 제한되어 있는 것을 구체적으로 말하자면 내가 예전에 썼던 '즉사 대미지를 무효화시키는' 효과를 지닌 [구명의 브로치]나 [대역 용비늘] 같은 액세서리, 그리고 소비형 회복 아이템이다.

그런데 회복 중에서도 장비 스킬은 문제없는 모양이라 초보인 나는 그 경계선을 이해하기 힘들었다.

『그런 타입 액세서리를 쓸 수 있다면 피가 공이 유리하겠지만 말이야.』

"어? 쓸 수 있다 해도 조건이 같으니까 비슷한 거 아니야?"

『피가 공이 아니라 다른 사람이라면 그렇겠지.』

피가로 씨가 그런 걸 쓰면 완전히 달라진다는 건가?

『두 사람의 규칙 확인이 끝났습니다! 드디어 결계가 기동되⋯⋯ 어라?』

중계가 끊겼는데, 무대 위에 있던 신우가 그 긴 오른팔을 들고 있었기 때문이었다.

규칙에 뭔가 불만이 있는 건가?

『아~, 아~, 들리나?』

신우는 마이크 체크 같은 목소리를 낸 뒤, 회장 전체에 목소리를 전달했다.

『나와 이 피가로는 이제부터 시합을 할 텐데, 시합 분위기를 띄우기 위해서 내가 선언할 것이 하나 있거든.』

시합 분위기를 띄우기 위해서⋯⋯ 선언을 한다고?

무슨 말을 하나 싶어서 긴장하고 있자니⋯⋯.

『나는 이 시합에서 피가로가 무릎을 꿇을 때까지 한 발자국도 움직이지 않는다.』

신우는 그렇게 말도 안 되는 말을 했다.

한순간, 회장 전체가 멍해졌다.

저 녀석이 대체 무슨 소리를 하고 있는 거지? 모두가 마음속으로 생각한 것이 일치된 듯한 느낌이 들었다.

『한 발자국도 움직이지 않고 저기 있는 피가로를 무릎 꿇게 만들겠다고 하는 거야. 이해가 되나?』

다시 정적이 있는 뒤, 관객은 신우가 한 말이 피가로 씨, 그리고 그를 왕자로 떠받들고 있는 결투도시를 모욕, 도발하고 있다는 것을 이해했다.

그리고 단숨에 회장은 화난 목소리와 야유로 가득 찼다.

신우는 그것을 들으며 웃고 있었다.

『좋은데, 이게 진짜 비난이지이이! 이 와중에 너를 쓰러뜨리면 최고로 웃기겠는데!』

『…………』

피가로 씨는 조용히 신우를 보고만 있었다. 그런 모습이 여유에서 오는 건지 아니면 다른 이유가 있는 건지는 알 수 없었다.

하지만 나는 신우가 했던 말이 결코 불가능하지는 않다고 생각했다. 적어도 저기에 서 있는 것이 피가로 씨가 아니라 나라면 한 발자국도 움직이지 못하고 죽었을 것이다.

방금 전에 그렇게 될 뻔했다.

하지만 아마도…… 저 선언의 목적은 단순한 도발이 아닐 것이다.

"저 녀석은 꽤나 밉상 같은 말을 하고 있다만…… 무슨 생각이 있어서 그러는가?"

"무의미한 발언이냐, 의미가 있는 포석이냐를 따진다면…… 틀림없이 포석일 거야."

맞서보고 저 녀석의 살기와 막아서는 적에 대해 자비심이 없다는 것은 실감했다.

그와 동시에 저 녀석은 분명 그게 전부다 아닐 거라는 느낌이 들었다. 창구, 입장, 방금 한 발언, 저 녀석은 분명 자신의 행동으로 인해 주위 사람들이 가지게 되는 인상을 계산하며 움직일 정도로 똑똑하기도 하다.

그렇게 우선 상대방을 분위기부터 집어삼키는 전술. 하지만 분명 그것조차 어떤 포석일 것이다.

『결계를 기동합니다!』

신우에게 쏟아지던 야유도 잦아들었고, 결계도 기동되었다. 시합 준비는 완전히 갖춰졌다.

『그러면! 메인 이벤트, 〈초급 격돌〉·········· 시합 개시이!!』

시합이 개시되었다는 것을 알리자 싸움이 시작되었다.

──그 순간, 폭음과 함께 무대 위를 금빛 '무언가'가 가로질렀다.

그것은 정말 짧은 시간.

짧은 시간에 정말 많은 일이 일어났을 것이다.

추측으로밖에 말할 수 없다. 왜냐하면 내게는 거의 결과밖에 보이지 않았기 때문이다.

어느새 피가로 씨는 두 손으로 검을 들고 있었고, 그와 동시에 네 줄기의 사슬을 전개하고 있었다.

하지만 네 줄기 중 세 줄기는 이미 끊어진 상태였다.

피가로 씨의 검 두 자루는 엄청난 속도로 계속 움직이며 '무언가'를 계속 튕겨내고 있었다.

'무언가'는 어느새 무대 전체에 있었다.

'무언가'가 무대 전체로 펼쳐지고 나서야 내가 그것을 볼 수 있게 되었다.

'무언가'는 정말 길었고, 얼마나 빨리 움직이고 있는지 희미하게 보였다.

그저 그것이 매우 길어서 '있다'는 것을 알 수 있는 것이다.

그것의 움직임에서 튀어나온 부분, 끝부분은 전혀 볼 수가 없었다.

하지만 지나치게 긴 '무언가'의 궤적을 따라가 보니 그것은 신우의 양쪽 소매로 이어져 있었다.

한순간, 그 '무언가'가 피가로 씨와 마찬가지로 사슬인가 싶었다.

하지만 아니었다. 신우의 소매 속에는 사슬을 잡을 팔도 없었고, '무언가' 말고 다른 것도 없었다.

'무언가'는—— 신우의 두 팔이었다.

눈에 보이지도 않는 속도로 뻗어나간 두 팔이 마치 두 마리의 용처럼 피가로 씨를 계속 공격하고 있었다.

"너무 빠르구나……."

『결계 설정 실수로군. 내부 시간을 느리게 만들고는 있겠지만…… 그래도 너무 빨라.』

네메시스가 중얼거린 말은 내가 느낀 감상과 똑같았다. 옆에서 보고 있는 형에게는 보이는 건가.

그때, 살아남았던 마지막 사슬이 신우를 향해 돌진했다. 신우에게 초고속으로 달려든 그 사슬은…… 눈 깜짝할 사이에 잘게 조각났다.

그 〈묘표미궁〉에서 하마터면 나를 죽일 뻔한 사슬조차…… 신우의 두 팔 앞에서는 너무 느리다.

"초음속 자유자재 신축 공격…… 그래도 ……보다 빨라."

그건 분명 마리의 목소리였을 것이다.

늦게나마 이해했다. 시작했을 때 난 폭음, 그것은 두 팔이 소리의 벽을 뚫은 소리였다는 것을.

그리고 그 정도로 빠르면서도 컨트롤이 되는 모양이었다.

그야말로 '신속'의 신우라는 이름에 어울렸고, 게다가 뻗어나가는 팔은 마치 용과 같았다.

그때 그대로 싸웠다면 나는 《카운터 앱솝션》을 쓸 틈도 없이 살해당했을 것이다. 만약에 썼다고 해도 곧바로 뒤로 돌아와 등 뒤에서 목을 잘랐을 것이다.

나는 뻗어나간 팔이 남아 있기에 움직인 궤도를 알 수 있지만 그 끄트머리 부분…… 손의 움직임은 전혀 볼 수 없었다. 결계로 인해 속도가 줄어든 상태로도 오싹해지는 속도였다.

그런데 피가로 씨도 대단하다. 그런 초음속 공격이 날아드는데도 아직 한 번도 맞은 것 같지 않았다. 전부 간파하고 튕겨내거나 피하고 있는 것 같았다.

점점 피가로 씨의 움직임도 알아보기 힘들어지고 있었다.

"……옛날 만화에서 이런 걸 뭐라고 했더라."

야무치의 시점이었던가. 그건 네메시스와 루크, 바비도 마찬가지인 것 같았다.

하지만 형하고 마리는 아니었다. 형은 분위기를 통해서, 마리는 시선의 움직임을 통해서 신우의 두 팔의 움직임을 따라잡고 있다는 것을 알 수 있었다.

"⋯⋯보이는 거야?"

『어느 정도는 말이지. 나는 AGI형이 아니니까 보이다 안 보이다 하는군.』

AGI가 높으면 보이게 되는 건가. 형은 창구 카운터에서 신우와 맞붙었을 때도 그랬고, 예전에 랭커였다고 말했던 적도 있으니 상당히 레벨이 높은 것 같긴 한데.

그런데 마리에게도 보이는 건가.

"⋯⋯⋯⋯[기자]는 시력에 보정이 걸리는 패시브가 있으니까 따라잡고 있죠."

그때, 마리 본인이 내 마음을 읽은 것처럼 해설해주었다.

그렇구나, 비전투 직업이라도 그런 패시브 스킬이 있는 건가.

"⋯⋯나는 보지도 못하는 수준인가."

이 덴드로에서는 그런 것이 가능하고, 저것이야말로 톱 플레이어들의 전투속도.

아니, 저것도 느려진 거였나⋯⋯.

『결계 안의 전투속도에 대해 보정을 실행합니다아!』

그런 안내가 나온 직후에 안쪽에 있던 두 사람의 움직임이 방금 전보다 더 느려졌다.

⋯⋯그래도 서브 이벤트 시합보다는 빨랐지만.

『속도 설정을 최대로 했군. 뭐, 그렇게 하지 않으면 대부분의 관객들이 관전을 할 수 없을 테니까.』

"그래, 나도 덕분에 다행이야."

그렇다, 지금은 겨우 보이는 상태다.

피가로 씨의 왼쪽에서 머리를 노리며 날아드는 황금의 오른손.

그것을 피가로 씨가 몸을 뒤로 젖혀 피했다.

지나친 오른손이 궤도를 U자로 변경하여 다시 머리를 습격했다.

피가로 씨는 다시 날아드는 오른손을 이번에는 오른쪽 검으로 튕겨냈다.

방금 전까지는 보이지 않았던 일련의 공방을 눈으로 따라잡을 수 있다.

하지만 그럼에도 불구하고 비디오를 빠르게 돌리는 거나 마찬가지인 상태다.

정말 저 두 사람은 얼마나 빠른 속도로 전투를 벌이고 있는 거야?

"……저 속도를 따라잡지 못하면 공격을 맞출 수도 없는 건가."

"아니면 비전투 상태에서 기습하는 것 정도네요. 그것도 결투에서는 불가능하지만요."

결투에서는 서로 조건을 승인하고 나서 '준비, 시작'이라는 식으로 전투가 개시된다.

기습 같은 것이 아니라 서로의 전투 능력을 전부 다 발휘하여…… 강자가 이기는 일대일 대결.

그리고 피가로 씨는 결투의 메카인 결투도시의 정점에 서 있는 플레이어.

다시 말해 대인 단독 전투라면 왕국 최강의 플레이어다.

신우는 그런 피가로 씨가 방어에만 치중할 만큼 빠르다.

다시 말해 AGI에 특화된 초급 직업이라는 것…… 아니, 잠깐만.

시합 개시 전에 마리가 뭐라고 했었지?

——『분류를 따지면 [마술사]네요.』

"마법……! 저 녀석, 아직 전력을 다하지 않았……!"

그 직후, 무대 위에서 굉음이 울렸고, 붉은빛이 결계로 가로막혀 있는 무대 안을 유린했다.

보아하니 뻗어나간 팔에서 무수히 붉은 광선을 뿜어내고 있었다. 붉은빛은 결계 안에 있는 돌로 된 무대나 공기를 태우면서 눈부시게 날뛰고 있었다.

그 열선의 발사구는 신우의 두 팔에 빈틈없이 붙어 있던——
종이였다.

"저건?!"

『[도사]가 사용하는 [부적]이다.』

"공격마법이 담긴 [부적]을 팔 측면에 붙여두고 열선을 난사하고 있네요."

"엉망진창이네……."

수많은 열선은 당연히 사방팔방으로 뻗어나간 팔 자체에도 명

중했지만 그 두 팔은 얼마나 튼튼한지 대미지를 전혀 입지 않았다. 팔에 붙어 있던 [부적] 중 일부가 무대 위로 팔랑거리며 떨어진 정도에 불과했고, 그 움직임이 멈출 기세는 보이지 않았다. 무슨 강도가 저래.

"강도가 낮으면 저 이음매가 절단되었을 게야."

열선을 신경 쓰지도 않고 피가로 씨이여도 파괴하기 힘든 두 팔. 크게 나누면 마법 직업으로 분류되는 [시해선]이면서도 초음속 전투를 벌이고 있다는 것도 포함해서 생각해보면…….

"저 두 팔이 신우의 〈초급 엠브리오〉."

금빛으로 빛나며 적을 초음속으로 습격하는 두 팔…… 의수형 〈엠브리오〉.

그 능력 특성은 '단단한 팔이 빠르게 뻗어나간다'.

말로 하면 단순하지만 직접 보니 무시무시함만 느껴졌다.

강하게, 빠르게, 멀리까지. 매우 단순하고, 그러면서도 대처할 방법이 없는 능력이다.

"대처할 수 있다면 그건……."

"마찬가지로 단순한 저력뿐."

네메시스가 한 말이 들린 것과 동시에 눈에 들어온 것이 있었다.

붉은빛과 벗겨져나간 수많은 [부적]들이 흩날리고 초음속의 파괴가 휘몰아지는 지옥 안에서 상처 없이 공격을 계속 쳐내는 피가로 씨가 있었다.

뭔가 특별한 것을 하고 있는 것도 아니다. 그저 피하고, 튕겨내고, 달리고 있었다.

열선은 피했다. 두 팔은 튕겨냈다. 그리고 서서히 거리를 좁히고 있었다.

단순한 싸움인데…… 그 수준이 이상하기 그지없었다.

"……대단해."

이미 그런 말만 생각날 정도로 전투의 격이 다르다.

시작한 뒤로 방어에만 치중하는 것 같았지만 그렇지는 않았다. 신우에게 다가가는 피가로 씨의 속도가 점점 빨라지고 있었다. 신우의 공격이 맞지 않았고, 피가로 씨가 거리를 좁히고 있었다.

이대로 간다면 신우 본인을 간격 안에 포착하는 것도 시간 문제일 것이다.

역시 사람들이 짐작한 대로 피가로 씨가 이길── 그렇게 생각했을 때, 눈치챘다.

그것은 투기장 위에 있는 두 사람이 아니라…… 내 옆에 있던 형과 마리의 모습이었다.

분위기가 변했다.

이 분위기는 느낀 적이 있다. 처음으로 [데미 드래그 웜]과 싸웠을 때, 〈초급 킬러〉에게 습격당했을 때, 그리고 [갈드랜더], [고즈메이즈]와 싸웠을 때.

두 사람이 그러한 사투와 비슷한 긴박함이 가득 찬 분위기를 풍기고 있었다.

형은 인형옷 너머로, 마리는 약간 젖힌 선글라스 너머로 무언가를 보고 있는 것 같았다.

그 시선은 무대가 아니라 박스석에 설치된 모니터 중 하나, 신우의 얼굴을 가까이서 잡은 것 쪽으로 향하고 있었다.

강시처럼 부적에 가려진 그 얼굴.

갑작스럽게 부적이 젖혀졌을 때 보인 그 입가는── 웃고 있었다.

『《환기》── 폭뢰!!』

그 순간, 보인 것은 세 가지. 안쪽으로부터 터져나간 신우의 오른쪽 손등. 드러난── 몬스터 격납 [주얼]. 그리고 [주얼]에서 튀어나온 붉은 번개와도 같은 몬스터였다.

매우 가까운 거리에서 해방된 몬스터는 피가로 씨에게 번개 그 자체 같은 송곳니를 드러내고 달려들었다.

『엘레멘탈의…… 희소종인가.』

"[라이트닝 엘레멘탈]의 공격 성능과 속도를 강하게 만든 종족 아닐까요. 호화로운 눈속임이네요."

눈속임, 내가 그 단어에 의문을 품기도 전에 피가로 씨의 쌍검이 번개 몬스터를 십자 모양으로 갈랐다.

하지만 정신을 차려 보니 그 순간, 황금의 왼손이 신우 곁으로 돌아가 있었다.

원래 길이가 된 그 팔, 그 손가락 끝, 집게손가락과 가운데손가락 사이에는 [부적] 한 장이 끼어 있었다. 그것은 정교하고 세밀해서 마치 그림 같았지만── 아름답다고 생각하기 전에 공포가 느껴졌다.

그와 동시에 전투 도중에 지면에 흩날린 수백, 수천 장의 [부적]이 붉은빛을 내뿜기 시작했다.

──『[도사] 계열의 특징은 소비 아이템인 [부적]을 자작해서 사용하는 거야.』

──『그리고 큰 기술을 사용할 때 [부적]을 설치해야 하는 수고가 든다는 점도 있긴 하네요.』

형과 마리가 그렇게 말했던 것을 내가 떠올린 직후.

『《진화진등── 폭룡패》.』

신우가 선언한 것과 동시에 필드 거의 대부분을 집어삼킬 정도로 거대한 불기둥이 솟구쳤다.

'지뢰'의 신우…… 저 녀석의 별명 중 하나가 떠오르는 광경이었다.

무대와 관객석 사이를 가로막고 있는 결계, 불기둥은 그 천장 부분을 쉽사리 뚫었다. 그것뿐만이 아니라 태워버리겠다는 듯이 계속 솟구치고 있었다. 우리들의 자리까지 해롭지 않을 정도로 열기가 다가왔고, 관객석에서는 비명을 지르는 사람도 많았다.

하지만 그럼에도 불구하고 우리들에게 피해가 생기지는 않았다. 피해를 입었다고 한다면 무대 위의 두 사람이 문제다.

불기둥은 발동자인 신우가 서 있는 곳까지 닿지는 않았다. 어느새 뻗고 있었던 오른팔도 원래 길이로 돌아와 있었기에 불 속에 있는 건 아니었다.

하지만 피가로 씨는 그렇지 않았다. 엘레멘탈을 요격했던 그 타이밍에서는 피할 수 없었고, 도저히 검을 막을 만한 것도 아니었다.

회장 전체가 침을 삼키고 있던 와중에 불기둥이 사라졌고, 불로 인해 가려져 있던 무대가 보이기 시작했다.

초고열로 인한 아지랑이 가운데에 서 있었던 것은── 원형 모양 배리어에 둘러싸여 상처 하나 없는 피가로 씨였다.

"저걸 노 대미지로 막았다고?!"

마리가 깜짝 놀라 소리쳤고, 나도 같은 생각이었다.

"저건 피가로 씨의 〈엠브리오〉의 스킬인가? 아니면 [초투사]?"

『둘 다 아니야. 장비 스킬이지. 저 녀석이 평소에 걸치고 있는 롱 코트는 특전 무구야. 액티브 방어 스킬이고 단시간이나마 외부의 간섭을 차단할 수 있지.』

장비 스킬. 내 [장염수갑]이나 [자원주갑]과 마찬가지로 특전 무구의 장비 스킬인가.

『하지만 저건 한 번 쓰면 10분 동안은 사용할 수 없어. 방금 공방으로 인해 방어 쪽 비장의 수를 썼어.』

"그래도 비장의 수를 쓴 건 신우도 마찬가지예요. 엘레멘탈은 전투불능이고, 저렇게 많은 [부적]을 사용하는 마법이라면 다시 날리기는 힘들겠죠. 이제 같은 수법을 쓸 수 없다면."

"피가로 씨가 이긴다……!"

내가 그렇게 생각한 직후.

"이제 신우가 발동한 또 하나의 스킬이 어떤 효과를 발휘했는지가 문제네요."

루크가 그런 말을 했다.

나와 네메시스, 그리고 바비조차도 루크가 무슨 말을 하는 건지 이해하지 못했을 것이다.

형은 뭔가 눈치챘는지 신우에게 집중하고 있었다. 마리도 약간 늦게나마 무언가를 눈치챘다는 듯이 신우를 보았다.

"루크, 또 하나의 스킬이라는 건 무슨 뜻이야~?"

"신우가 저 불기둥 말고도 다른 스킬을 썼었잖아요?"

"스킬…… 썼었나?"

적어도 나는 몰랐었다.

『피가로의 방어 스킬 효과가 끝난다.』

외부로부터의 간섭을 차단한다는 방어막이 사라졌다.

그러면 다시 초음속의 격돌이 시작될 줄 알았는데…… 양쪽다 움직이지 않았다.

신우의 비장의 수를 막은 피가로 씨도, 비장의 수가 막힌 신우도 움직이지 않았다.

전자는 몰아붙여야만 할 테고, 후자는 태세를 바로 잡아야만할 텐데.

그리고 지금 같은 상황에서도── 신우는 웃고 있었다.

"《테나가 아시나가(저편으로 뻗는 팔, 내디디는 다리)》."

그 말 또한 루크가 한 말이었다.

"루크?"

"그렇게 말했어요. 불꽃을 내뿜은 직후에."

나는 듣지 못했다. 불기둥의 굉음 때문에 음성 마이크도 잡아내지 못했을 것이다.

"어떻게 알았어?"

"입술이 움직였으니까요. 고유명사는 이쪽에서도 입 움직임이 똑같네요."

독순술이라는 걸까. 그런 스킬을 언제 얻은 거지? 아니면 마리의 그림처럼 현실에 있을 때부터 지니고 있었던 건가?

아니, 그것보다 그 이름……테나가 아시나가는 신우의 〈초급 엠브리오〉의 이름인가?

테나가 아시나가(긴 팔 긴 다리), 일본의 요괴 이름인데 신우의 이상한 외모에는 더할 나위 없이 딱 맞는 이름이다.

그런데 그 이름을 스킬로써 외쳤다는 건——.

"〈엠브리오〉의 이름을 딴 것은 〈엠브리오〉 최대의 필살 스킬……!"

신우가 지금까지 꿈쩍도 하지 않았던…… 옷자락에 가려진 오른발을 들었다.

그 오른팔도 두 팔과 마찬가지로 금빛 의족—— 〈초급 엠브리오〉였다.

오른발의 발톱도 두 팔과 마찬가지로 예리했는데, 그것이 무언가를 잡고 있었다.

왼손처럼 [부적]이 아니라 불확실한 형태였다.

하얀색, 분홍색, 붉은색, 알아보기 힘든 색이고 부드러워 보이는 그 무언가는…… 인간의 내장으로 보였다.

『심장을 잡아내지 못했군. 이건 폐잖아.』

피가로 씨가 피를 토하고 무릎을 꿇었다.

□[성기사] 레이 스탈링

『암즈, 가드너, 채리엇, 캐슬, 테리터리. 〈엠브리오〉 진화의 큰 줄기인 다섯 가지 기본 카테고리 중 가장 숫자가 많은 게 뭘까?』

그것은 〈Infinite Dendrogram〉에 들어온 첫날 밤, 환영회 때 있었던 이야기다.

전쟁 이야기에서 이 화제로 넘어올 때까지 무슨 이야기를 했는지는 잊어버렸지만, 이 이야기는 기억하고 있다.

"암즈려나?"

형의 질문에 나는 왠지 모르겠지만 그렇게 대답했다. 네메시스는 메이든이지만 그와 동시에 암즈이기도 하고, 형의 발드르도 개틀링 포였다. 이 시점에서 나는 형 말고 다른 〈마스터〉를 알지 못했고, 양쪽 다 〈엠브리오〉가 암즈였기에 나는 그렇게 대답했다.

『정답. 암즈는 이 〈Infinite Dendrogram〉에서 가장 많은 카테고리야.』

정답이었다.

『그와 동시에 가장 다양하기도 하지.』

"가장 다양하다고?"

『암즈의 범주는 여러 가지야. 네 대검, 내 총기, 화기 같은 무기쁨만이 아니라 냄비나 램프 같은 도구, 나아가서는 의안이나 의수처럼 육체를 대신하는 타입까지 있어.』

"변종도 많다는 건가."

『뭐, 그래.』

그리고 뭔가 생각났다는 듯이 이렇게 말했다.

『그중에서도 '그 녀석'이 지니고 있는 암즈가 제일 변종이지.』

그때 나는 형이 말했던 '그 녀석'이 누군지 알 수가 없었다.

◇ ◇ ◇

결투도시 기데온 중앙 대투기장은 정적에 둘러싸여 있었다.

어떤 관객도 무슨 일이 일어난 건지 이해하지 못하고 있었다.

분명 모든 것을 이해하고 있는 것은 무대 위에 있는 두 사람——피가로 씨와 신우뿐일 것이다.

『신우가 포석을 계속 둔 결과인가.』

아니, 다른 한 사람, 내 옆에 있던 형도 이해하고 있었다.

『우선 개막 때 '한 발자국도 움직이지 않겠다'는 선언. 그건 저긴 옷자락에 가려진 다리를 움직이지 않는 것을 부자연스럽게 생각하지 못하도록 둔 포석이야.』

지금 그 다리는 피가로 씨의 폐를 잡고 있었다.

『의수로 가한 초사정 초음속 공격. 저것도 선언의 의도가 자신 감으로 인한 도발이라고 오해하게 만들게끔 했지. 피가 공은 도발이 다른 목적을 지닌 위장이라는 것을 꿰뚫어 보고 있었겠지만.』

하지만 꿰뚫어 보면서도 피하지 못했다.

『그 다음은 [부적]을 통한 마법공격. 그것도 결국에는 다음 대마법에 사용할 [부적]을 설치하기 위한 포석. [폭뢰]라는 엘레멘탈은 일시적인 눈속임. 그리고 문제는 그 대마법이야.』

무대 위로 흩뿌린 수백 장의 [부적]을 사용하여 결계를 뚫을 정도로 강한 불기둥을 일으켰다.

『《진화진등 폭룡패》였나. 그 위력, 아마 틀림없이 [시해선]의 스킬 중에서도 최강의 한 수—— 오의겠지만 신우는 그것조차 단순히 발을 붙잡아두는 데 썼고.』

"발을 붙잡아둬?"

『저렇게 강한 위력과 범위를 지닌 대마법이니까. 맞으면 피가로도 무사하지는 못할 테고, 신우의 팔이 있으니 안전한 곳까지 피하는 것도 힘들어. 규칙상 즉사 대미지를 무효화시키는 종류의 액세서리도 쓸 수 없지. 그러니까 실제로 그랬듯이 전방위 방어형 스킬을 써서 버틸 수밖에 없어.』

그때, 일시적으로 공격을 차단한다는 특전 무구를 사용하지 않았다면 끝났을 것이다.

『하지만 저 녀석에게 그런 행동을 하게 만드는 것이 신우의 목적이었어.』

"!"

『강력한 전방위 방어형 스킬은 대부분 사용 중에 움직일 수 없고 다른 스킬도 쓸 수 없어. 다시 말해 단단하긴 하지만 빈틈투성이기도 하지. 그때를 노렸…… 아니, 신우는 처음부터 노리고 있었어.』

시합이 시작되기 전부터 계속 그 빈틈이 생기는 순간을 기다렸다, ……마치 지뢰다.

"잠깐만요. 저 특전 무구의 효과가 당신이 말한 대로라면 공격을 당할 리가 없잖아요."

마리가 형에게 이의를 제기했다. 하긴, 전방위를 완전방어하는 결계를 어떻게?

『그래. ──**바깥**에서 공격당했다면 말이지.』

마리의 질문에 형은 그렇게 대답했다.

형이 그렇게 말하자 마리는 무언가를 눈치챈 것 같았다.

"레이 씨의 형은 이미 저 필살 스킬의 정체를 알고 계신 거군요."

『그래, 그쪽도 예상은 하고 있는 모양인데, 루크 군.』

"상황 증거지만요."

아무래도 이곳에 있는 플레이어 중에서 이해하지 못한 것은 나밖에 없는 것 같다.

"대체 어떤 공격이 피가로 씨에게 저런 중상을 입혔다는 거냐, 곰 형님."

네메시스도 이해하지 못했는지 형에게 물었다.

『잘 관찰해보면 간단해. 봐라. 내장이 헤집어져서 피를 토할 정도로 중상인데…… 피가 공의 피부에는 생채기 하나 없지.』

장비는 토혈로 인해 피로 물들었지만 상처는 나지 않았다.

폐가 헤집어질 정도의 공격이라면 장비, 그리고 육체에도 큰 구멍이 뚫릴 것이다.

『그리고 필살 스킬은 〈엠브리오〉 특성의 집대성이야…… 이제 알겠지?』

"……그렇구나!"

필살 스킬은 〈엠브리오〉 특성의 궁극이자 〈엠브리오〉, 〈마스터〉의 힘의 결정이라 할 수 있다. 그것은 어둠의 회오리나 황금의 대해일, 여러 가지다.

그렇다면 신우, 속도와 사정거리를 특성으로 삼고 있는 〈엠브리오〉의 궁극적인 특성은 무엇일까.

초음속 너머, 아광속이라도 되는 걸까.

하지만 물체는 광속을 뛰어넘을 수 없는 이상, 그 궁극에는 한계가 있다.

그것을 한계라고 하지 않는다면 속도와 사정거리의 궁극이란 —— 뭐지?

답은 SF 소설 속에 있다.

『——워프.』

그것이 대답이다. 광속조차 뛰어넘는 초광속 초장거리 초차원 이동능력.

『저 녀석은 피가 공의 몸속에 직접 오른발을 순간이동시켜서 폐를 찢었어.』

피가로 씨의 장비는 외부의 간섭을 차단하는 전방위 방어가 가능했다.

하지만 그럼에도 불구하고 신우의 필살 스킬은 막을 수 없다. 종이 위에 A와 B라는 두 점이 있고, A 주위에 원형 벽을 그린 다음 'A에서 B에는 도달할 수 없습니다'라고 해도…… 종이를 접어서 A와 B를 직접 접촉시키면 상관없는 것처럼.

중간에 벽이 있다 해도 그런 건 뛰어넘어버릴 수 있다.

"그렇다면 내장을 찢어버리는 것보다 그 [부적]을 몸 안에 넣고 폭발시키는 것이 확실하지 않나요? 아니면 내장 하나가 아니라 전부 다 토막을 낼 수도 있고요."

……발상이 무섭다, 루크.

『아마도 스킬의 제한일 거야. 예를 들면 '저 〈초급 엠브리오〉만 워프시킬 수 있다'라든가. 아니면 '매우 짧은 시간 동안만 연결할 수 있다'라거나.』

"그렇군요."

우리들이 그렇게 고찰하고 있자니 무대 위에 있던 피가로 씨가 다시 입을 열었다.

『……적 체내로 강제 전이 공격인가. 그렇군, 이건 필살기야.』

피로 물든 입에서 나온 말을 통해 공격당한 피가로 씨도 신우의 공격을 이해하고 있다는 것을 알 수 있었다.

『움직임이 멈춘 순간을 기다리고 있었지. 발끈해서 '나도 움직이지 않는다'라고 말해줬으면 더 좋았을 텐데. 아, 실제로 그렇게 진 바보도 있었지. 캬하하하하!』

신우가 크게 웃는 소리가 조용해진 투기장에 메아리쳤다.

『원래는 초장거리에서 사용할 기술일 텐데, 결투에서 쓰기 위해서 꽤나 포석을 많이 두었군.』

『그게 내 수법이니까.』

형이 말했던 것처럼 신우는 필살 스킬로 피가로 씨를 노릴 수 있는 순간을 기다리고 있었다.

하지만 그 전에 초음속이나 대마법으로 쓰러뜨릴 의도도 있었을 것이다.

초음속 손톱공격, 부적술, 폭뢰, 《폭룡패》. 전부 다 격이 떨어지는 상대라면 순살당했을 것이다.

그리고 그 필살 스킬은 그럼에도 불구하고 쓰러뜨리지 못한 강적을 일격에 없애기 위한 비장의 수인 것이다.

효과는 일목요연했다. 피가로 씨도 쓰러지지는 않았지만 대미지는 컸다.

"저 상처를 입고 회복할 수 있을지는."

"다소의 골절 정도라면 모를까, 내장을 쥐어뜯겼으니까요. 최대 HP 저하, 행동 제한, 지속 대미지…… 저 상처의 치료는 마법이라도 쉽진 않을 거예요."

"시합에서는 쓰지 못하지만 [쾌유 만능 영약]을 써도 못 고치는가?"

"[쾌유 만능 영약]은 저런 부상 계열 상태이상에는 거의 효과가 없어요. 내장 결손을 치유하려면 초급 직업의 회복 스킬로는 단시간에 회복시킬 수도 있겠죠. 하지만 그렇지 않은 경우에는 완치될 때까지 상당한 시간이 걸릴 거예요. 데스 페널티를 받는 게 더 빠를지도 모르죠."

"결계 안에서 전투를 벌이고 있으니 시합이 끝나면 전부 다 회복되지만요"라고 마리는 그렇게 덧붙였다.

그 말은 적어도 이 결투 중에 완치될 일은 없다고 하는 거나 마찬가지다.

"······어라? 왜 둘 다 아직 움직이지 않는 거죠?"

무대를 보고 있던 루크가 의아해했고, 나도 그 위화감을 눈치챘다.

피가로 씨는 중상으로 인해 마음대로 움직일 수 없겠지만, 신우는?

"스킬을 사용한 반동 때문에 그러는 거 아닌가?"

『아니, 저건 경계하고 있는 거야.』

"경계?"

신우는 지금 그야말로 피가로 씨를 몰아붙이고 있는 상황인데······ 아니, 그런 건가.

"수많은 결투에서 한 번도 보여준 적이 없는 피가로의 비장의 수······ 그의 〈초급 엠브리오〉를 경계하고 있는 거군요. 이 시합에서는 아직 쓰지 않았으니까요."

마리가 한 말을 듣고 나도 고개를 끄덕였다. 피가로 씨는 아직 〈엠브리오〉를 쓰지 않았다. 온존하고 있던 그것을 쓰면 피가로 씨에게도 아직 승산이······.

『저 녀석의 〈엠브리오〉라면 계속 쓰고 있는데.』

""""어?""""

깜짝 놀란 목소리는 나와 마리, 그리고 네메시스의 목소리였다.

"계속? 언제부터?"

『오늘 시합이 시작되었을 때부터. 아니, 지금까지 했던 결투도 전부. 저 녀석은 그렇게까지 봐줄 수 있는 타입도 아니니까.』

그건 분명 나뿐만이 아니라 이 회장에 있는 모든 관객이 상상해본 적도 없는 일일 것이다.

지금까지 이름과 자세한 정보가 전혀 알려지지 않은 피가로 씨의 〈초급 엠브리오〉.

그걸 항상 사용했었다는 거니까.

"장착하고 있는 장비 중 어떤 게 〈엠브리오〉라는 거야?"

"말도 안 돼요. 저는 《감정안》 스킬을 항상 발동시키면서 그의 전투를 확인하고 있어요. 하지만 전부 다 아이템이라고 감정했어요."

그렇구나, 〈엠브리오〉라면 아이템을 감정하는 스킬의 효과가 발생하지 않는다. 장비 중에 감정하지 못하는 것이 있다면 그것이야말로 〈엠브리오〉겠지만, 마리는 그런 게 하나도 없다고 했다.

무구는 〈엠브리오〉가 아니다. 그렇다면……

"피가로 씨의 〈초급 엠브리오〉는……."

그렇게 말하던 와중에 회장에서 웅성거리는 소리가 들렸다.

허둥대며 다시 무대를 보자…… 피가로 씨에게 기묘한 일이 벌어지고 있었다.

피가로 씨는 여전히 무릎을 꿇고 있었지만 방금 전과는 모습이 달랐다.

우선 외투가 빛에 휩싸이며 사라졌다. 그 뒤를 이어 경장 갑옷이 사라졌고, 그 안에 입고 있던 옷도 사라졌다. 열 손가락에 끼고 있던 반지도 사라졌고, 초음속의 공방을 벌이면서도 떨어뜨리지 않고 쓰고 있던 모자도 사라졌다.

남은 것은 하카마와 비슷하게 생긴 하반신 방어구와 신발, 양 손으로 들고 있는 검뿐이다.

신우가 한 짓인가 싶었는데, 정작 그 신우도 의아하다는 표정을 짓고 있었다.

아니, 그건 그렇고 저 빛…… 저건 대기실에서 옷을 갈아입었을 때 본 빛과 똑같다.

"《순간장착》…… 방어구를 순식간에 교체하는 스킬이에요."

마리가 중얼거리는 말을 듣고 나는 습득했지만 아직 써본 적이 없는 《순간장비》라는 스킬을 떠올렸다. 그건은 아이템 박스의 무기를 순식간에 장비하는 스킬이었을 테니 비슷한 종류일 것이다.

"그런데……."

지금 피가로 씨는 오히려 방어구를 넣는데 쓴 모양이었다.

다른 장비를 꺼낸다면 모를까, 왜 일부러 불리해질 행동을…….

회장 전체가 의문을 품고 바라보는 시선을 받으며 피가로 씨가 일어섰다.

입고 있던 것이 없어져 드러난 것은 튼튼한 가슴팍. 피부와 대흉근 너머로도 내출혈로 인해 검붉게 변색된 것이 보이는 걸 통해 한쪽 폐를 잃은 대미지를 짐작할 수 있었다.

『그렇게 답답했나?』

신우가 한 말도 비웃는 것이 아니라 순수하게 궁금해서 던진 질문이었다.

183

하지만 피가로 씨는 살짝 웃기만 했다.

『……이걸로 끝인가.』

신우는 다시 초음속 의수를 날렸다.

하지만 피가로 씨는 그것을 방금 전까지와 마찬가지로 들고 있던 검으로 튕겨냈다.

그런 다음 방금 전까지와 마찬가지로 두 사람의 공방이 시작되었다.

피가로 씨는 여전히 방어에 치중하고 있었다.

"……?"

그런데 의문이 들었다.

그건 이치에 맞지 않는다.

방금 전과는 같은 결과가 될 수 없다.

피가로 씨는 한쪽 폐를 잃었다.

실제로 지금도 튕겨내고 있긴 하지만 방금 전보다는 움직임이 약간 나쁘고, 조금씩 찰과상도 입고 있었다.

──과연 폐를 잃은 것이 움직임이 약간 나빠질 정도에 불과한가?

말할 필요도 없이 치명상이다. 〈마스터〉의 인간을 초월한 생명력으로 인해 죽지는 않더라도 제대로 움직이지도 못할 것이다.

그렇다면 피가로 씨는 어떻게 약간 뒤처지는 정도로 끝난 거지?

『찌르기!』

신우가 두 팔을 동시에 날렸다. 더욱 가속하여 결계 효과를 받고도 희미해졌다.

『■!』

그러자 피가로 씨는 단정했던 표정이 변하며 숨을 내쉬는 것과 동시에 튕겨냈다.

저것은 그 수정으로 봤던 광전사의 모습이다.

"《피지컬 버서크》. 신체 스테이터스를 폭발적으로 상승시키는 대신 육체의 제어를 잃고 다른 액티브 스킬도 사용할 수 없게 되는 그걸 이 국면에서 쓰나요?"

『저 녀석은 다른 패시브 스킬로 제어 불가능 디메리트를 없앴으니까. 얼굴과 살기는 위험하지만 동작에 문제는 없어. 그리고 지금은 자잘한 기술보다는 스테이터스 상승을 우선시한 거야.』

그 말대로 피가로 씨의 움직임은 더욱 빨라졌다.

『멋진 얼굴인데! 피가로오!!』

뒤에서 다시 날아든 황금 의수. 피가로 씨는 그것을 한순간 돌아본 뒤 한쪽은 피했고, 다른 한쪽을 오른쪽 검으로 베었다.

튕겨내는 것이 아니라 정면으로 부딪혔다.

결과적으로는 부러졌다.

피가로 씨의 검이, 그리고…… 〈초급 엠브리오〉인 황금 손톱 중 하나가.

『——?!』

신우는 충격을 받았고, 피가로 씨는 《순간장비》를 사용해 새로운 검을 꺼냈다.

그리고 다시 검과 손톱이 교차했고—— 결과는 마찬가지였다.

아니, 이번에는 신우의 양쪽 손톱이 둘 다 하나씩 빠졌다.

『무슨 짓을 한 거지?』

신우의 말에 동감한다. '무슨 짓을 한 거냐'라는 질문은 결코 《피지컬 버서크》라는 스킬 하나만 해당되는 이야기가 아니다.

폐를 잃은 피가로 씨는 전보다 약해졌을 텐데 방금 전에는 튕기거나 피하는 게 한계였던 신우의 〈초급 엠브리오〉에게 상처를 입히고 있었다.

어느 정도 효과인지는 모르겠지만 신체강화 스킬 하나로 이렇게까지 극적으로 변하는 건가?

애초에 스킬을 쓰기 전 행동을 보면 중상을 입은 사람 같지는 않았다.

장비를 벗어서 약해졌을 텐데.

"·······················?"

장비를 벗어서 약해졌다고?

정말로?

"······설마."

장비를 벗으면 강해지는 스킬?

그렇다면 처음부터 벗고 있으면 된다. 뭔가 다른, 장비행위 그 자체에 관련된······.

"왜 그러는고? 레이."

"저기, 네메시스. 〈Infinite Dendrogram〉의 장비칸은 몇 개였지?"

"장비칸? 분명 머리, 상하 장비, 안에 입는 옷은······ 포함되지 않고, 그 외로는 망토, 장갑, 신발, 액세서리가 다섯 개, 그리고 양손의 무기까지 해서······ 열세 개인가. 아니, 실버 같은 특수 장비품도 있으니 열네 개?"

"피가로 씨는?"

"저 실눈은 장비 숫자를 늘리는 스킬을 가지고 있는 모양이니 말이다. 모든 손가락에 액세서리를 끼고 있었고, 무기도 여섯 개 가지고 있었다. 그밖에도 있을지 모르니 스물다섯 개 정도 아니겠느냐."

하지만 지금은 하반신 장비와 신발, 양손에 검을 하나씩만 장비하고 있어서…… 네 개.

"형."

『뭐냐곰~?』

"피가로 씨가 지금 장착하고 있는 장비, 하카마하고 신발은 어떤 장비야?"

『하카마는 [무위의 의복(하)]이고, 효과는 STR과 AGI, DEX 상승, 신발은 특전 무구인 [불박족 언체인]이고, AGI 대폭 상승과 동작 제한에 대한 보조.』

신체 강화 장비품. 줄인 장비. 상승한 전투력. 계속 사용하고 있는 〈엠브리오〉.

그리고 복도에서 형하고 피가로 씨가 했던 이야기. 도출되는 것은…….

"…………아, 그런 건가."

그렇구나, 그렇지 않다면 벗을 이유가 없겠지.

"형."

『그래, 그래.』

나는…… 내 추측을 말했다.

"피가로 씨 〈엠브리오〉의 특성, '장비 숫자에 반비례하여 장비 품을 강화한다'지?"

내 말을 듣고 형을 제외한 모두가 놀란 듯이 나를 보았다.
『왜 그렇게 생각했어?』
"장비는 입을수록 강해지는 것이 상식이잖아. 벗어서 강해진 다면 그건 그런 스킬이기 때문이라고밖에 생각할 수 없어."
하지만 처음부터 벗지 않았다는 것을 생각하면 단순히 '장비 를 장착하지 않으면 강해진다' 같은 스킬은 아니다.
100퍼센트의 힘을 장비품의 숫자에 따라 분할하는 스킬을 이 미지해보자. 장비품을 스물다섯 개 장착하고 있으면 하나당 4퍼 센트의 힘이지만 네 개라면 25퍼센트를 부여할 수 있다.
방금 전에 장비를 벗은 것은 불필요한 장비를 떼어내 힘을 집 중시킨 것이다.
『근거는 그게 다야?』
"또 하나. 피가로 씨는 솔로로 〈묘표미궁〉을 공략하던데, 보 통 그건 불가능해."
『아니, 아니, 〈초급 엠브리오〉라면 가능할지도 모르잖아곰~?』
"그렇다면 다른 사람들도 가능하겠지. 하지만 솔로 탐색자로 알려진 건 피가로 씨뿐이야. 그렇다면 피가로 씨에게는 가능한 어떤 이유가 있는 거지."

『그게 뭔데?』

"만능성과 대책."

『호오.』

평소에 피가로 씨가 입고 있는 장비. 그것은 분명 신체강화와 방어, 상태이상, 회복 등 여러 가지 면에서 만능성을 고려한 조합일 것이다.

하지만 그것만으로는 아무리 피가로 씨가 강해도 결정적인 힘은 떨어진다.

일반 몬스터라면 모를까 보스를 혼자서 해치우기는 힘들다. 특히 내가 싸웠던 〈UBM〉처럼 강대한 보스는 특수한 고유능력을 가지고 있을 경우도 많다.

내 경우에는 전부 다 내가 기적적으로 상대방을 이길 수 있는 힘을 지니고 있었기에 이길 수 있었다.

간단히 말하자면 우연히 싸웠던 상대에 대한 대책이 있었던 것이다.

그렇다, 대책이다. 아마도 피가로 씨는 싸우는 도중에 상대방에게 특화된 장비로 교체하여 그 장비의 성능을 끌어올려 쓰러뜨릴 것이다.

예를 들면 불꽃에 약한 얼음 몬스터에게 불꽃 무기와 방한 방어구만을 장비하고 공격하는 것처럼. 그 〈사우더 산길〉에서 PK와 벌였던 전투 때 사슬의 숫자를 줄이고 신발의 '동작 제한 능력에 대한 보조'를 강화시켜 구속에서 벗어난 뒤 격파했던 것처럼.

그리고 지금, 신우를 상대로 방어나 상태이상 대책은 필요 없다고 판단하고 속도와 공격력을 중점적으로 높이는 장비만 남긴 것처럼.

우선 어떤 상대든 맞설 수 있는 풀 장비로 싸우고 간파한 다음, 일부 장비만을 남기거나 교환한다. 그것이 피가로 씨의 배틀 스타일이다.

『절반은 정답.』

절반인가.

『참고로 전부 다 장착하고 있을 경우에 초기치는 전부 다 두 배 강화라더군.』

"전부 다 두 배…… 두 배?!"

그건 다시 말해, 장비가 5분의 1 이하가 된 지금은 10배 이상의 성능을 발휘하고 있다는 거잖아. 그 정도라면 한쪽 폐를 잃고 약해진 부분을 커버하고도 남으려나.

……잠깐. **초기치**?

"……형."

『왜~.』

"아까 절반은 정답이라고 한 게 무슨 소리야?"

『너는 힘의 총량이 어쩌고저쩌고 했잖아.』

형은 그렇게 말하고 잠시 뜸을 들인 뒤에── 이렇게 말했다.

『──그거, **전투 시간에 비례해서 늘어나.**』

환호성이 울렸다. 무대 위에서는 피가로 씨의 검이 다시 신우의 손톱을 부러뜨리고 있었다.

이번에는 검이 부러지지 않았다.

『이 녀석, 더 강해졌어⋯⋯!』

예를 들어 장비 강화력이 1초마다 1퍼센트 늘어난다고 치자. 많은 장비를 장착하고 있는 상태로는 각각 늘어났는지 어떤지도 모를 정도로 적은 수치다.

하지만 장비 숫자가 극히 적은 상황이라면?

답은 간단하다, 눈에 띄게 된다.

시간이 지날수록, 공방을 거듭할수록, 피가로 씨는 강해진다.

이미 속도는 신우의 초음속을 능가했고, 공격은 〈초급 엠브리오〉의 강도를 꿰뚫고 있었다.

그 사실을 알고 보니 이해가 되었다.

전투 시간 비례 강화.

장비 숫자 반비례 강화.

그 두 가지가 피가로 씨 〈초급 엠브리오〉의 특성.

그리고 그 특성을 최대한으로 발휘할 수 있는 것은 장기전이다.

그렇기에 지금 시합을 오래 끌게 되자 피가로 씨는 폐를 하나 잃은 상태로도 최고의 컨디션이다.

"장난 아니네⋯⋯."

그런 내 감상을 듣고 옆에서 내 생각을 읽고 있던 네메시스가 고개를 끄덕이고 있었다.

그런데 그 별명은 사슬을 말하는 게 아니었구나. 실제 상황을 나타내고 있다는 걸 생각해보면 〈초급 엠브리오〉의 특성을 알고 있던 형 같은 사람들이 생각해서 퍼뜨린 걸까?

"그런데⋯⋯."

이해하고 나서도 의문이 늘어났다. 피가로 씨 〈초급 엠브리오〉의 특성은 형이 힌트를 주었다고는 하지만 척 보면 나도 눈치챌 수 있었다.

하지만 지금까지 수수께끼였다.

그 이유가 뭘까, 생각하다가…… 이해했다.

피가로 씨는 솔로 전문 플레이어로 탐색은 혼자서 한다. 보스전도 당연히 혼자서 하는데다 싸우는 곳은 〈묘표미궁〉 속이다. 장비를 벗고 싸우는 모습을 본 사람은 아무도 없을 것이다.

하지만 결투는?

사람들이 보고 있는 와중에 싸우면서도 들키지 않았던 것은 지금까지 싸웠던 상대들이 모두 피가로 씨가 장비를 벗을 정도는 아니었으니까.

액세서리 몇 개나 무기 숫자를 줄이는 정도의 강화를 했을지는 모르겠지만 지금처럼 척 보기에도 이상하다는 것을 알 수 있을 정도로는 벗지 않았던 것이다.

지금 처음으로 결투 때 저렇게까지 벗을 정도가 되었다. 상대방이 지금까지 했던 결투 중 최강의 상대인 신우이기에 저렇게까지 능력을 전개할 필요가 있었던 것이다.

그렇다, 신우는…… '강했다'.

『하! 대단하구나, 피가로오!!』

신우의 왼쪽 손목이 잘려나갔다. 피가로 씨의 전투력은 그 정도로 더욱 커지고 있었다. 빈사에 가까운 중상을 입은 상태로도 신우를 능가할 정도로.

이미 두 사람의 형세는 완전히 역전되었다.

피가로 씨는 신우의 손톱을 쉽사리 피했고, 신우는 양쪽 다리까지 뻗어서 자신의 몸을 움직여 피하는 것과 동시에 공격을 가하고 있었지만…… 그럼에도 불구하고 닿지 않았다.

양쪽 다 초음속 영역에 들어가 있는 전투였지만 이제 그 두 사람에게도 속도 차이가 생기기 시작했다.

그리고 그 차이는 더욱 벌어지기 시작했다.

『……아, 실수로군! 빗나갈 위험을 감수하더라도 머리를 노릴 걸 그랬어!』

궁지에 몰린 신우에게서는 그 필살 스킬을 쓰려는 낌새가 보이지 않았다.

아마도 쿨타임이나 사용 횟수 문제 때문일 것이다.

신우는 강했고 승산도 충분히 있었다.

하지만 그것은 피가로 씨의 내장을 노렸고, 심장을 잡지 못한 순간에 사라졌던 것이다.

『──■■』

어느새 피가로 씨는 무기를 하나로 줄인 상태였다.

그것은 브로드 소드에 가까운 무기였다.

하지만 그것은 결코 단순한 검이 아니었다.

지금까지 썼던 검과 어떤 부분이 다른지는 모르겠다.

그저 존재감이 너무 달랐다.

보고 있기만 해도 불타버릴 것만 같았다.

『저 무기는…… 피가로가 승부를 끝내려고 하는데!』

"레이의 형님, 저 무기가 뭔지 아시나요?"

『감정이 안 되나?』

"……안 되네요.《감정안》을 써도 이름조차 읽을 수가 없어요."

《감정안》스킬로 이름도 읽을 수 없는 장비?

『[극룡광아검 글로리아α]다.』

"뭐라고요?! 저게……?!"

마리가 깜짝 놀랐는데 나는 그렇게 놀란 이유를 알 수 없었다.

저 위압감…… 저것이 특전 무구라는 건 이해가 된다. 그런
데…….

"저 장비…… 격이 다르다."

네메시스가 한 말을 듣고 나도 고개를 끄덕였다.

저건 격이 다르다. 무기로만 따지면 신우의 〈초급〉 엠브리오
보다 더 뛰어날지도……

『재미있는 걸 꺼냈구나, 피가로, 캬하하하하하하!!』

신우가 웃었다.

저런 상황에서도 웃는다.

이 투기장에서 저 칼날에 가장 위압당하고 있는 건 신우일 텐
데, 그럼에도 불구하고 웃고 있다.

지금은 두 사람의 공방도 멈췄기에 웃음소리는 조용한 투기장
에 울렸다.

그 웃음소리도 이윽고 잦아들었고…….

『그러면 이쪽도 써볼까!』

신우가 옷자락에서 단검을 꺼내 지금까지 무기로 써왔던 오른

쪽 의수로 단검 자루를 쥐었다.

그 순간, 신우에게서 폭발적인 위압감이 뿜어져 나왔다.

신우의 손바닥 안에 있는 용의 이빨 같은 단검에서.

『[응룡아 스린 이]. 네놈의 무기와 '동류'── 황하를 습격했던 〈SUBM〉을 우리들이 잡았을 때 얻은 〈초급 무구〉다.』

〈SUBM〉, 그리고 〈초급 무구(슈페리얼 암즈)〉.

내가 도움말로 확인했던 특전 무구의…… 최상급 칭호.

양쪽 다 초급 직업이고 〈초급 엠브리오〉의 소유자이기도 하다.

그리고 지금 무기를 따져도 이 세계에서 최강을 들고 있다는 건가……!

『하지만 이대로 부딪히면 몇 배로 강해진 너를 당해낼 수 없 겠지.』

신우도 눈치채고 있었다. 나도 눈치챈 사실. 〈초급〉이자 맞서 상대하고 있던 신우가 피가로 씨 〈초급 엠브리오〉의 특성을 눈 치채지 못할 리가 없다.

『그래도 안심해라. 내 [응룡아]는 MP와 SP를 불어넣을수록 위 력이 강해지니까.』

신우는 [응룡아]라고 부른 단검을 겨누고.

『이 일격에 내 모든 힘을 담는다── 이번이 마지막이다.』

그렇게 선언한 뒤로 다시 정적이 찾아왔다.

하지만 긴장감은 커지기만 했고.

피가로 씨의 〈초급 엠브리오〉 힘이 깃든 [글로리아α].

초급 직업인 신우의 막대한 MP와 SP가 전부 담긴 [응룡아].

공간이 찢어지는 거 아니냐는 걱정이 될 정도로 공기가 팽팽해졌다.

내가, 네메시스가, 형이, 마리가, 루크가, 바비가, 모든 관객이 침을 삼키며 꿈쩍도 하지 않는 두 사람을 내려다보고 있었다.

이윽고 회장의 긴장이 최대에 달했고── 나는 내가 테이블 위에 있던 잔을 떨어뜨렸다는 사실도 눈치채지 못했다.

유리가 깨지는 소리보다 먼저 유리와 돌바닥이 닿아 난 소리가 울리기 시작한 순간.

[초투사]가 질주했고, [시해선]이 오른팔을 뻗었다.

그것은 초음속마저 뛰어넘은 한순간.

최대 감속 결계 너머로도 보이지 않았다.

그렇기 때문에 보인 것은 결과뿐.

공중에 뜬 피가로 씨의 왼팔.

[응룡아]를 쥔 채 공중에 뜬 신우의 오른팔.

남아 있는 오른손으로 [글로리아α]를 쥐고 신우의 품속으로 뛰어드는 피가로 씨.

이제 손톱이 없고 손목 부분만 남은 왼팔을 피가로 씨의 가슴 쪽으로 찌르는 신우.

순간적으로 신우가 빨랐고, 피가로 씨의 가슴에── '황금 손톱'이 박혔다.

『해치웠다!!』

손을 잃은 왼팔에는 방금 전에 부러져서 땅에 떨어졌던 황금 손톱이 고정되어 있었다. 어느 새 그런 준비를 했던 걸까.

모든 힘을 담겠다는 선언조차도 저 마지막 기습을 성공시키기 위한 포석이었다.

피가로 씨가 속도에 집중하여 방어가 떨어졌다고 판단하고 기습을 성공시키기 위한 포석.

'응룡' 신우는 어디까지나 '지뢰'이자 '신속'이었다.

그럼에도 불구하고── [초투사]는 뛰어넘었다.

『──?!』

황금 손톱은 피가로 씨의 몸을 관통하지 않았다.

피부를 찢고, 대흉근을 뚫고, 심장을 박살 내고, 등뼈를 부수고, 등을 관통할 예정이었던 예리한 황금 손톱은 가슴을 찌른 뒤 멈춘 상태였다.

피부가 찢어지고 대흉근을 뚫었지만 어떤 것으로 인해 막혔다.

〈초급 엠브리오〉의 일격을 막을 수 있는 것이 그곳에 있었다.

그것은──.

"──**심장**."

쓰고 있는데도 아무도 보지 못했던 〈엠브리오〉.

필승을 노린 신우가 잡지 못했고, 방금 뚫지 못했던 것.

그것은 심장.

심장형 〈초급 엠브리오〉.

『고마워. 너는 멋진 적이었어.』

피가로 씨는 《피지컬 버서크》를 풀고 최고의 적수에게 칭찬을 하고는.

『《극룡광아참(팽 오브 글로리아)》——.』

——신우를 정수리부터 단칼에 양단했다.

『이이이익!』

신우는 양단되면서도 움직이려는 낌새를 보였지만.

『——《종극(오버 드라이브)》!!』

칼날을 돌려 올려 벤 [글로리아α]에서 거센 빛줄기——《폭룡
패》를 훨씬 능가하는 열량의 빛기둥이 뿜어져 나왔다.

시야가 하얗게 변해버릴 정도로 눈부신 빛.

빛으로 인해 아무것도 보이지 않았고, 그 빛은 소리 없이 내부
에 있던 것을 증발시켰다.

그리고 빛이 사라진 뒤에는 단 한 명, 피가로 씨만 서 있었다.

신우는 흔적도 없이 소멸되었다.

두 박자 늦게 승리를 알리는 안내 방송이 들렸다.

결판이 났다는 것을 이해한 관객들이 갈채를 보내는 소리가
울려 퍼졌다.

그 안에는 나와 네메시스, 형과 다른 사람들의 환호성도 있었다.

나중에 명승부로 평가되는 〈초급 격돌〉은 피가로 씨의 승리
로 막을 내렸다.

□■중앙 대투기장 관객석

피가로가 승리한 순간, 회장은 큰 환성에 휩싸였다.

"멋진 시합이었어……."

서문 쪽 객석에 있던 한 젊은 관객은 눈앞에서 끝난 시합에 대해 그저 솔직한 느낌을 말했다. 주위에서는 다른 관객들이 일어나 피가로의 승리, 아니 멋진 명승부 그 자체에 환호성과 박수를 보내고 있었다. 그도 마찬가지로 일어서서 박수를 쳤다.

"응, 정말 멋진 시합이었어."

"그래! 나도 오랫동안 투기장에서 결투를 보았지만 이렇게 대단한 결투는 처음이야!"

감격하여 중얼거리는 그에게 옆자리에 있던 중년 관객이 말을 걸었다.

"그런가요?"

"그래! 지금까지는 전 왕자 톰 캣과 피가로의 시합이 베스트 매치였지만 이번 결투는 그거 이상이야!"

"아, 그러면 저는 운이 좋았네요. 일부러 사막을 넘어온 보람이 있었어요."

중년 관객은 그렇게 말한 청년의 모습── 터번, 그리고 피부를 가리고 있는 펑퍼짐한 옷이 카르디나 쪽에서 자주 볼 수 있는 옷차림이라는 것을 깨달았다.

"형씨, 카르디나에서 일부러 온 건가! 힘들었지?"

"네. 하지만 정말 오길 잘했네요. 카르디나에 있는 동료들에게 해줄 멋진 이야기가 생겼어요."

그는 만족스럽게 미소를 지었지만…… 그런 다음 왠지 모르게 고개를 갸웃거렸다.

"어라?"

환호성이 울려퍼지고 있는 회장에서 그와 마찬가지로 의아해하는 사람들이 서서히 늘어나기 시작했다.

"왜 그래? 형씨."

"저기, 피가로 씨가……."

그는 옆에 있던 관객에게 자신이 눈치챈 어떤 의문에 대해 이야기했다.

그런 의문의 파도는 서서히 중앙 대투기장 전체로 퍼져나갔다.

"삼류 연극이네요."

동문 쪽 관객석. 한 여자는 승부가 나자 열광하는 주위 사람들과는 전혀 다른 감상을 말했다.

하지만 듣는 사람에 따라서는 난투로까지 발전될 수도 있는 그 말도 주위의 열광 속에 파묻혀 그 누구도 듣지 못했다.

그녀의 목소리를 들은 자가 있다고 한다면…… 그녀가 무릎 위에 얹고 있던 호저 정도일 것이다.

여자는 여전히 마음속으로 방금 본 싸움에 대한 불만을 말했다.

（〈초급〉과 〈초급〉의 대결. 기대하지 않았다고 하면 거짓말이
겠지. 하지만 뚜껑을 열어보니…… 양쪽 다 볼만한 수준이 아니
었어. 그러고도 진짜로 〈초급〉인 거냐고 물어보고 싶어지네. 양
쪽 다 잔꾀, 꼼수. ……쪼잔하기는. 마지막 공방을 제외하면 봐
줄 만한 게 아니야. 심장하고 팔다리, 그렇게 어중간한 모티브라
저 정도밖에 못하는 건가? 네놈들, 그러고도 나와 같은…….）

그 여자는 사나운 표정으로 무대를 노려보며 더욱 짜증을 냈다.

이윽고 그것이 그녀의 마음속뿐만이 아니라 살기가 되어 바깥
으로 발산되려 했을 때.

『Know your role, and Shut your Mouth.』

갑자기 그녀 무릎 위에 있던 호저가 그렇게 말했다.

그 말이 무슨 뜻인지, 그녀는 알 수 있었다.

"그렇네요. 속마음이 좀 지저분했어요. 자중할게요. 하마터면
드러낼 뻔했네요."

『k.』

여자는 호저에게 사과하면서 등을 쓰다듬어주었다.

그런 다음 무대의 상황을 살펴보면서 따분하다는 듯이 말했다.

"아, 시작되었네요. 제1왕녀가 오지 않은 이상, 우리하고는 상
관이 없지만요."

『spec.』

"그렇네요. 계속 관전하도록 하죠. 지금부터 시작될 '여흥'을."

□[성기사] 레이 스탈링

그것은 척 보기에도 이상했다.

피가로 씨는 검을 들어 올리고 신우의 숨통을 끊은 자세를 유지하며 꿈쩍도 하지 않았다.

신우도 시합이 끝났는데도 불구하고 부활할 낌새가 없었다.

결판이 난 결계 내부가 완전히 정지되어 있었다.

"대체 무슨. 안 그래? 혀……!"

형, 이라고 말을 걸려다 입을 다물어버렸다.

그건 형에게서 느껴지는 기척 때문이다.

형이 입고 있는 인형옷 너머로도 금방 알 수 있었다.

인형옷 안에 있는 형은 지금 매우 기분이 나쁜 상태다.

나 말고도 그것을 느끼고 있었는지 네메시스, 루크, 바비, 마리도 주눅 들어 있었다.

그럴 것이다. 나도 지금의 형은…… 좀 무섭다.

"……형, 왜 그래?"

그래도 물어보는 건 내 역할이라는 생각이 들었기에 물어보았다.

그러자 방금 전까지 느껴졌던 위압감이 약해졌다.

『응. 좀 '쓸데없는 짓'을 한 녀석이 생긴 모양이라서.』

"쓸데없는 짓?"

『그래. 피가로가 멈춘 것은 결계 안의 시간이 정지되었기 때문이야.』

"시간, 정지?"

『이곳 결계가 가지고 있는 기능 중 하나인데, 평소에는 사용하지 않아. 사용할 이유가 없으니까.』

기껏해야 대전 상대로 나온 몬스터가 폭주해서 날뛰었을 때 정도다, 형은 그렇게 말했다.

『방금 전 시합에서 걸었던 시간 감속은 그 정도가 한계였지만 정지는 또 다르니까. 슬로우 재생하고 일시정지 같은 거야.』

"시간이 정지되었다면 안에 있는 피가로 씨와 신우의 의식은?"

『나도 멈춰진 적은 없지만 아마 의식은 있을 거야. 티안이나 몬스터는 의식까지 정지되겠지만, 정신계열 상태이상하고 마찬가지로 플레이어 보호 기능의 일환으로 〈마스터〉의 의식은 정지되지 않았겠지. 그렇지 않다면 현실에서 무슨 일이 생겼을 때 긴급 로그아웃도 못할 테니까. 단, 내부의 빛이나 공기진동까지 멈춰있으니 아무것도 보이지 않고 느끼지 못하지. 온몸이 증발한 신우는 어떻게 되었을지 모르겠군.』

……그다지 상상하고 싶진 않지만 필드 위에 있는 두 사람은 지금 그런 상태인 것이다.

"이 타이밍…… 결판난 순간에 정지되게끔 미리 조작해둔 걸까요?"

『아마도.』

마리가 한 말을 듣고 형이 고개를 끄덕였다.

『문제는…… 어떤 녀석이 이런 짓을 저질렀는지인데…….』

형은 갑자기 입을 다물었다.

형의 시선은 투기장에 쳐져 있는 결계—— 그 위쪽의 한 점을 향하고 있었다.

"저건……."

그곳에는 어떤 사람, 아니 어떤 것이 있었다.

그것은 인형옷. 나도 본 적이 있는…… 아델리 펭귄 인형옷이었다.

『네에! 여러분 안녕하세요오! 멋진 승부였지요! 재미있었죠!』

회장 전체의 시선이 자신에게 쏠렸다는 것을 느꼈는지, 펭귄이 말하기 시작했다.

그런데 결계 위에 서 있는 펭귄이 손짓 발짓을 하는 것과 동시에 들린 그 목소리는…….

"……아나운서?"

방금 전까지 투기장에서 중계를 하던 사람과 같은 목소리였다. 어제 들었던 것과는 다르다.

약간 익숙하지 못한 느낌이 있긴 했는데, 몰래 바꿔치기 했던 건가?

내 마음 속 의문에 대답한 건 아니겠지만 녀석이 목 부근을 만지작거리자 나오는 목소리가 어제 만났을 때 들었던 목소리로 돌아갔다.

『자아! 재미있는 승부 뒤에는 백작이나 왕녀의 재미도 없는 연설이나 훈시가 진행될 예정이었는데요. 그런 건 취소하고, 그 대신 재미있는 걸 합시다!』

펭귄은 그런 말을 하면서 결계 위에서 빙글빙글 돌았다.

인형옷 너머로도 알 수 있다…… 저 펭귄 속에 있는 사람은 웃고 있다.

형처럼 함께 오래 지냈기에 알 수 있는 것이 아니다.

누가 들어도 바로 이해할 수 있을 정도로 악의와 해를 끼치겠다는 마음으로 가득 찬 목소리였다.

"네놈은 누구냐!!"

그때, 박스석 중에서도 큼직한 자리── 귀빈석에서 누군가가 펭귄에게 말하는 소리가 들렸다. 그 사람이 누군지는 나도 알고 있다. 이벤트 시작 때도 봤던 애시밸리 기데온 백작이었다.

"무슨 속셈으로 이 이벤트를 망치려 하는가!"

그는 매우 화가 난 것 같은데, 그럴 만도 하다. 저런 명승부를, 저런 싸움을, 성공으로 끝날 예정이었던 이벤트를 현재진행형으로 우롱하고 있으니까.

나도 그런 생각이 든다.

『하하하! 말했잖아요? 재미있는 걸 할 생각이라고요.』

펭귄은 그렇게 말하고 배를 부여잡고 웃은 뒤…… 자기 머리 뒤로 손을 돌렸다.

『하지만 제가 누군지는 말하지 않았으니까요. 가르쳐드리죠!』

펭귄은 그렇게 말하고── 인형옷을 벗어던졌다.

『네~, 이것이 제 진짜 핸섬한 얼굴입니다~. 막 이래.』

펭귄 안에 들어 있던 것은 왼쪽 손등에 〈엠브리오〉 문장을 지닌 깡마른 남자였다. 방금 전까지 이상한 인형옷을 입고 있었던 것과는 다르게 지금은 안경과 백의를 걸치고 있다는 특징 정도밖에 없었다.

군이 말하자면 얼굴은 멋지지만 그것도 캐릭터 작성 때 꾸밀 수 있는 〈마스터〉 중에서는 눈에 띄지 않는 정도였다.

하지만 그렇게 생각하고 있는 것은 나나 루크를 포함한 몇 명뿐이었고—— 회장에 있던 대다수의 사람들은 저 녀석의 얼굴을 보고 강렬한 충격을 받은 모양이었다.

"네놈은, 네놈은……!"

기데온 백작도 그를 알고 있는 모양이어서 깜짝 놀라 말문이 막힌 상태였다.

『어라어라! 아무래도 제 이름을 아시는 분들이 잔뜩 계시는 것 같네요!』

저 녀석은 밤인데도 불구하고 일부러 그러는 듯이 오른손으로 해를 가리는 시늉을 하며 회장 안을 둘러보는 듯한 포즈를 취했다.

녀석이 얼굴을 드러냈을 때 회장 안에서 보인 반응을 즐기는 것 같았다.

그 정도로 많은 사람들이 녀석의 얼굴을 알고 있는 것 같았다.

"이름……."

어제, 나와 만났던 녀석은 닥터 플라밍고라는 장난기 넘치는 이름을 댔었다.

실제로도 그것은 장난이었을 것이다. 녀석의 이름은 그런 게 아닐 테니까. 녀석의 이름은…….

"왜 네놈이 여기 있는 거냐…… Mr. 프랭클린!!"
『저어어어어엉다아아아아아아아아아아압!』

기데온 백작이 한 말을 듣고 닥터 플라밍고── Mr. 프랭클린
이 웃으며 대답한 것과 동시에 어딘가에서 폭죽이 터졌다.

그것은 기데온 밤하늘을 화려하게 수놓았지만 회장에 있던 사
람들의 얼굴은 결코 밝아지지 못했다. 티안 뿐만이 아니라 〈마
스터〉들조차 내장이 뒤집어지는 듯한 표정을 짓고 있는 사람이
있었다.

그건 당연하다. 저기 있는 게 Mr. 프랭클린이라면 누구라도
기분이 좋아질 리가 없다.

녀석의 이름이 이 나라에서 어떤 의미를 지니고 있는지, 초보
인 나도 알고 있다.

『네에! 제가 이 나라의 왕, 그리고 기타 등등을 몬스터의 먹이
로 만든 장본인! 드라이프 황국의 〈초급〉! 로봇과 몬스터 크리에
이트의 최첨단! [대교수(기가 프로페서)]인 Mr. 프랭클린입니다아!』

왕국 최대의 원수라고도 할 수 있는 사람이니까.

To be Next Episode

곰 『중기 시간이다곰~!』

고양이 "와~, 새로운 패턴이다~."

곰 『3권 본편은 피가 공하고 신우의 시합으로 일단락. 4권으로 이어진다곰.』

고양이 "이다음에 보내드릴 것은 2권 시간대에서 벌어졌던 번외편입니다~."

곰 『레이의 파티 멤버인 루크와 선글라스 기자의 이야기다곰.』

고양이 "레이 군이 아닌 사람들이 주역이 되어 진행하는 번외편."

고양이 "레이 군의 시점만으로는 보지 못했던 이야기를 볼 수 있을지도 모릅니다!"

곰 『4권과도 깊은 관련이 있다곰~.』

곰 『그러면 중기는 이만. 후기에서 다시 만나자곰~!』

□[포주(핌프)] 루크 홈즈

──루시우스, 벌써 영어의 패턴을 파악한 거니?

──응! 일본어하고 독일어도 절반은 익혔어!

──대단하구나. 아버지도 루시우스 정도 나이일 때는 못했는데.

──나! 열심히 할 거야! 왜냐하면 나는 아버지와 어머니의…….

◇

"…………아침인가."

레이 씨 일행과 함께 기데온에 도착한 다음 날. 나는 평소대로 새벽에 눈을 떴다.

신기하게도 〈Infinite Dendrogram〉 속에서 하룻밤 자면 진짜로 하룻밤 잔 것 같은 느낌이 든다. 이쪽 시간은 세 배 빠르니까 수면시간도 사실 3분의 1일 텐데.

"잘 잤어? 마릴린. 밥은 조금만 기다려."

[주얼]안에서 벌써 깨어나 있던 마릴린에게 말하면서 준비를 마치고 일과를 시작했다.

다섯 살 때부터 10년 정도 계속해온 일과는 독순술 훈련, 각 나라의 언어에 따른 발음과 그에 맞는 입 모양 확인을 하고 있다.

단, 〈Infinite Dendrogram〉의 경우에는 사정이 좀 다르다.

"역시 뜻이 있는 단어는 어떤 나라 말이라도 입모양이 똑같아…… 자동으로 〈Infinite Dendrogram〉의 단어로 번역되고 있어. 그것도 아직 완전히 익히지 못했으니 이쪽에서 독순술을 쓸 수 있게 되려면 좀 더 걸리려나."

이쪽에서는 영어로 'hand'라고 말하든 우리나라 말로 '손'이라고 말하든 둘 다 입모양이 같다.

아마도 뜻이 있는 단어를 발음하는 단계에서 자동적으로 〈Infinite Dendrogram〉의 언어로 전환되고 있을 것이다. 반대로 별 뜻 없이 'h', 'a', 'n', 'd'라고 발음하면 그대로다.

현실에서는 영어 등의 여러 언어 회화를 익히고 있었다. 하지만 이쪽에서는 처음부터 다시 시작해야 하니 매일 조금씩 읽어낼 수 있는 단어 숫자를 늘려야지.

"기다렸지? 마릴린. 밥 먹을까."

그렇게 한 시간 정도 훈련을 마치고 마릴린에게 말을 걸었다.

"잘 잤어? 루크! 밥이구나~!"

『KIEE(……배고프다).』

바비와 오드리도 씩씩하게 눈을 떴기에 다함께 아침식사를 하러 갔다.

아침식사를 마친 뒤, 마릴린과 오드리를 [주얼] 안으로 되돌려 놓고 기데온 거리를 걷고 있었다.

그런데 마릴린과 오드리는 아침식사를 할 때부터 싸우고 있었다.

『BAMOOO!! (이 무례한 빨간 닭놈이!!)』

『KIEEE! KUUUUU! (둔하고 음침한 거북 계집애! 진짜 뭣같다니까!)』

오드리를 동료로 삼은 뒤로 항상 이런 식이다. 성실한 마릴린과 불량스러운 오드리의 상성이 안 좋은 건가? 그리고 지룡과 괴조는 사이가 나쁜 종족인 모양이다.

동료니까 사이좋게 지내줬으면 좋겠는데…….

"오늘은 뭐 할 거야~?"

바비가 묻자 잠깐 생각에 잠겼다. 친구 상태를 확인해보니 레이 씨와 마리 씨는 둘 다 로그아웃 중이었다. 사용하는 단어나 말투로 추측해보면 둘 다 일본인일 테니 지금은 현실에서 자고 있을지도 모른다. 일본 시간으로는 한밤중이니까.

두 사람이 없다면 그동안에 내 볼일을 정리해두자.

"우선 포주 길드에 들러볼까. 만나고 싶은 사람이 있으니까. 그리고 테임 몬스터 시장을 돌아다녀 볼래."

포주 길드에는 인사해두고 싶은 사람이 있다.

그리고 내가 기데온에 온 목적인 테임 몬스터 추가 구입. 그런데 이건 오다가 오드리가 동료가 되었으니 우선도는 별로 높진 않은데.

『BAMOO. (주인님, 이번에는 새 말고 다른 걸로 부탁드립니다)』

『KIEEE. (거북이도 들이지 말자, 주인)』

오른손의 [주얼] 안에서 마릴린과 오드리가 그렇게 말했기에 좀 생각해보았다.

"그래. 땅에는 마릴린, 하늘에는 오드리가 있으니 다음은 바다려라. 그러니까 새는 아니겠지만 거북이가 들어오게 될지도 모르겠네."

내가 그렇게 말하자 둘 중 한쪽은 기뻐하고 한쪽은 걱정하고 나서 신기하다는 표정을 지었다.

혹시나 내가 둘의 언어를 이해할 수 있다는 것을 눈치채지 못하고 있었는지도 모른다.

"루크는 누구 만나러 가는 거야~?"

"캐서린 씨라는 사람이야. 왕도에서 [포주]가 되었을 때 이것저것 가르쳐줬거든. 상점에서 아르바이트를 하면서《감정안》스킬을 배우면 좋다고 가르쳐준 사람도 그 사람이야."

"왕도에서 그런 사람하고 만났던가?"

"마침 바비가 잠들어 있었을 때였거든."

레이 씨에게 빌린 [카탈로그]를 통해 적합한 직업이 [포주]라는 가이드를 받은 건 좋았는데, 왕도의 포주 길드는 안쪽 깊숙한 곳에 있었고 아직 왕도의 지리도 잘 알지 못할 때였기에 찾는데 고생하고 있었다. 그러던 때에 길을 안내해준 것이 선배 [포주]인 캐서린 씨였다.

그밖에도 포주 길드의 본부가 기데온에 있다는 것도 가르쳐주었다. 캐서린 씨도 자주 들르는 모양이니 모처럼 기데온에 온

김에 인사를 하고 싶다.

　지도를 보며 기데온 8번가 뒷골목을 지나 도착한 곳은 술집과 여관을 붙여놓은 듯한 시설이었다. 입구 간판에 '포주 길드 본부'라고도 함께 적혀 있었기에 이곳이 포주 길드 본부인 게 분명했다. 모험자 길드에도 술집이 있긴 했지만 여관은…… 아마 그런 거겠지.

　"바비는 저쪽에서 밥 먹고 올게~!"

　바비는 그렇게 말하고 테이블 쪽으로 날아가 버렸다. 네메시스 씨 정도는 아니지만 바비도 밥을 꽤 먹는 편이지. 그것도 단것을 맵게 만들어서.

　길드 안에서는 아직 어린 내가 [포주]라는 것이 신기한지 시선이 모이고 있었다.

　"실례합니다~."

　나는 카운터에 서 있던 길드 직원…… 아마 레벨이 높을 것 같은 남자에게 말을 걸었다.

　"어서 오십시오, 도련님. 꽤나 젊은 손님이시네. 아뇨, 아뇨. 괜찮아요, 괜찮아요! 저희 가게에 연령제한은 없거든요! 언제든, 누구든 즐길 수 있고 말고요!"

　직원 분은 일부러 꾸민 듯한 미소를 지으며 맞아주었지만 악의는 없는 것 같다.

　아마 그냥 손님으로 생각하고 대해주는 것 같다.

　"아, 손님은 아니에요. 저도 포주 길드 회원이거든요."

"어라, 그러네. 〈마스터〉가 [포주]라니, 신기한데. 두세 명 정도 더 있긴 한데 당신이 제일 어려."

내가 회원증을 보여주자 직원 분은 일부러 꾸민 듯한 미소를 없애고 대해주기 시작했다.

저 사람이 말한 것처럼 [포주]는 유용한 직업인데 왠지 모르겠지만 〈마스터〉들에게는 인기가 없다.

이 왕국에서는 기사 계통이 제일 인기 있는 직업인 것 같다. 레이 씨를 보면 기사 계통도 괜찮은 직업이라는 게 이해가 되기는 하는데.

"회원인 걸 보니 일을 알선해줄 곳을 찾고 있는 거야? 아니면 인원 보충?"

알선해줄 곳이라는 건 내가 왕도에서 받았던 모델 일 같은 퀘스트를 말한다.

인원 보충이란 돈을 내고 테임 몬스터 등을 구입하는 것. 참고로 이 기데온에서는 이곳 말고도 4번가의 시장에서 구입할 수 있는 모양이다.

"후자예요. 그런데 그 전에 물어보고 싶은 게 하나 있는데요."

"뭔데?"

"〈마스터〉인 캐서린 씨 계신가요?"

내가 캐서린 씨의 이름을 말하자…… 길드 안이 곧바로 조용해졌다.

어떤 사람은 그 이름을 듣기만 했는데도 술병을 쓰러뜨렸고, 어떤 사람은 두 손으로 몸을 감싸면서 움츠렸고, 어떤 사람은 술값만 내려놓고 재빨리 길드를 떠났다.

……대체 뭘까, 이 반응은.

"캐서린하고 아는 사이야?"

"네. 왕도 길드에서 신세를 졌어요."

"그 녀석, 미소년은 잘 돌봐준단 말이지. 대부분 미소년 쪽에서 피하곤 하는데……. 그 녀석이라면 슬슬 나타날 거야."

그렇다면, 그렇게 생각하고 길드 안에서 좀 기다리기로 했다.

바비가 밥을 먹고 있는 테이블에서 차(직원 분이 서비스로 줬다)를 마시며 기다리기로 했다.

그동안 마릴린과 오드리가 [주얼] 속에서 또 싸우는 것 같은 낌새가 보였지만. 내 취향, 캐서린 씨, 사랑의 라이벌, 용의 인간화, 새와 인간의 연애라는 뜻의 울음소리가 들렸다. 대체 뭐지?

그렇게 기다리기 시작한 뒤로 한 시간 정도 지났고.

"안녕~♪ 여러분, 좋은 아침이에요~♪"

길드 문이 열리는 소리와 톤이 높고 귀에 익은 목소리가 들렸다.

"아. 캐서린 씨."

내가 기다리고 있던 캐서린 씨의 목소리였다.

메이드 분들을 네 명 데리고 길드로 들어온 캐서린 씨는 곧바로 나를 발견했는지 자리로 다가와 주었다.

"어머어! 루크잖아♪ PK 봉쇄가 풀렸다는 건 알고 있었는데 벌써 기데온까지 왔구나."

"네! 바비하고 파티 멤버인 레이 씨, 마리 씨, 그리고 이 아이들하고 같이 왔어요!"

나는 그렇게 말하고 바비와 오른손 [주얼] 안에 있던 마릴린, 오드리를 소개해주었다.

"루크, 이 사람은 누구야~?"

"이분이 아까 말했던 캐서린 콘고 씨야. 내 선배고 매우 믿음직한 분이지."

"어머, 루크도 참. 그렇게 칭찬하면 캐서린이 창피해지잖아♪"

그런데 그 직후에 왠지 모르겠지만 마릴린과 다른 일행들이 엄청나게 놀랐다는 것을 느낄 수 있었다.

그렇다, 마치 캐서린 씨의 외모를 보고 놀란 것 같다.

캐서린 씨의 외모라고 하면.

머리카락은 비단결처럼 가늘고 윤기 나는 긴 금발.

눈동자 색은 투명도가 높은 바다와 비슷한 깊은 파랑색.

옷은 고급소재를 잔뜩 사용해 디자인성도 뛰어난 주문 제작품.

손톱에는 스스로 한 걸로 보이는 네일아트가 달인의 영역으로 치장되어 있었다.

목소리는 마치 인어처럼 매력적이고 아름답다.

키는 2미터가 넘는다.

상완이두근이 튀어나온 팔의 두께는 말의 목 정도.

드러나 있는 가슴 쪽에서 보이는 것은 강철과도 같은 대흉근.

얼굴 생김새도 매우 투박하다.

그리고 마치 패왕과도 같은 용모.

응, 캐서린 씨를 왕도에서 만났을 때 그대로다.

하긴, **조금** 개성적이니까 다른 일행들이 놀란 건지도 모른다.

그런데 몬스터도 인간의 복장 차이 때문에 놀란다는 건 좀 재미있다. 전부터 생각한 건데 마릴린 같은 아이들의 사고방식은 인간과 비슷한 모양이다.

◇

캐서린 씨, 즉 캐서린 콘고 씨는 [포주]로서 내 대선배다.

단, 주 직업은 포주 계통이 아니라 '사람과 몬스터를 합쳐 10만이상을 [매료]시킨다' 등의 조건이 필요한 창기 계통 초급 직업인 [경국(사이렌)]이다.

또한, 그런 캐서린 씨는 왕국의 토벌 랭킹에서도 상위에 드는 모양이었다. [매료]가 집단전에서 유효하다는 것은 나도 고블린과의 전투에서 체감한 바 있다.

하지만 캐서린 씨의 전투 스타일은 그것뿐만이 아닌 것 같긴 한데.

그리고 캐서린 씨의 아바타는 남자가 여자처럼 차려입은 것, 일반적으로는 '여장남자'라고 부르는 것 같다. 그런데 현실에서의 성별은 어느 쪽인지 모르겠다.

그런 판단은 이야기를 나누다 보면 감이 오는데, 캐서린 씨는 남성스러움과 여성스러움을 둘 다 지니고 있어서 정말 감이 안온다.

하지만 남자의 믿음직스러운 부분과 여자의 배려를 잘하는 부분을 둘 다 가지고 있는 사람이라고 할 수 있기에 존경할 만한 사람이라고도 생각한다.

"캐서린 씨는 기데온에 오는 도중에 PK 테러를 당하지 않으셨나요?"

캐서린 씨와 함께 차를 마시면서 이야기를 나눴다.

"나는 우리 아이를 타고 날아왔어. 공중 봉쇄까지는 못한 모양이거드은."

우리 아이, 그 단어에 반응하여 캐서린 씨의 뒤를 보았다. 그곳에는 캐서린 씨가 데려온 메이드 분들 네 명이 대기하고 있었다.

"루비엘라하고는 저번에 만났던가?"

캐서린 씨는 내 시선을 눈치챘는지 그렇게 물었다.

하긴, 네 명 중 한 명, 머리카락이 붉은 메이드 분은 내가 왕도에서 신세를 졌을 때도 데리고 있던 사람이다.

"네. 캐서린 씨와 처음 만났을 때 같이 계셨죠."

"그래, 그러면 모처럼 만났으니 다른 아이들도 소개할게. 파란 머리카락이 사피네, 녹색 머리 카락이 에메랄다, 안대를 하고 있는 게 크리스텔라야."

주인인 캐서린 씨에게 소개받은 메이드 분들은 우리들에게 공손히 인사했다.

"처음 뵙겠어요. 캐서린 씨의 후배인 루크예요."

"루크가 데리고 다니는 아이들도 보여줄 수 있을까?"

"물론이죠. 아, 그런데 이곳에서는 바닥이 망가져버릴 지도 몰라요."

마릴린은 중량급 아룡이니까 나무판자로 된 바닥이 무너져버린다.

"그러면 장소를 옮길까. 길마스~, 건물 뒤쪽 좀 빌릴게~."

"상관없어. 그리고 너를 지명한 일이 들어왔으니까 나중에 부탁하지."

캐서린 씨의 말에 카운터 안에 있던 직원 분이 대답했다.

……레벨이 높을 것 같긴 했는데 포주 길드의 길드 마스터였구나.

"《환기》, 마릴린, 오드리."

나는 길드 뒤에서 마릴린과 오드리를 [주얼] 안에서 불러냈다.

"어머어, 멋진 아이들이네에. 벌써 종마사 계통 상급 직업하고 동등한 멤버야아."

캐서린 씨는 마릴린과 오드리를 보고 활짝 미소를 지었다.

……마릴린하고 오드리는 왜 겁을 먹고 있는 거지?

"아룡하고 로크 버드, 그래도 루크의 주얼은 고급인 것 같으니 아직 용량이 있지?"

"네. 이번에는 바다 위나 물 위를 오갈 수 있는 아이가 있었으면 하는데요, 시장에서 구할 수 있을까요?"

"물에 사는 몬스터? 그런 건 여기에서는 힘들지도 모르겠네에."

캐서린 씨의 말에 따르면 이 마을의 생활 수원은 주로 지하수이며 근처에 바다나 하천은 없다고 한다. 그 때문에 물에 사는 몬스터는 거의 다루지 않는 모양이다.

적어도 포주 길드에는 없다고.

"그래도 시장에서 찾아보면 발견할지도 모르겠어."

"알겠습니다! 바로 가볼게요!"

"그래도 그 근처는 길이 복잡하고, 〈마스터〉에게도 그다지 치안이 좋은 편은 아니거든은. 내가 따라가 줄 수 있으면 좋을 텐데 일이 들어왔고…… 그렇지."

캐서린 씨는 뒤에 있던 메이드 분들을 돌아보고 머리카락이 붉은 루비엘라 씨에게 손짓했다.

"루비엘라, 루크를 따라가서 안내해줄 수 있을까?"

"알겠습니다, 아가씨."

"그래도 되나요?"

"그래, 괜찮아. 볼일이 끝나면 내가 있는 곳으로 돌아가라고 말하면 되니까아."

"감사합니다! 캐서린 씨!"

내가 인사를 하자 캐서린 씨는 부드럽게 미소 지으면서 내 머리를 쓰다듬어주었다.

그러자 왠지 아버지, ……어머니(?)가 떠올라서 기뻐졌다.

……그런데 왜 아까부터 마릴린하고 오드리는 캐서린 씨가 미소를 지을 때마다 겁을 먹는 거지?

캐서린 씨와 헤어진 우리들은 루비엘라 씨의 안내를 받아 4번가의 시장을 돌아다니고 있었다.

"이 시장에는 길가에 상품을 진열하는 바자와 점포를 갖추고 있는 상점이 있습니다. 바자에서는 귀한 물건을 구할 수도 있지만《감정안》스킬이 뛰어나지 않을 경우, 모조품이나 불량품을 사게 될 위험이 있으므로 추천해드리지는 못합니다. 상점은 상품의 질이나 정품이라는 보장 면에서는 어느 정도 신뢰할 수 있지만 그 대신 금액이 높게 설정되어 있습니다."

"처음 물건을 살 때는 상점이 좋다는 거군요."

"그렇네요. 그리고 바자에는 스스로 가게를 낼 수도 있습니다. 바자에 가게를 내는 위치는 4번가의 책임자가 관리하고 있습니다. 하루 분량의 자리값을 지불하면 상인이 아니더라도 길가에서 상품을 판매할 수 있습니다."

그런 설명을 들으며 시장 안쪽, 좁은 골목으로 들어갔다.

"오늘은 물에 사는 몬스터를 구입하고 싶으신 것 같으니 평소에 아가씨께서 애용하시는 가게를 소개하도록 하겠습니다. 상점에 마음에 드는 몬스터가 없다면 시장을 둘러보도록 하죠."

"잘 부탁합니다."

그렇게 안내를 받고 있던 동안 루비엘라 씨는 골목에서 몇 번 손을 흔들곤 했다. 신기하게 생각하고 있었는데 물어보기도 전에 가게에 도착했다. 골목 안쪽에 따로 있는 가게였다.

사람들이 오는 걸 피하는 것 같은 그 가게는 간판에 '마왕상점 중앙대륙 지점'이라고 적혀 있었다.

그런데 신기한 가게네. 이 〈Infinite Dendrogram〉에는 대륙이 하나밖에 없는데 '중간대륙 지점'이라니. 마치 다른 어딘가에 본점이 있는 것 같다.

극동의 섬나라인 천지려나, 아니면 해상 국가라는 그란바로아일까.

아니면…… 음, 아직 답을 추리하기에 재료가 부족한가.

"어서 오세요~. 어라? 루비엘라잖아."

가게 안으로 들어가자 안쪽 카운터에서 목소리가 들렸다.

그렇게 말한 사람은 몸집이 매우 작았고, 나보다 머리 하나 정도 키가 작았다.

새까만 로브를 입고 후드로 얼굴을 가리고 있는 것이 특징이었다.

"오랜만에 뵙습니다. 오늘은 오너 님께서 가게를 보고 계시는 군요."

"가끔은 말이지~. 캐서린은?"

"오늘은 함께 오지 않으셨습니다. 저는 오늘 여기 계신 루크 님의 안내를 맡고 있습니다."

"처음 뵙겠습니다, 캐서린 씨의 후배인 루크예요."

"오~, 캐서린의 후배라고~. 신기하네~. 우리 가게에 온 걸 보니 몬스터 때문이지? 원하는 게 뭐야?"

"물에 사는 몬스터요."

"물에 사는 몬스터라~, 이 근처에서는 수요가 별로 없거든~. 그렇게 희귀한 건 없는데~. 그래도 일단 코너가 있긴 해~."

오너는 그렇게 말하고 카운터에서 나와 안내해주었다.

이 가게는 이미 테이밍한 몬스터만 다루고 있는 모양이라 선반에는 수많은 주얼이 진열되어 있었다. 안을 들여다보니 몬스터의 모습을 볼 수 있었다.

아, 마릴린과 똑같은 [트라이 혼 데미 드래곤(삼중 촉각 아룡)]의 [주얼]을 팔고 있네.

"펫 샵하고 주얼리 샵 중에 어느 쪽에 더 가까울까."

그런 생각을 하고 있던 와중에 푸른색 계열 조명이 켜져 있는 부스에 도착했다.

"이곳이 물에 사는 몬스터 코너야. 뭐, 둘러봐~."

"……우와."

방금 전에 오너는 '그렇게 희귀한 것은 없다'고 했는데 이 부스에는 물에 사는 **아룡** 주얼이 여러 개나 있었다. 척 보기에도 상품들이 너무 좋았다.

"지룡이나 천룡이라면 순룡도 있긴 한데~. 해룡은 말이지~."

그렇다, 방금 전에 지나온 시장에 비교해 이 마왕상점의 상품은 이상할 정도로 질이 좋았다. 희귀하다는 테이밍된 순룡도 이가게에는 여럿 있다. 그렇다고 해서 가격이 시세보다 훨씬 높은 것도 아니었다. 상식적으로 생각하면 벌써 다 팔렸더라도 이상하진 않다.

그러고 보니 루비엘라 씨가 이 가게에 들어오기 전에 뭔가 했었는데 혹시 특정한 손님만 들어올 수 있는 가게인지도 모른다. 확실한 추리는 아니지만.

어찌 됐든 이 가게라면 마릴린 같은 아이들에게 뒤처지지 않는 멤버를 추가할 수 있으려나.

"캐서린의 소개니까 할부도 받아줄게."

"정겹네요. 저도 여기서 아가씨와 만났을 때는 할부였습니다."

"아, 4년 정도 전이었나~. 벌써 시간이 그렇게 지났어~."

오너와 루비엘라 씨가 이야기하는 동안, 가게에 진열된 물에 사는 몬스터를 보았다. 하지만…….

"어떻게 하지……."

"루크~, 왜 그래~?"

"역시 아룡은 안 되나~?"

"아뇨, 그런 건 아니에요. 그래도…….'

아룡급에 불만은 없다.

오히려 마릴린 같은 아이들과 연계하는 걸 생각하면 순룡을 들이는 것보다 낫다고 생각한다. 그런데…….

"왠지 감이 안 와요. 마릴린이나 오드리…… 제가 지금 데리고 있는 아이들하고 만났을 때는 잘 모르겠지만 끌리는 게 있었어요. 하지만 지금은 왠지 모르겠는데 전혀…….'

그란띠앙 씨에게 받는 보수로 마릴린을 선택했을 때나 그 싸움 때 오드리와 대결했을 때는 서로 이끌리는 듯한 감각이 있었다.

하지만 지금 가게에 진열되어 있는 아이들을 봐도 그런 마음은 들지 않았다.

실력만 따지면 마릴린이나 오드리보다 강할 순룡을 봐도 마찬가지였다.

내가 생각해도 애매한 감각이다 싶긴 한데.

"아~, 그렇구나."

그런데 오너는 왠지 모르겠지만 내가 한 말을 납득한 것처럼 고개를 끄덕이고 있었다.

루비엘라 씨도 마찬가지인 것 같았다.

"루크, 였나? 너는 천직이 [포주]인 것 같은데 [종마사]로서의 재능도 꽤 있네. 그 직감이 발동하는 사람은 별로 없어."

"그런가요?"

"그래. 그렇다면 물에 사는 몬스터로 범위를 좁히지 않는 게 좋겠어. 우리 가게의 주얼을 전부 다 보고 감이 오는 녀석을 찾아보렴."

"알겠습니다. 해볼게요."

나는 오너의 권유를 받아들이고 물에 사는 몬스터 코너를 떠나 다른 주얼을 보러 갔다.

그때, 오너가 말했던 '센스 스킬이 아닌 천연 《심수안》인가. 캐서린하고 그 녀석에 이어 세 명째로군'이라는 말이 왠지 귀에 남았다.

그 뒤로 두 시간 정도에 걸쳐 가게 안의 주얼을 둘러보았지만 결과는 썩 좋지 않았다.

수천 개의 주얼을 보았지만 '감이 오는' 몬스터는 하나도 없었다.

"어라라, 아쉽네."

"죄송합니다, 수고를 끼쳐드려서."

"됐어, 됐어. 손님이 마음껏 상품을 재보게 해야 장사지. 그런데 이렇게 된 이상 바자 쪽을 돌아볼 수밖에 없을지도 모르겠네."

"그렇네요. 그런데 오너 님, 바자에서 《심수안》은…….."

"아, 그게 들키면 〈마스터〉라도 위험한가."

두 사람이 이야기를 하고 있는데 나는 그 《심수안》이라는 것이 뭔지 모르기에 끼어들기 힘들었다.

"……어라?"

그때 어떤 것이 눈에 띄었다.

그것은 가게 구석에 있었고, 아이들이라면 들어갈 수 있을 정도로 큼직한 금속제 항아리였다.

뚜껑은 열린 채 항아리 옆에 굴러다니고 있었다.

항아리는 왠지 '출입금지'라고 하는 듯이 경고색을 바른 사슬로 둘러싸여 있었다.

저렇게 눈에 띄는데 왜 지금까지 눈치채지 못했을까.

신경 쓰였기에 항아리 쪽으로 다가가 왼손 손가락으로 가리켰다.

"오너 씨, 이 항아리는."

"항아리? ……윽?! 물러서!!"

오너가 소리치자 깜짝 놀라 곧바로 한 발짝 물러섰다.

그 직후, 내 집게손가락이 있던 곳을 '은빛인 무언가'가 통과했다.

보아하니 방금 전까지 쳐져 있던 경고 사슬이 끊어져 있었다.

그 단면은 매우 평평해서 끊어진 부분을 그대로 붙이면 고쳐지는 거 아닐까 하는 착각이 들 정도였다. 실제로 내 손가락 끝이 살짝 베였는데 문질러보니 약간 흔적만 남고 붙어버렸다. 마치 엄청나게 예리한 날붙이로 빠르게 자른 것처럼.

하지만 내 손가락과 사슬을 벤 것은…… 날붙이 같은 것이 아니었다.

그것은 액체. 신기한 광택이 나는 은빛 액체가 항아리 가장자리에 모여 있었고…… 그것은 곧바로 항아리 안으로 돌아갔다.

기묘한 광경이었지만 나는 그 은빛 액체…… 몬스터에게서 눈을 뗄 수가 없었다.

"미안해. 위험해서 격리결계를 쳐두었는데 풀어져버린 모양이네."

"저는 괜찮은데요, 방금 그 아이는 뭐죠?"

내가 묻자 오너는 어떤 마법을 걸고 사슬을 고치며 대답해주었다.

"[미스릴 암즈 슬라임]. 금속 슬라임 종류 중에서도 꽤 희귀한 종이야. 액체 미스릴로 구성된 몸을 지니고 있고, 그것을 빠르게 무기로 변형시키며 공격하는 몬스터지."

[미스릴 암즈 슬라임]…….

"옥션에서 손에 넣은 건 좋았는데 테이밍되지 않았던 개체였거든. 나중에 아는 [종마사]에게 부탁해서 테이밍하려고 했는데…… 그 전에 실수로 봉인이 풀어져서 이 상태야."

"이 상태?"

"상시 임전 경계태세. 다가간 생물은 뭐든 두 동강 내는 위험물. 테이밍 난이도는 엄청 높아져서 함부로 움직일 수도 없어. 어떻게 할 수가 없으니 결계로 격리시켜두고 있었던 거야."

슬라임이니까 피로하고도 인연이 없고, 오너는 그렇게 덧붙여 말했다.

"쓰러뜨려버리면 정리하는 건 편하지만 들인 돈을 생각하면 아까워서 말이지."

"얼마나 하나요?"

"1025만 릴. 능력은 그렇다 쳐도 희귀하거든. 비싸게 먹혔지."

가격을 듣고 순간적으로 몸이 움츠러들었다. 하지만…….

"저기, 오너 씨."

"뭐지?"

나는 결심하고 오너에게 말을 꺼냈다.

"제가 저 아이를 테이밍할 테니 팔아주시면 안 될까요?"

"…………."

내 당돌한 말에 오너도, 루비엘라 씨도, [주얼] 안에 있던 마릴린 같은 아이들도 말문이 막힌 상태였다. 유일하게 평소처럼 웃고 있었던 것은 바비뿐이다.

"저기, 돈은 할부로 내게 되겠지만요."

"아까도 말했듯이 할부라도 상관없어. 그런데 괜찮겠니?"

"네, 왜냐하면…… 저 아이를 보고 있자니 감이 왔거든요."

나는 미소를 지었다.

그것은 내 마음속의 감각을 믿었기 때문에 지은 미소.

"제가 저 아이를 테이밍하겠어요."

저 아이를 얻고 싶다는 생각이 분명하게 들었으니까, 나는 아직 아무도 테이밍한 적이 없다는 [미스릴 암즈 슬라임]의 테이밍에 도전한다.

◇

[미스릴 암즈 슬라임].

오너의 설명에 따르면 금속 슬라임종 중에서도 매우 희귀한 종이라고 한다.

육식, 잡식도 아니고 주식은 물과 광물, 특히 미스릴 광석을 좋아한다.

다른 슬라임처럼 액체 상태인 몸. 하지만 단숨에 경화하여 미스릴 무기로 변형하는 특수 능력을 지니고 있다. 공격당했을 때는 몸을 미스릴 방패로 만들어 받아내기도 하고 슬라임답게 액체 상태로 변하여 피할 때도 있다.

지금까지 인류가 발견한 사례는 두 자릿수, 토벌한 사례는 열몇 건.

테이밍한 사례는 0건.

[미스릴 암즈 슬라임]은 아직 테이밍된 적이 없다.

[종마사]가 테이밍 가능한 상태까지 진입하여 계약인을 맺으려 하다가 오른쪽 손목이 잘려나간 적도 있었던 모양이다.

보통은 테이밍 가능한 상태가 되면 직접 접촉하여 계약인을 맺은 뒤 테이밍이 끝난다.

나도 오드리 때는 그랬고, 저항도 하지 않았다.

하지만 [미스릴 암즈 슬라임]은 그렇지 않아서 경계 상태인 동안은 테이밍이 가능하더라도 주저하지 않고 [종마사]를 공격한다.

이 문제로 인해 순룡보다 테이밍 난이도가 높은 몬스터라는 평가다.

또한, 오너는 이렇게도 말했다.

"우리 고객 중에도 이 녀석을 테이밍하고 싶다는 사람이 몇명 있어서 도전했는데 전멸했지. 그중에는 종마사 계통 상급직 만렙도 있었는데 실패했어."

그 말은 [종마사]의 톱 클래스인 사람도 불가능했다는 것이다.

그런 어려운 난관에 루키인 내가 도전하는 것을 비웃는 사람도 있을 것이다.

하지만 도전하면 안 된다는 건 아니다.

난관을 앞두고 포기하지 않은 사람들을 알고 있기에, 나도 여기에서 포기하지 않는다.

그렇게 계속 도전하여…… 네 시간이 지났다.

나는 [미스릴 암즈 슬라임]이 들어가 있는 항아리를 바라보고 있었다.

나는 말없이 오른손으로 든 것을 내밀었다.

그것은 1미터에 약간 못 미치는 길이인 얇은 막대기…… 미스릴제 철사였다. [미스릴 암즈 슬라임]은 미스릴이 주식인 모양이기에 밑져야 본전이라는 식으로 먹이로 길들이기도 시험하고 있다.

참고로 이것은 방금 전에 루비엘라 씨에게 부탁하여 바자에서 사다달라고 했다.

그리고 루비엘라 씨와 오너는 지금 카운터에서 어떤 이야기를 나누고 있었다. '루올 상회 회장 손자가 고즈메이즈 산적단에게 유괴당했다고 합니다', '또 그 녀석들의 범행이야? 이게 몇 번째냐고. 100번은 넘었지?'라는 목소리가 들렸다.

고즈메이즈 산적단이라는 이름은 거리에서도 몇 번 들은 적이 있다.

이 마을 주변을 시끄럽게 만들고 있는 산적단. 아이들을 유괴하는 악랄한 집단이라고 들었다.

아이들은 훔칠 물건이 아닌데, 그렇게 진심으로 혐오감이 들었다.

"……으."

그때, 내밀고 있었던 철사 끄트머리가 잘려나가 바닥에 떨어졌다.

먹이로 길들이는 행위, 아니면 방금 내가 품었던 혐오감, 둘 중 하나에 반응하여 요격한 거라 판단했다. 철사도 미스릴일 텐데 끄트머리가 멋지게 잘려나갔다. 절단면은 거울처럼 예리하고 평평했다.

남은 부분을 계속 들이대고 있자니 이번에는 차례차례 잘게 잘려나가기 시작했다.

들이댄 끄트머리부터 동그랗게 잘려나가는 막대기 모양은 어떤 과자를 연상케 했다.

눈 깜짝할 사이에 철사가 조각나 잔해로 변해버렸다.

"2000릴이나 하는 건데……."

나는 한숨을 쉬고 손바닥에 남아 있던 미스릴 조각을 손가락으로 튕겼다.

[미스릴 암즈 슬라임]은 그것 또한 경계 반경으로 들어온 순간 두 동강 냈다.

"고생하는 모양이네."

그때, 오너가 말을 걸었다.

"그렇네요. 들었던 대로 테이밍 가능 상태가 된 다음부터가 어려워요."

"응? 벌써 거기까지 된 거야?"

"슬라임은 생물적으로는 전부 암컷이니까요. 《수컷의 유혹(메일 템테이션)》이 통해서 테이밍 가능 상태가 되었어요."

그렇다, 거기까지는 되었다. 하지만…….

"그래도 계약을 맺으려고 손을 내밀면…… 베여요."

나는 동그랗게 잘린 미스릴 철사와 얕은 상처가 잔뜩 난 내 손을 보았다.

"이 녀석을 테이밍하려고 했던 [종마사] 중에는 미스릴제 토시를 장착하고 도전한 사람도 있었어. 그럼에도 불구하고 손목이 떨어져나갔지만."

아무래도 방어구로 가공한 미스릴이라도 저 참격에는 당해내지 못하는 것 같다.

"신화급 금속(히히이로카네) 방어구라면 막아낼지도 모르지만 말이야. 마련해볼래?"

"됐어요. 레벨이 부족해서 장비할 수 없을 것 같으니까요. 그리고…… 분명 그 추리는 정답이 아닐 거예요."

아마도 강도나 스테이터스에 의존하는 수단은 전부 다 아웃일 것이다.

그렇지 않다면 나보다 먼저 우수한 스테이터스와 장비를 지니고 있는 [종마사]가 해결했을 것이다.

[미스릴 암즈 슬라임]을 테이밍하기 위한 올바른 해법은 따로 있다.

"그래도 이제 방법이 없는 것 같은데?"

"지금까지 깨달은 것이 두 개 정도 있긴 해요."

나는 [미스릴 암즈 슬라임]의 항아리를 손가락으로 가리켰다.

"우선 경계 상태 말인데요. 저 아이는 자동으로 요격하는 것이 아니라 그때그때마다 생각해서 공격하고 있어요. 네 시간 동안 반복해봤는데 경계 반경에 몇 센티미터 정도 차이가 보이니까요. 기계처럼 정확한 자동 요격은 아닌 것 같아요."

그 다음에는 땅에 떨어진 미스릴 잔해를 손가락으로 가리켰다. 그것들은 전부 동그랗게 잘렸지만 두께에는 약간 차이가 있었다. 그게 방금 한 말을 뒷받침해주고 있었다.

"그렇군. 그리고 두 번째는?"

"저 아이는 테이밍당하고 싶어 해요."

"왜 그렇게 생각하지?"

나는 그 질문을 듣고 내 손바닥을 펴서 보여주었다.

손가락 끝에는 [미스릴 암즈 슬라임]으로 인해 난 수많은 상처 자국이 있었다.

"이 상처, 전부 얕거든요."

"그건 보면 알겠는데."

"똑같이 경계 범위 안에 들어간 철사는 둥글게 잘렸는데, 제 손가락은 그렇게 되지 않았죠."

"……!"

미스릴제 철사는 쉽사리 자를 수 있는데 그것보다 훨씬 부드러운 내 손가락은 무사하다.

"전부 찰과상이지만요, 그중에서도 가장 심하게 난 건 처음에 생각 없이 손가락으로 가리켰을 때 난 상처네요. 네, 제가 아직 테이밍 가능한 상태로 만들지 않았을 때 난 상처예요."

나는 왼손 집게손가락을 살짝 폈다. 밀리미터 단위 차이지만 그것이 가장 깊은 상처였다.

이 상처가 나타내고 있는 것은…….

"저 아이는 인간에 대한 공격을 조절하고 있어요. 특히 자신을 테이밍 가능한 상태로 만든 상대에 대해서는 공격을 경고나 위협 정도로만 하고 있죠. 척 보기에도 물건에 대한 공격보다는 가벼워요."

"하지만 지금까지 [종마사]들은."

"네. 손목이 잘려나갈 정도의 중상을 입었죠. 저도 주먹 하나 정도로 더 손을 뻗으면 그렇게 되겠죠."

나는 그렇게 말하면서 [미스릴 암즈 슬라임]의 경계 반경 안으로 손을 뻗었다.

참격으로 인해 손가락에 얕은 상처가 났지만 손을 빼지는 않았다.

당연히 [미스릴 암즈 슬라임]은 계속 공격했다.

하지만 그것들이 전부 얕은 상처라는 것을 확인한 뒤, 나는 손을 거두었다.

"이 차이. 저와 미스릴 막대기에 대한 대응 차이를 생각하면 거리 말고도 뭔가 이유가 있겠죠. 분명 저 아이는 명확한 규칙에 따라 행동하고 있는 거예요."

"다시 말해 그것만 알게 되면 테이밍할 수 있다는 거니?"

"네. 하지만 그걸 아직 모르겠어요. 어딘가에 단서가⋯⋯⋯⋯."

그때, 아직 말하던 도중이었는데도 불구하고 나는 입을 다물었다.

오너와 다른 사람들이 의아하다는 듯이 나를 보았지만 그런 걸 신경 쓸 때가 아니었다.

왜냐하면 시야 구석에서 봐서는 안 될 것을 봐버렸기 때문이었다.

그것은 항아리 옆에 있던 작은 생물—— 작은 쥐 한 마리였다.

"어라, 쥐인가. 해로운 동물을 물리는 결계가 풀려버렸나."

"_____."

그것을 본 순간, 내 몸을 제어하던 사고가 공백으로 변했다.

그 쥐가 너무 약해서 몬스터도 아닌 동물이라는 것도.

벽 구석에 구멍이 뚫려 있어서 그곳으로 들어왔다는 것도.

이쪽을 보고 항아리 앞을 가로질러 도망가고 있다는 것도.

전부 시야에 들어왔고, 머릿속에서 정리된 상태였다.

하지만 그것과는 별개로 몸이 반응했고, 목이 절규했다.

"쥐쥐쥐쥐쥐쥐쥐쥐쥐쥐쥐쥐…………!!"

나는 갑작스럽게 공황 상태에 빠지면서 절규했다.

상황을 정리하려는 뇌가 동시에 과거의 기억을 차례차례 떠올렸다.

훈련, 낡은 저택, 바닥이 무너져버려서 떨어진 곳에 수많은 쥐………….

"쥐————는————싫————어————어————?!"

몸의 제어를 잃고 공황 충동이 더욱 강해졌다.

그대로 의식을 잃을 뻔했을 때.

"괜찮아~. 안 무서워~."

나는…… 어느새 바비에게 안겨 있었다.

"자~ 루크~, 안 무섭다~ 안 무서워~."

바비는 그렇게 등을 두들기면서 나를 달래주었다.

그렇게 하고 있자니 신기하게도 점점 공백으로 변한 사고와 몸의 제어가 돌아왔다.

마치 어머니가 그렇게 해줬을 때처럼…….

5분 정도 지났을 무렵에는 사고도 진정되었고, 내 공황이 가라앉았다.

"꼴사나운 모습을 보여드렸네요."

나는 그렇게 말하며 오너와 루비엘라 씨에게 사과했다.

나도 알고 있다. 그 상태에서도 아슬아슬한 때까지는 머리가 평소대로 사고를 하려고 했으니까. 하지만 그와 동시에 평소와는 다른 사고가 머리에 꽉 차는 것도 실감해버렸다.

그것이 이른바 트라우마라는 거겠지, 가라앉은 머리가 그렇게 냉정하게 판단하고 있었다.

"신경 쓰지 말아주세요."

"누구든 꺼리는 건 있지. 그런데 왜 그렇게 쥐를…… 아, 됐어."

오너는 이유를 물으려 했지만 단어만으로도 내가 떨기 시작했기에 배려하며 입을 다물었다.

정말, 왜 이럴까. 어렸을 때부터 몇 번이나 고치려고 했는데, 쥐 공포증만은 지금까지도 나을 낌새가 없었다.

……아니, 지금 쥐 같은 건 됐어.

그것보다 더 중요한 것이 있다.

"그러면 저 아이의 규칙도 밝혀냈으니 테이밍할게요."

그 공황 중에 본 것이 추리에 부족한 것을 채워주었으니까.

이제 그것을 실제로 증명하는 것뿐이다.

"정말? 어떻게 그렇게 갑자기?"

"전화위복이네요. 방금 그것 때문에 저 아이를 테이밍할 수 없었던 이유를 알았어요."

"……그 공황 와중에?"

혼란스럽더라도 주위 분석은 계속한다. 그런 것도 예전에 배웠으니까.

자, 내 추리를 확인하려면 준비가 좀 필요하다.

"오너, 죄송한데요. 잠깐만 비어 있는 [주얼]을 빌려주실 수 있나요?"

"상관은 없는데."

오너는 그렇게 말하고 카운터에서 [주얼]을 꺼냈다.

그것은 내 [주얼]과 같은 거였지만 안에는 아무런 몬스터도 들어 있지 않았다.

자, [주얼] 안에 있는 몬스터는 주인의 허가만 있으면 [주얼]끼리 맞대서 옮길 수 있으니까…….

"그러면 바로."

나는 받은 [주얼]을 왼손으로 들고 내 오른손으로 들고 있던 [주얼]에 가져다 댔다.

그리고 마릴린과 오드리를 오른손 [주얼]에서 비어 있던 [주얼]로 옮겼다.

『KIIEEE?! (우리를 팔려는 거야?! 주인?! 뭣같네!)』

『VAMOOOO?! (지, 지지지진정해. 이, 이건 뭔가 깊은 생각이 있으실 거야!)』

……아, 왠지 마릴린하고 오드리가 깜짝 놀란 것 같네.

미리 말하지는 않았으니 좀 미안한데…….

"[트라이 혼 데미 드래곤]이 240만 릴, [크림즌 로크 버드]가 320만 릴 정도 되려나."

『KIIE! (좋아! 내가 더 비싸다!)』

『VAMOO! (기뻐하지 마라! 이 새대가리! 그리고 내가 싼 건 동족이 이미 가게에 진열되어 있기 때문이야!)』

……매매 가격의 차이가 몬스터에게 무슨 의미가 있는 걸까.

아니, 그게 아니라.

"아뇨, 안 팔 건데요. 잠깐 옮겼을 뿐이에요. 바비, 잠깐 들고 있어."

"네~."

나는 둘이 들어 있는 [주얼]을 바비에게 맡기고.

"자."

그런 다음 옷을 벗었다.

그 뒤를 이어 장비라고 할 만한 것은 전부 떼어냈다.

"음, 이 정도면 되려나."

그리고 남은 것은 탱크톱과 속옷, 아무런 장비 보정도 없는 옷뿐이었다.

"이걸로 괜찮겠지."

"루크, 너 대체 무슨?"

나는 그 질문에 미소로 대답했다. 지금부터는 추리가 맞는지 직접 증명함으로써 대답하도록 하자.

나는 〈엠브리오〉의 문장이 있는 왼손을 최대한 [미스릴 암즈 슬라임]에게서 멀리 떨어뜨리면서 비어 있는 주얼을 끼운 오른손만 뻗었다.

지금까지처럼 조심조심 뻗는 것이 아니라 자연스럽게 손을 내밀고 있을 뿐이었다.

내민 오른손은 그대로 [미스릴 암즈 슬라임]의 경계 범위 가장자리에 닿았고…… 위협 참격을 당하지도 않고 통과했다.

그리고 주먹 하나 정도 거리…… 수많은 [종마사]들의 손목이 잘린 거리까지 손을 뻗었다.

그대로── 내 오른손은 아무 일도 없이 항아리에 닿았다.

나는 주위에서 모두가 긴장한 듯한 기척을 느끼면서 항아리에 손등을 대고…… 그녀를 기다렸다.

"이리 오렴."

그 말이 통했는지 어땠는지.

항아리에서 기어나온 [미스릴 암즈 슬라임]은 내 손바닥에 닿았다.

시간이 얼마나 지났을까.

이윽고 나와 그녀 사이에 마력이 통하게 되었고…… 테이밍은 끝났다.

"네 이름은 리즈야. [미스릴 암즈 슬라임], 리즈."

은빛으로 빛나는 그녀를 오른손으로 쓰다듬으며 미소를 지었다.

"앞으로 잘 부탁해, 리즈."

[미스릴 암즈 슬라임]──── 리즈는 왠지 기쁜 듯이 몸을 떨고 있었다.

그것이 내 추리가 정답이었다는 증거였다.

테이밍을 한 뒤, 나는 뒤에 있던 오너에게 돌아서서 보고했다.

"테이밍됐어요."

"……어떻게 테이밍한 거야?"

"보신 대로죠. 마릴린하고 오드리는 일시적으로 다른 [주얼]에 옮겼고, 저는 장비를 벗었어요."

"그 행위의 결과, 어떻게 테이밍할 수 있게 된 거지?"

하긴 그것만으로는 설명이 부족할지도 모른다.

하지만 이건 매우 간단한 이야기다.

"리즈는…… 아니, [미스릴 암즈 슬라임]은 매우 겁이 많아요."

나는 몸 위로 기어오르는 리즈를 쓰다듬으면서 내 추리를 설명했다.

"테이밍 가능한 상태가 된다…… 상대방을 인정하면서도 다른 것 때문에 겁을 먹었던 거죠."

"다른 것?"

"내민 오른손에 있는…… 다른 몬스터예요."

"……!"

몬스터를 테이밍하고 사역하는 자에게는 항상 오른손의 [주얼]에 몬스터를 넣어두는 것이 상식이다.

이제부터 몬스터를 테이밍하려는데 [주얼]을 떼어내는 사람은 없다.

그리고 [주얼]을 장착하고 있으면서도 몬스터를 넣어두지 않는 [종마사]도 없다.

어떤 [종마사]도 테이밍할 수 없었던 이유가 그것이었다.

"처음에 제가 베인 건 왼손이에요. 그건 〈엠브리오〉의 힘이 통하는 왼손의 문장이 무서웠기 때문이었겠죠. 미스릴 토시나 철사를 베는 걸 보니 장비 같은 물건도 무서워할지 몰라요. 그러니까 리즈가 무서워하는 것들을 떼어내고 테이밍해봤어요."

그것이 장비를 전부 벗고 왼손을 멀리 한 채 다가간 이유.

그저 그게 전부인 이치.

"그건 상황 증거에 불과하지 않은가?"

"네. 결정타는…… 아까, 그, 쥐, 쥐예요."

그 단어를 말한 것만으로도 기분이 좀 나빠졌지만…… 계속 설명했다.

"그 쥐는 몬스터가 아니라 그냥 쥐예요. ……그리고 항아리 옆에 있었는데도 요격당하지 않았죠. 그리고 제가 공황에 빠졌을 때는 항아리 옆을 지나쳤어요."

공황 속에서 그 쥐가 항아리 옆에 있었던 것도, 항아리 옆을 지나 도망친 것도 보고 있었다. 그동안 리즈는 전혀 공격하지 않았다.

그건…… 그 쥐가 몬스터도 아니었기 때문이다.

"그래서 눈치챈 거죠. 아무것도 지니지 않고, 몬스터도 아니라면 괜찮지 않을까 하고요. 그 전까지 손에 입은 상처를 보면 저를 신경 써준 모양이었고요."

리즈가 위협했던 것은 테이밍하려고 하는 내가 아니었다.

오른손의 [주얼]에 있던 마릴린, 오드리, 그리고 왼손에 있는 〈엠브리오〉의 문장이었다.

"추리가 빗나갈 거라는 생각은 안 했어? 베여서 죽을 수도 있었는데?"

"자신이 있었거든요. 그리고."

나는 그렇게 말한 다음.

"추리가 틀렸다면 죽어도 어쩔 수 없겠다 싶어서요."

진심으로, 생각했던 것을 말했다.

'추리를 드러내고, 그것이 다른 사람의 인생을 좌우한다면 하는 말에 책임을 지고, 목숨을 걸어서 결코 틀리지 않았다는 것을 나타내라'는 말은 아버지…… 원래는 할아버지가 했던 말이었나.

어찌 됐든 자신의 추리에 다른 사람을 끌어들이려면 각오를 하고 부딪히라는 교훈이다.

……아. 오너하고 다른 사람들이 깜짝 놀란 표정을 짓고 있네.

그렇지, '죽어도 어쩔 수 없다'라는 말을 들으면 놀라기도 하겠지.

"아, 그래도 〈마스터〉니까 이쪽에서는 안 죽거든요?"

그런 농담을 하며 이번 추리는 막을 내리도록 하자.

『…………(괜찮아?)』

그때, 몸 위로 기어올라 오던 리즈가 내 손바닥에 난 상처를 보며 걱정스러운 듯이 그렇게 물었다.

"그래, 괜찮아, 리즈. 얕은 상처고, 깔끔하게 베어줘서 아프지도 않아. 신경 안 써."

이 〈Infinite Dendrogram〉은 기본적으로 통각이 없는 설정이지만 있다고 해도 그다지 아프지는 않았을 것이다.

"저기, 루크. 너, 슬라임의 말을 이해하는 거야?"

오너가 묻자 나는 고개를 끄덕였다.

"보면 알죠. 생물은 말만으로 마음을 전하는 게 아니니까요."

오히려 동물들은 사람들보다 알아보기 쉬운 것 같다.

"그런 스킬이니?"

"아뇨……."

나는 그렇게 말한 뒤.

"부모님께 배운 테크닉이죠."

약간이나마 예전 일을 정겹게 떠올리며…… 그렇게 대답했다.

그런 다음, 리즈의 구입 대금은 513만 릴을 할부로 내게 되었다.

오너 말에 따르면 '네가 발견한 [미스릴 암즈 슬라임]의 테이밍 방법에는 1000만 이상의 가치가 있다'고 한다.

원래는 공짜로 주려고 했는데 그래도 그럴 수는 없다고 거절하고 할부로 반액을 지불하게 되었다.

공짜로 너무 많이 받는 건 도둑질할 때뿐이라고 어머니도 말했으니까, 나는 오너에게서 도둑질을 하는 게 아니니 이거면 된다.

참고로 지금 리즈는 [주얼] 안이 아니라 슬라임이 자주 사용한다는 《의태》 스킬을 통해 옷으로 변해서 내가 착용하고 있다. 금속질 외형은 여전하지만 [미스릴 코트]라는 장비도 실제로 있기에 그렇게까지 눈에 띄지는 않는다.

참고로 《의태》한 리즈에게 《감정안》 스킬을 사용하면, 스킬 레벨이 낮을 경우엔 [미스릴 코트(주문 제작)]이라고 인식되는 모양이다.

이 코트에 문제가 있다고 한다면 리즈가 왼손의 문장을 좀 무서워하는 탓인지 좌우의 소매 길이가 다르다는 것인데, 사소한 문제다. 가끔씩 부자연스럽게 움직이긴 하지만 바람으로 인해 흔들렸다고 생각할 정도고.

그런 일을 거쳐서 지금, 우리는 루비엘라 씨를 배웅하러 기데온 북문 밖에 있었다.

보아하니 내가 리즈의 테이밍에 도전하고 있던 동안에 캐서린 씨는 왕도로 돌아간 모양이었다.

루비엘라 씨도 그 뒤를 따라 왕도로 간다는 것 같았다.

"루비엘라 씨, 신세를 많이 졌네요."

"별말씀을요, 루크 님. 저도 아가씨에게 재미있는 이야기를 해드릴 수 있게 되었습니다."

"저도 캐서린 씨에게 감사의 인사를 드리고 싶지만요."

이번에는 캐서린 씨가 소개해줘서 리즈를 만날 수 있었다.

정말 캐서린 씨에게는 신세를 지기만 하고 있다.

"루크 님께서 하신 말씀은 제가 대신 전해드리도록 하겠습니다."

"감사합니다."

"그러면 루크 님, 바빌론 양, 그리고 마릴린, 오드리, 리즈. 언젠가 다시 만나도록 하죠."

"루비엘라는 어떻게 왕도로 돌아갈 거야~? 용차~?"

바비가 묻자 루비엘라 씨는 쿡쿡 웃었다.

"이 몸 하나만 있으면 충분합니다."

그렇게 말한 다음 순간, 루비엘라 씨의 등에 거대한 날개 두 쌍이 돋아났다.

그것은── 용의 날개. 루비엘라 씨는 그대로 용의 날개 두 쌍을 퍼덕이며 하늘 위로 날아올라 구름이 있는 높이까지 간 것과 동시에 변신했다.

그것은 지상에서도 알아볼 수 있을 정도로 붉은빛을 내뿜고 있는 거대한 용이었다.

《인화》를 사용하는 붉은 용…… 루비엘라 씨는 손을 흔드는 대신 그러는 건지 그 자리에서 한 바퀴 공중제비를 돈 뒤 왕도가 있는 북쪽을 향해 매우 아름다운 비행 자세로 날아갔다.

『KIEEE. (거북아. 나는 역시 《인화술》 습득을 목표로 할래)』

『VAMOO. (나도 새삼 그렇게 생각하고 있던 참이다)』

오드리와 마릴린도 루비엘라 씨를 동경하게 되었는지 그렇게 말하고 있었다.

"자, 이제부터는 어떻게 할까? 마리 씨와 약속한 날은 모레고, 레이 씨는 아직 로그인하지 않은 것 같아. 스케줄이 비었네."

캐서린 씨에게 인사를 하고 새로운 테임 몬스터를 획득하는 것. 양쪽 다 더할 나위 없는 형태로 끝났기에 이제 할 일이 없었다.

"그러면 레벨을 올리면 되지 않을까~?"

바비가 그렇게 말하자 고개를 끄덕였다.

오드리, 리즈와는 함께 싸워본 적이 아직 없으니 괜찮을지도 모르겠다.

그리고 또 레이 씨 일행과 함께 강적에게 도전하게 될 때가 올 것이다.

그때 조금이나마 도움이 되고 싶다는 마음이 있다.

"그래. 나도 좀 더 강해지고 싶으니까, 레벨을 올리러 갈까?"

『KIEE! (주인! 나는 이 근처 사냥감의 위치를 파악하고 있다고!)』

원래 〈넥스 평원〉 일대에 거점을 두고 있던 [갈드랜더]의 탈 짐승이었기 때문인지 오드리는 이곳 지리에 밝은 모양이었다.

"오드리, 안내해줄 수 있을까?"

『KIEEEE! (식은 죽 먹기지! 타라고! 주인!)』

"그러면 마릴린은 일단 [주얼]로 돌아가. 현지에 도착하면 같이 사냥하자."

『VAMOO. (알겠습니다)』

"리즈는 나를 지켜줄래?"

『…………. (물론, 괜찮아)』

"바비, 준비는 OK?"

"올 오케이~♪"

물론 나도 준비는 완벽하다.

"그럼 갈까."

"〃예스, 마스터!〃"

END & To be Next Episode

□[기자] 마리 애들러

"이게 내일 이벤트의 S석 티켓이야. 세 명이니 가격은 30만 릴, 현금으로."

"네~, 네~."

저는 티안 암표상이 내민 티켓이 진짜라는 것을 《진위판정》과 《감정안》 스킬로 확인한 뒤 대금을 지불했습니다.

셋이서 쓰자고 어제 남겨준 상금으로 지불한 겁니다.

"매번 고마워. 손님도 운이 좋군. 그 박스석이 마지막이었어."

"역시 인기가 많네요~."

원래 판매 가격의 세 배임에도 불구하고 전부 다 팔리다니, 대단하네요.

"그야 그렇겠지. 내일 이벤트는 중앙 투기장에서도 처음 열리는 거니까."

"그렇겠죠~. 〈초급〉들끼리 벌이는 싸움이니까요."

들고 있는 티켓에는 〈초급 격돌〉이라는 이벤트 제목이 적혀 있습니다.

내일 중앙 대투기장에서 열리는 메인 이벤트.

출장하는 것은 〈초급〉 두 명.

중앙 투기장의 절대왕자로 유명한 알터 왕국의 〈초급〉, [초투사] 피가로.

이벤트를 위해 초빙된 무선 제국 황하의 〈초급〉, [시해선] 신우.

〈마스터〉 중에서도 손에 꼽힐 정도로 유명한 사람들이 벌이는 결투를 볼 수 있는 기회이기에 플레이어, 티안 할 것 없이 화제가 되고 있습니다.

현역 플레이어 숫자가 수십만 명에 달하는 덴드로에서도 〈초급〉은 100명도 안 됩니다. 그래서 〈초급〉들끼리 벌이는 싸움을 볼 수 있는 기회는 그렇게 많지 않습니다.

저번 전쟁 때도 알터 왕국 쪽에서 〈초급〉들이 모두 참가하지 않았기에 실현되지 않았습니다.

피가로 씨가 싸우는 모습은 투기장에서 자주 볼 수 있습니다만 상대방은 상급 정도인 〈마스터〉나 티안이고, 〈초급〉과 시합을 벌이지는 않습니다.

왕국의 〈초급〉 중에는 예전에 모피…… 아니, [파괴왕]이 '마법최강'이라는 평가를 받고 있는 카르디나의 [지신]이나 〈그란바로아 7대 엠브리오〉 중 한 명과 교전했다는 소문도 있습니다.

하지만 그것도 인기척이 없는 산속이나 넓은 바다 한가운데에서 벌인 모양이라 목격자는 거의 없었다고 합니다.

그래서 이번 이벤트는 〈초급〉과 〈초급〉의 싸움이 어느 정도인지를 가까운 곳에서 볼 수 있는 좋은 기회인 겁니다. 이벤트석 티켓이 전부 다 팔리는 것도 매우 당연한 것이죠.

공적인 판매는 2주일 전이었습니다만, 그때는 10분도 채 안되는 사이에 전부 다 팔려버렸다고 합니다.

"…………."

이거, 혹시 둘 중 한 명이 보이콧하면 어떻게 될까요?

그렇게 되면 투기장을 운영하고 있는 기데온 백작이 아비규환에 빠질 텐데요…… 저도 전혀 상관이 없는 건 아니죠. 이 티켓을 사는데 맡아두었던 보수를 대부분 써버렸으니까요.

부디 내일 이벤트가 별일 없이 열리기를.

그리고 레이와 루크 군, 두 사람이 기뻐해주기를.

"그럼～."

"그래. 또 뭔가 필요한 티켓이 있으면 오라고!"

저는 이벤트가 무사히 개최되기를 신에게 빌면서 암표상을 떠났습니다.

오후 세 시가 넘은 시간인데요, 이제 어떻게 할까요.

[기자]로서는 내일 이벤트까지 딱히 하고 싶은 게 없고, 또 다른 일도 지금은 없습니다. 친구 리스트를 체크해보니 루크 군은 로그아웃 중이고 레이는 기데온에 없는 것 같습니다. 알터 왕국에 다른 친구는 없습니다.

관찰도 하고 시간도 때울 겸 임시 파티로 퀘스트를 받으려 해도 [기자]는 보통 문전박대 당합니다. [기자]는 전력이 되지 않으니까요. 레이는 용케도 받아줬네요.

할 일도 없기에 《감정안》을 쓰면서 4번가의 바자를 구경하며 돌아다녔습니다. 여기에는 가끔씩 귀한 물건이 굴러다니곤 합니다만, 오늘은 딱히 눈에 띄는 게 없습니다.

계속 4번가를 돌아다니다 보니 어제 퀘스트 때 만났던 알레한드로 씨의 가게가 보였습니다.

인사라도 할까 싶었는데 왠지 가게 안이 매우 혼잡했습니다. 들리는 목소리로 보아 설치되어 있는 뽑기에서 좀 전에 특전 무구가 나온 것 같습니다.

두 번째 대박을 노리고 뽑기를 하려는 사람이 많아서 만원사례인 것 같습니다.

특전 무구는 저도 두 개밖에 없으니 매력적이긴 합니다.

어제는 우연히 [갈드랜더]와 맞닥뜨려서 레이가 MVP를 차지했습니다만 보통은 그렇게 잘 풀리지 않습니다. 찾아다녀도 만나기 힘들고, 일화급 〈UBM〉이라도 강적입니다.

〈상급 엠브리오〉를 지닌 상급 직업이라도 파티를 짜지 않는다면 위험하고, 솔로로 잡으려면 초급 직업은 되어야 합니다.

전설급이나 고대전설급이라면 초급 직업이라도 오히려 당하곤 하니까요.

역시 특전 무구를 얻는 건 힘듭니다. 상급 직업이고 〈하급 엠브리오〉인 레이가 거의 솔로인 상태에서 쓰러뜨릴 수 있었던 것은 그들의 능력이 마침 잘 맞아떨어진 상태였던데다 운이 좋았던 결과겠죠.

네메시스의 능력은 전투와 카운터, 그리고 '격이 높은 상대를 죽이는 것(자이언트 킬링)'에 특화되어 있는 강력한 능력이기에 앞으로 성장하는 것도 기대됩니다.

자자. 어찌 됐든 가게가 이렇게 붐비고 있으니 인사하러 가는 것도 폐가 되겠죠. 따로 날을 잡아서 찾아가야겠네요.

저는 "100만 날아갔다아아아아아아, 끄어어어어어어어어?!"라는 절규를 들으면서 그 자리를 떠났습니다.

어슬렁어슬렁, 정처 없이 산책하다가 '이렇게 된 이상 시간을 때우러 귀여운 여자애나 남자애가 있는 가게라도 가볼까~'라고 생각하고 있자니 신경 쓰이는 소리가 들렸습니다.

어린 여자애의 목소리였고, 소리를 지르고 있었습니다.

건물과 건물 사이 골목 끝, 모퉁이 너머에서 들렸습니다.

저는 신경이 쓰여서 목소리가 들린 쪽으로 다가갔습니다. 그리고 모퉁이로 얼굴을 살짝 내밀어 상황을 살펴보니…… 뭔가 약속한 듯한 광경이 펼쳐져 있었습니다.

질이 안 좋아 보이는 남자 네 명이 아직 열 살이 될까 말까한 여자애를 둘러싸고 있었던 겁니다.

여자애는 빙글빙글 말린 롤(이른바 드릴 머리카락)을 한 예쁜 금발이었는데, 얼굴에는 왠지 모르겠지만 전통식 여우 가면을 쓰고 있었습니다.

"이 꼬맹이도 잡아가자. 옷차림이 고급스러운 꼬맹이야. 돈이 되겠지. 팔아넘겨도 좋을 것 같고."

남자 중 한 명은 그렇게 말하며 여자애의 손목을 잡았습니다.

"이~거~놔~! 무례한 놈!"

여자애는 필사적으로 저항했지만 힘없는 여자애 힘으로는 저항할 수도 없습니다.

틀에 박힌 상황입니다. 엄청나게 틀에 박힌 상황입니다.

지금 툭 튀어나가면 오히려 창피할 정도로 틀에 박힌 상황입니다.

그래도 등장해버리도록 하죠.

"잠깐만 기다리세요, 오빠들. 가련한 로리를 어디로 끌고 가실 셈이시죠? 진짜로 사건이 터진 건가요~?"

모퉁이에서 뛰어나와 그곳에 있던 사람들에게 말을 걸었습니다.

"네놈은 뭐야!"

"지나가던 기자예요."

질문에 대답하고 나서 남자들의 얼굴을 다시 둘러보았습니다.

"노골적인 범죄자 얼굴이네요~. 불건전한 얼굴들은 얌전히 로리를 놔주고 고 홈. 아니면 유치장으로 바로 가시겠어요~?"

약간 부추기자 예상대로 남자 중 한 명이 관자놀이를 움찔거리며 달려들었습니다.

"[기자]라고오?! 깔보기는! 네놈도……."

"어이쿠."

덤벼든 남자의 오른쪽 손목을 잡고 한판 업어치기로 내던졌습니다.

남자는 달려든 기세로 인해 돌바닥에 내동댕이쳐졌기에 실신했습니다.

역시 유도의 존재를 모르는 티안에게는 잘 먹히네요. 낙법도 못 하고.

무술을 배우거나 스테이터스가 높으면 처음 보는 사람이라도 안 먹히지만요.

이 녀석들은 초보와 다를 게 없는 수준인 건달입니다.

"이 녀석! [기자]인데 전투를⋯⋯!"

"어머나. [기자]라도 인간 정도는 던질 수 있어요, 인간이니까요."

애초에 저는⋯⋯ 이건 말하지 않아도 되겠죠.

그 뒤로는 세 번 정도 반복.

결과적으로는 유괴 미수범인 건달 네 명이 골목에 뻗게 되었습니다.

"훗, 또 하찮은 것을 던져버렸군."

"대단하구나! 참으로 강해!"

정신을 차리고 보니 구해낸 금발 소녀가 저를 올려다보고 있었습니다.

가면 너머로 보이는 푸른 눈이 왠지 모르겠지만 반짝거리고 있었습니다. 귀엽네.

"제, 젠장! 깔보지 말라고!"

건달은 비틀비틀 일어서서 이쪽으로 다가오려 했습니다만.

"야! 슬슬 수금할 시간이야! 놀고 있지 말라고!"

골목 바깥에서 건달의 동료로 보이는 남자가 건달들에게 말을 걸고 있었습니다.

동료가 더 있었군요. 5인조 건달⋯⋯ 아, 히어로라면 볼만할 텐데 건달이니 별 볼 일 없네요. 그리고 수금이라니, 폭력배의 부하라도 되나요?

"칫…… 오늘은 이 정도로 봐주지! 네놈 면상은 기억했으니까!"

건달들은 너무 틀에 박힌 느낌인 것 같기도 한 말을 남기고 도망쳤습니다.

"저 사람들은 틀에 박힌 대사를 해야만 하는 저주라도 걸린 걸까요~?"

캐릭터를 따져도 매력이 없는데다 너무 틀에 박혀서 '써먹을 수가 없으니까', 이제 만나고 싶지 않네~, 그렇게 생각하면서 왼손을 흔들어 작별 인사를 했습니다.

그러고 있자니.

"오오, 그 문장은 〈마스터〉라는 증거! 〈마스터〉니까 강한 게로구나!"

제 왼쪽 손등의 문장을 보았는지, 여자애가 더욱 눈을 반짝이고 있었습니다.

아, 아이의 반짝이는 순수한 시선은 저 같은 생물에게는 너무 눈부시네요.

"아뇨, 아뇨. 이건 단순한 유도 기술이니 배우기만 하면 당신도 할 수 있어요."

저도 현실에서 좀 배운 것뿐이니까요.

예전에 일 때문에 취재를 하면서 여러 가지 격투기를 배웠거든요.

지금은 백수지만요. ……스포츠를 했을 때보다 몸무게도 늘었지만요.

"정말이냐! 나도 할 수 있는 게냐! 가르쳐주면 좋겠구나!"

"좋아요~. 우선 말이죠~."

아, 아무리 그래도 돌바닥 길 위에서 가르치는 건 위험하네요. 하려면 푹신푹신한 풀 위가 나을 테니 장소를 좀 옮길까요, ……그렇게 생각하고 있자니.

"거기 계셨습니까!"

"이쪽이다! 수상쩍은 여자와 함께 계신다!"

골목 너머에서 경비병이 다가오며 그렇게 외쳤습니다.

수상쩍은 여자라니, 실례네. 까만 남자 정장을 입고, 넥타이를 매고, 얼굴에 선글라스를 끼고, 싱글대고 있는 것뿐이잖아요.

죄송합니다. 수상쩍네요.

"이런! 어서 도망쳐야만 한다!"

여자애는 제 손을 붙잡고 경비병 반대쪽으로 뛰어가려 했습니다.

"어라, 왜 저까지?"

그렇게 생각하면서도 이대로 있다가는 붙잡혀서 왠지 귀찮아질 것 같은 느낌이 들었기에 도망치기로 했습니다.

제 손을 끌어당기던 여자애를 공주님처럼 안아 들고—— 벽을 향해 뛰어 올랐습니다.

저는 단숨에 지붕 위로 이동했고, 그대로 지붕을 박차고 달려가 그 골목에서 멀리 떨어졌습니다.

4번가 골목에서 지붕을 타고 이동하여 인기척이 없는 장소에 내려왔습니다.

"재미있었다! 마치 바람이 된 것 같은 기분이었구나!"

"그 정도까지는 아닌데~."

여자애는 또 눈을 반짝이고 있습니다. 마치 유원지의 놀이기구를 즐긴 다음 같네요.

"방금 그건 〈마스터〉이기 때문이냐! 아니면 [기자]이기 때문이냐!"

"그렇죠~. [기자]는 대단하다고요~. 하늘을 날거나, 건물을 들어 올리거나, 지구를 역회전시켜서 시간을 되감을 수도 있거든요~."

"대단하구나?!"

슈퍼스러운 맨 한정이지만요.

"그런데 아가씨, 아까는 왜 경비병에게……."

제가 여자애에게 질문하려 하자 어디선가 '꼬르륵~'이라는 귀여운 소리가 들렸습니다. 소리가 난 곳은 여자애의 배였습니다.

"뭔가 드실래요?"

"먹겠다!"

우선 여자애의 배를 채우기로 했습니다.

그런데 이대로 가다간 경비병에게 들키면 소동이 벌어질 테니 좀 손을 보기로 했습니다. 가지고 있던 《위장》과 《환혹》 스킬을 사용하여 여자애의 모습을 저 말고 다른 사람이 보면 금발도 아니고 옷차림도 평범한 여자애로 보이게끔 했습니다.

《진위판정》이나 《간파》, 《심안》 스킬을 가지고 있는 사람에게는 들키겠지만, 이곳 경비병은 아무도 가지고 있지 않을 테니 오케이.

저는…… 유감이지만 선글라스를 벗도록 하죠. 이제 선글라스를 낀 수상한 여자가 아니게 되었습니다. 유감이지만요.

저와 여자애는 인기척이 없는 골목에서 나와 큰 길 노점촌으로 향했습니다.

그곳은 언제나 노점이 있는 것 같으니 먹을 것도 있겠죠.

"뭔가 원하는 게 있나요?"

"평소에는 먹지 않는 것이 좋다! 그래! 저 구름을 먹고 싶구나!"

구름…… 아, 솜사탕 말이죠. 귀여운 선택이네요.

저는 노점에서 솜사탕을 샀습니다.

보기에는 완전히 지구의 솜사탕하고 똑같네요. 색도 하얗고.

굳이 말하자면 캐릭터 포장이 보이지 않는다는 것 정도려나요.

"여기요."

"음! 잘 먹으마!"

솜사탕을 건네자 여자애는 가면을 벗고 솜사탕에 입을 댔습니다.

"달고 푹신푹신하구나!"

"후후, 잘됐네……요?"

드러난 여자애의 얼굴은 귀여워서 나중에 엄청난 미인이 될 거라고 보장할 수 있을 정도입니다.

그런데 지금 문제는 제가 그 지나치게 귀여운 얼굴을 본 적이 있다는 것이었습니다.

아이템 박스에서 수집한 정보를 정리해둘 수 있는 [기자]의 필수 아이템 [정보 수첩]을 꺼내 짐작되는 부분을 찾아보았습니다.

그것은 이 나라의 중요인물 리스트.

제2왕녀 엘리자베트 S 알터 항목.

그 항목에는 예전에 수집했던 정보가 적혀 있었고, 그와 동시에 얼굴 사진도 있었습니다.

그 사진에 찍혀 있었던 사람은 눈앞에서 솜사탕을 즐기고 있는 소녀와 완전히 똑같았습니다.

"이거 또, 파란이 일어날 냄새가 나네요……."

제가 재미있는 사건(골치 아픈 일)에 고개를 들이밀었다는 것을 확신했습니다.

"응? 냄새는 달다만?"

하지만 지금은 솜사탕 냄새를 맡고 있는 제2왕녀 전하를 귀여워해주기로 했습니다.

……기자와 왕녀님이라니, 옛날 명작 영화같네, 그런 생각을 하면서.

◇

자, 일단 사람들이 많은 곳에서는 멀어졌으니 상황을 정리하도록 하죠.

산책을 했습니다.

여자애가 유괴당할 것 같았기에 구했습니다.

저를 잘 따릅니다.

경비병에게 잡힐 뻔했습니다.

여자애를 데리고 도망쳤습니다.

여자애는 사실 이 나라의 제2왕녀였던 것입니다.

정리 완료.

중요인물 유괴, 미성년자 납치 콤보로 중죄인 확정 코스입니다. 어떻게 할까요.

"자칫하다가는 '감옥'에 가겠네요……."

"감옥?"

'감옥'이란 덴드로 안에서 중범죄를 여러 번 저지른 플레이어가 가게 되는 격리시설입니다.

여기서 말하는 중범죄는 주로 티안에 대한 범죄행위이며 플레이어가 플레이어에게 저지르는 PK 행위 등은 포함되지 않습니다. 포함되면 곤란합니다.

'감옥' 안팎을 오가는 것은 완전히 불가능하고, 그곳으로 보내져서 나온 플레이어는 한 명도 없습니다. 내부로 보내진 플레이어가 게시판에 적은 정보에 따르면 '감옥' 내부에도 각종 설비나 던전이 있어서 덴드로를 즐길 수는 있는 모양입니다.

하지만 바깥으로 나오는 것만은 불가능합니다. 장소도 알려지지 않았고, 통일 서버 방식인 덴드로에서 유일한 격리 서버가 아닐까 하는 추측이 있지만 진상은 알 수 없습니다.

그리고 중범죄를 저지른 것만으로 '감옥'에 가는 건 아닙니다.

중범죄로 인해 지명수배를 받게 되면 지명수배된 나라에서 세이브 포인트를 사용할 수 없게 됩니다.

세이브 포인트는 알터 왕국의 분수 등, 7대 국가의 각 도시, 마을에 있으며 데스 페널티에서 부활할 때는 사전에 등록해둔 세이브 포인트에서 부활합니다.

하지만 세이브 포인트가 없는 상태에서 데스 페널티를 받았을 때는 그렇지 않고, 다음 부활 때는 '감옥'으로 날아가게 됩니다.

그것 자체는 어떤 의미에서 당연한 조치라 할 수 있겠죠.

〈마스터〉가 받는 것은 데스 페널티 뿐, 불사신이니까요. 몇 번 죽더라도 부활하여 범죄를 거듭한다, 이런 사태를 막기 위한 억지력은 시스템에 필요하겠죠.

지명수배니까 이름과 얼굴, 죄목은 파악해야만 하는 모양이지만요.

참고로 한 나라에서 지명수배를 받더라도 다른 나라에 세이브 포인트를 등록해둔 경우에는 그 나라에서 부활할 수 있습니다. 이른바 '줄행랑'이라고도 하죠. 그 포위망의 서쪽을 담당했고, 유일하게 지명수배된 〈고블린 스트리트〉는 지금 그렇게 하고 있는 모양입니다.

또한, 강력한 〈마스터〉라면 다른 나라에서 죄인이라도 자국의 전력으로 끌어들이려 하는 경우도 있는 것 같습니다.

단, 너무 중대한 범죄일 경우에는 국제 지명수배로 단숨에 일

곱 개 국가 전체에서 세이브 포인트를 쓸 수 없게 되죠. 지금까지 전례가 몇 건밖에 없지만요.

참고로 왕족 유괴 같은 걸 저지르면 한방에 국제 지명수배입니다.

정말 어떻게 할까요.

냠냠, 솜사탕을 먹고 있는 왕녀님의 얼굴을 바라보며 생각했습니다.

"음, 왜 그러느냐? 내 얼굴을 빤히 보고. 뭐라도 묻은 게야?"

"솜사탕이 좀."

집어서 제 입에 넣었습니다. 응, 달콤하네.

자, 우선은 좀 전에 걸었던 《위장》과 《환혹》 콤보가 있습니다. 그리 간단히 그녀가 왕녀라는 걸 들키진 않을 거예요. 《기적조작》으로 저희 존재감을 희미하게 만들 수도 있지만 그렇게까지 하면 강한 사람들은 오히려 이상하다는 걸 눈치챌 테니 지금 상태로도 괜찮겠죠.

자, 우선 문제는 왕녀님이 왜 이런 길가에서 어슬렁대고 있었는지, 그 이유죠.

경비병 분들도 찾고 있었던 모양이니, 몰래 관광 나온 걸까요.

그런 점까지 로마의 휴일이네요. 이 마을의 명소 중에 진실의 입이 있었던가요?

그야말로 그 영화처럼 오른손을 진실의 입에 넣고…… 아, 안 되겠네. 거짓말쟁이인 내가 오른손을 넣으면 진짜로 물어뜯길 테니까.

"아까부터 무슨 생각을 하고 있는 거냐?"

"네, 뭐, 보고 있는 사람에게는 코미디 같은 생각을 좀."

"코미디?"

왜 왕녀님이 이런 곳에 있는지에 대한 이야기로 돌아가도록 하죠.

이럴 경우에는 본인을 떠보는 것이 제일 쉬운 방법이겠죠.

"아, 아직 서로 이름도 모르고 있었네요. 저는 마리 애들러예요."

일단 왕녀라는 것을 눈치채지 못한 것처럼 자기소개를 합니다.

"음! 마리냐! 나는 엘리자베트. 이 나라의 제2왕녀다!"

"…………."

……본인에게 숨길 생각이 전혀 없었네요.

어, 그런데 가면으로 얼굴을 가리고 있었…… 그냥 가면을 쓰고 싶었을 뿐인가요?

"저기, 왕녀님이 왜 이런 골목에?"

"음! 기데온은 정말 즐거운 도시라고 들었다! 그런데 신하들이 바깥에 내보내주지 않았다. 그래서 '구경'을 하기 위해 몰래 빠져나온 것이지!"

아, 진짜로 관광이었네. 그것도 본명과 입장을 드러내는 걸 보니 신분을 감추고 몰래 다닐 생각이 아니라 그냥 그대로 놀 생각이었던 모양이다. 스트롱 스타일이네요.

"그거 꽤 대단한 대탈주네요."

"음, 타이밍을 노렸지."

……그 정도로 왕녀가 탈주할 수 있는 건가요?

만약에 그렇다고 한다면 이 나라는 괜찮은 건가요?

……괜찮을 리가 없죠~, 저번 전쟁 때부터 기울고 있으니까요.

"오늘은 마음껏 돌아다닐 것이야! 그런데 말이다."

"왜 그러시죠?"

"실은 아까도 길을 잃어버렸었다……. 그래서 마리가 안내해 줬으면 좋겠다만……."

그래서 그런 골목에 있었던 거군요.

그리고 저한테 길을 안내해달라고요.

이대로 그녀와 함께 있으면 유괴범으로 잡혀버릴 것 같아요.

하지만 잡힐 걱정보다는 이 귀엽고 세상 물정을 모르는 왕녀님을 방치하는 게 더 걱정되네요.

……몇 군데 신경 쓰이는 부분도 있고요.

"좋아요. 받아들이죠."

"정말이냐!"

"네, 저는 거짓말 같은 건 안 해요."

죄송합니다, 방금 거짓말 했어요.

우선 어디로 갈지, 왕녀님에게 물어보니 "즐거운 곳이다!"라고 매우 단순하게 대답했습니다.

이 결투도시 기데온에서 가장 흥하는 관광지라면 분명 투기장이겠지만 전부 다 피비린내 나는 곳이기에 어린 여자애를 데리고 가는 건 좀 꺼려지네요.

뭐, 피비린내난다고 해도 투기장 내부의 결계 설비 효과로 관객들이 냄새를 맡을 수는 없지만요. 죽을 정도의 대미지를 입은 선수도 시합이 끝나면 상처가 사라지고요.

편리, 편의주의적인 결계입니다.

참고로 설정상, 이 결계 설비를 갖추고 있는 투기장은 왕국의 티안이 세운 것이 아닙니다. 예전부터 이곳에 있었던 투기장 열세 곳을 그대로 이용하여 그것을 기준으로 도시를 세웠다는 설정입니다.

치명상도 없었던 일로 만드는 결계 같은 건 마법이든 과학이든 오버 테크놀로지이고, 재현할 수 있게 되면 여러모로 악용할 수 있을 테니 말이죠.

운영 쪽에서도 그렇게 생각하고 재현할 수 없는 로스트 테크놀로지라고 설정했겠죠.

그런 로스트 테크놀로지는 많습니다. 선선대 문명이라든가 그란바로아가 조사하고 있는 해저유적이라든가.

자, 투기장은 아웃이니 그 투기장 근처에 있는 대광장으로 왕녀님을 안내했습니다.

이곳도 방금 전에 있었던 큰 길과 마찬가지로 노점촌이 늘어서 있는데요, 그것뿐만이 아닙니다.

기예나 악곡 연주, 그림을 그리는 사람이나 점술가 등, 여러 예술가가 모여 있습니다.

"오오! 이건 축제인가?!"

"사람들이 모이니까요~. 여러 가지 예술을 볼 수 있어요~."

공 타기나 저글링 같은 단골부터 〈마스터〉들이 〈엠브리오〉를 구사하며 진행하는 쇼 같은 것도 있었습니다.

그중에서도 눈을 끄는 것…… 또는 귀를 끄는 것은 악곡 연주네요.

그건 4인조…… 아니, 한 사람과 세 마리가 하는 악곡 연주. 새 얼굴을 본따 만든 모자를 쓰고 지휘봉을 휘두르는 남자와 현악기를 연주하는 켄타우로스, 관악기를 불고 있는 카트시, 타악기를 치고 있는 코볼드. 그런 이색적인 악단이었습니다.

연주하고 있는 게 불과 세 마리에 불과한데 마치 대규모 오케스트라가 연주하고 있는 것처럼 들리는 게 신기하네요. 주위를 걸어가던 사람들은 물론, 일부 예술가들조차 그 연주에 정신이 팔려서 멈춰 서 있었습니다.

네, 정말 멋진 연주입니다. 연주하고 있는 곡이 이유는 모르겠지만 원조 슈퍼 로봇 오프닝을 오케스트라 어레인지한 곡이었지만요.

초등학교나 중학교의 합주 콩쿨, 또는 코시엔의 응원 같습니다.

"정말 힘찬 선율이로구나."

"그렇겠죠~."

강철의 성이니까요.

"저건 인마족과 몬스터 악단인가?"

"아뇨, 아마도 TYPE : 레기온 〈엠브리오〉일 거예요."

"레기온?"

TYPE : 레기온은 주로 기본 카테고리인 가드너에서 진화하는 TYPE이에요.

특징은 여러 마리의 가드너를 동시에 전개하는 것.

이 '여러 마리'라는 것이 레기온의 재미있는 점이죠.

예를 들어 '우리는 ○○ 사천왕!'처럼 네 마리가 한 조인 소수 정예인 패턴이든 수백 마리의 대군 패턴이든 똑같은 레기온이라는 카테고리죠. 질과 양, 어느 쪽인지는 상관이 없는 거예요. 저 악단은 질을 중시한 패턴일 거고요.

제 〈엠브리오〉인 아르캉시엘도 레기온인데요…… 이 경우에는 어떤 패턴에 더 가까울까요?

양쪽 다 가능하니까요.

"저것도 〈엠브리오〉로구나~."

"네."

"나는 〈엠브리오〉가 싸움만 하는 거라고 생각했다."

"〈엠브리오〉는 마음의 형태라고도 하니까 전부 다 싸우기 위해 태어나는 건 아니죠."

실제로 전투와 상관없는 스킬만 지니고 있는 〈엠브리오〉도 꽤 있다.

〈마스터〉의 인격이나 경험을 반영하고 있으니 그런 경우도 있겠죠.

하지만 그렇게 따지면…… 제 〈엠브리오〉는 살해에 너무 치우쳐 있어서 마음의 형태가 대체 어떻게 된 거냐는 생각도 들긴 하지만요.

왕녀님은 연주를 마친 악단에게 박수와 돈을 던졌고, 그밖에도 이것저것 보며 돌아다니고 있습니다.

소프트 크림을 먹거나, 금붕어 같은 몬스터를 건져보거나.

그것들은 일본 축제에서도 낯익은 광경이었기에, 평민 입장에서 보면 아무렇지도 않은 겁니다.

하지만 왕녀님은 매우…… 매우 즐거운 듯이 웃고 있습니다.

제게는 아무렇지도 않은 것이, 그녀에게는 보물이라는 것처럼.

"다음은 그림이다! 내 모습을 그려달라고 하자!"

"초상화는 평소에도 화가가 그리지 않나요?"

"음! 하지만 그건 어깨가 뻐근하다! 그리고 나하고 별로 안 닮았어! 나는 그렇게 무섭지 않다!"

왠지 트라우마를 가지고 있는 듯하네요. 어린애 눈으로 본 초상화는 그런 건지도 모르겠어요. 음악실에 있는 베토벤이라든지.

아, 이런.

"왕녀님, 그림이라면 제가 그려드릴게요."

지금 왕녀님에게는 제가《환혹》을 걸고 있으니까요.

다른 화가에게 맡기면 전혀 다른 얼굴인 그림이 나와버려요.

"음? 마리는 그림을 그릴 수 있나?"

"네. 이래 봬도 저는 어지간한 [화가]에게는 이길 자신이 있답니다."

비전투 계열 직업 중 하나인 [화가]에게는《회화》스킬이 있습니다. 이것은 '자신이 생각한 대로 선을 그어 그림을 그릴 수 있다', 기술면 보조를 얻을 수 있는 스킬입니다.

반대로 말하자면 원래 그림을 그릴 수 있다면《회화》스킬 같은 건 필요 없습니다. 저도 그런 거죠.

여담이지만 《회화》나, 《요리》처럼 플레이어가 현실에서 가져온 기술과 감각으로 대용 가능한 스킬을 센스 스킬이라고도 합니다.

센스 스킬에는 그밖에도 [탐정]의 《추리》 스킬 같은 것이 있습니다. 그쪽은 사건의 물증이나 단서, 사용된 트릭이 어떤 것인지 알 수 있게 됩니다.

그것도 역시 현실에서 명탐정이라면 필요 없습니다.

뭐, 현실에서 명탐정인 플레이어를 본 적은 없지만요.

"아무튼, 그림이라면 제게 맡겨 주세요. 귀엽게 그려드릴게요."

"음! 그러면 맡기도록 하마!"

왕녀님은 광장 벤치에 앉아 등을 똑바로 펴고 저를 보고 있습니다.

그 모습을 보고 있자니 역시 왕녀님이라는 실감이 듭니다.

"맡겨주세요~."

저는 아이템 박스에서 스케치북과 붓을 꺼냈습니다.

펼친 페이지에는 오전에 그렸던 레이의 강아지 귀 반라 망상 스케치가 있었습니다.

……몇 장 넘겨서 왕녀님이 절대로 보지 못하게끔 해야겠어요.

나름대로 기합을 넣어 그렸기에 색을 칠하지 않았는데도 10분 정도 걸렸지만, 그림은 문제없이 그렸습니다. 인물화지만 초상화는 마음에 들지 않아하는 것 같았기에 실사 느낌을 피해서 제

평소의 화풍입니다.

"이 정도면 어떨까요."

저는 그렇게 말하고 그녀 옆에 앉은 뒤 그린 스케치를 보여주었습니다.

"오오! 정말로 귀엽구나! 이것이 나인가!"

"네."

원래 귀엽기에 귀엽게 그려도 위화감이 없어서 일러스트로 만들기는 편했네요.

"마리는 참으로 대단하구나! 악한을 쓰러뜨리고! 벽을 타고 올라가고! 게다가 그림까지 그릴 수 있고!"

"아뇨, 아뇨. 그 정도는 아니에요."

"이 그림도 역시 [기자]라서 그릴 수 있는 겐가?"

"아, 아니에요. 그림을 그릴 수 있는 건 [기자]라서 그런 게 아니거든요."

"그러면 어떻게 그림을 그릴 수 있는 겐가?"

내가 어떻게 그림을 그릴 수 있는가.

그건…….

"저, 현실(저쪽)에서는 만화가였거든요."

◇ ◇ ◇

이치미야 나기사

만화를, 보다 정확히 말하자면 일러스트를 그리기 시작한 것은 초등학교 고학년 때였어요.

클럽활동에서 친구의 권유를 받고 일러스트 클럽에 들어간 것이 계기였죠.

일러스트 클럽에는 자료로 만화 일러스트를 그리는 법에 대해 나와 있는 책도 있었기에 저는 그것을 읽고 실천하면서 일러스트를 그렸습니다.

그것을 반복하던 와중에 만화처럼 그릴 수도 있게 되었어요. 처음에는 초보의 역량에 맞지 않는 장대한 스토리 만화를 그리려다가 페이지 수로 따지면 단행본 세 권 분량을 노트에 그리고 좌절했습니다.

또한 그중 두 권은 설정 노트였어요.

……처음으로 그린 만화의 내용은 조잡했지만 만화를 그리는 것은 그만두지 않았고, 반성을 거쳐서 다음부터는 1화로 완결되는 만화를 그리기 시작했습니다.

그것은 고작 일러스트 클럽(중학교에 들어간 뒤로는 만화 동호회였지만) 친구들에게 보여줄 수 있는 정도였어요. 하지만 그러던 동안 '이거 만화상에 보내보는 건 어때?'라는 말을 들을 수 있을 정도로는 그릴 수 있게 되었습니다.

밑져야 본전이다 싶어서 보낸 원고는 역시 낙선했지만 그것을 계기로 계속 투고를 거듭했죠.

만화 투고를 5, 6년 정도 계속하다가.

고등학교 2학년 겨울, 어떤 만화상에 응모한 원고가 입선되었습니다.

그 만화는 제가 처음 그렸던 소년 만화였어요. 그 전까지 그렸던 연애 요소가 강한 순정 만화가 아니라 우연히 '그려보고 싶은데'라고 생각한 이야기를 만화로 만든 것이었습니다.

입선된 만화는 단편 형식으로 잡지에 게재되었고, 평가가 좋았는지 편집부 분께서 '연재용 콘티를 회의에 내보지 않을래?'라고 말해주셨어요.

우연히 생각난 이야기를 그린 것뿐이라 계속 이어가는 건 힘들 거라고 생각했습니다.

하지만 막상 그리기 시작하니 이어지는 이야기를 술술 그려내고 있는 제가 있었죠.

그렇게 이야기가 팍팍 진행되었고, 저는 고등학교를 졸업할 무렵에 대학생이 아니라 만화가가 되어 있었습니다.

진학을 할지 고민도 했지만 부모님께서는 '네가 좋아하는 인생을 선택하렴. 곤란한 일이 생기면 도와줄 테니까'라고 말씀해주셔서 제가 만화가가 되는 것을 권해주셨습니다.

그때는 좀 울었어요.

그렇게 만화가가 된 저는 월간지에서 연재하기 시작했습니다.

처음에는 익숙하지 않았기에 도전의 연속이었습니다. 작품 취재를 위해 여러 가지 격투기를 해보거나 에어건을 마구 사들이곤 했죠.

가끔씩 놀러 오신 부모님께서는 '왠지 남자애 같네'라고 하신 적도 있었던가요.

그것도 지금은 좋은 추억입니다.

연재는 궤도에 올라 2년 이상 계속되었어요.

인기는 그럭저럭, 잡지의 간판까지는 아니었지만 인기가 위에서 다섯 번째 정도였어요.

1, 2년 정도 지나면 애니메이션화 이야기도 오지 않을까, 그런 생각도 했었습니다.

연재하고 있던 잡지의 출판사가 도산한 것은 그럴 때였습니다.

원인은 만화 부문 이외의 적자로 인한 경영 파탄.

이렇게 제 첫 연재는 '제1부 완결'이라는 떡밥과 함께 잡지의 휴간으로 인해 끝나버렸습니다.

그때는 잠시 넋을 놓고 있었습니다. '이제부터 어떻게 할까……'라는 말을 몇 시간 동안이나, 며칠 동안이나 중얼거리면서 생각했던 기억이 나네요.

그런데, 죽으라는 법은 없는지 '저희 잡지에서 뒷이야기를 연재해보지 않으시겠어요?'라고 하는 편집자 분이 계셨어요. 아무래도 출판사가 망해서 갈 곳을 잃은 만화가와 작품에 대한 쟁탈전 같은 것이 벌어지고 있었던 모양이었고, 제 만화도 운 좋게 걸린 것 같았습니다.

저는 생각할 시간을 받았습니다.

생각할 시간이란 대답을 생각할 시간이 아닙니다.

'연재해보지 않으시겠어요?'라는 질문에 대한 대답은 '네! 기꺼이!'밖에 없겠죠.

하지만…… 그것 말고 생각해야만 하는 것이 있었습니다.

그것은, 그릴 수 없게 되었다는 것.

저는 그릴 수 없게 되었던 겁니다.

제 만화의 뒷이야기를…… 그릴 수 없게 되었습니다.

잡지 휴간으로 인한 제1부 종료와 함께 제 마음속에서 주인공이── '마리 애들러'가 움직이지 않게 되었습니다.

그리려 해도, 그리려 해도…… 지금까지와는 전혀 다른 느낌이었습니다.

이야기 속에서 그녀가 움직이지 않는다.

마치 시체를 낚싯줄로 움직이는 것 같은 느낌.

슬럼프……. 마치 숨을 쉬는 방법조차 잊어버린 것처럼, 저는 자신의 만화를…… 마리의 이야기를 그릴 수 없게 되었습니다.

점점 다른 이야기도 그릴 수 없게 되었고, 전혀 상관이 없는 단편조차 그릴 수가 없는 거예요.

저는 그 전까지 나름대로 만화에 대해 진지했습니다.

제 온 힘을 다해 그려왔어요.

……하지만 이제, 그릴 수가 없어요.

저는 제 능력이 닿는 범위 내에서 최대한 재기를 시도했습니다.

취재라는 명목으로 사비를 들여 세계를 돌아다녔고, 새로운 기술을 익히면 다른 것을 볼 수 있을지 모르겠다 싶어서 요리와 수예, 고무술에도 도전했습니다.

하지만 실패했습니다.

제가 저인 상태로는 이제 이야기를 그릴 수 없다는 것을 깨달았습니다.

『아, 신이시여.

부탁드립니다.

제게 '저' 말고 다른 가능성을 주세요.

제가 그녀의 뒷이야기를 그릴 수 있게 해주세요.

제가 그녀를 이해할 수 있게 해주세요.』

그렇게 간절히 빌었습니다.

그때였습니다.

어떤 게임의 존재를 떠올린 것은.

'〈Infinite Dendrogram〉은 신세계와 당신만의 〈가능성(온리 원)〉을 제공합니다.'

그런 광고 문구와 그 문구 그대로인 내용으로 세계를 석권한 VRMMO, 〈Infinite Dendrogram〉.

이 게임에서라면, 온갖 가능성과 인생이 마련되어 있는 이 게임이라면.

뒷이야기를 찾을 수 있을 것 같다는 생각이 들었습니다. 제가 보지 못하게 되어버린, 제 만화의 뒷이야기를 볼 수 있을지도 모르겠다, 그런 망상을 품게 되었습니다.

희망을 품게 되었습니다.

그래서 저는 〈Infinite Dendrogram〉을 시작했습니다.
아바타 이름은 그녀의 이름…… 마리 애들러.
외모도 그녀와 비슷하게 만들었습니다.
까맣고 긴 머리카락, 키가 큰 미인, 얼굴에는 항상 선글라스.
말과 행동도 그녀에게 맞췄습니다.
평상시에는 존댓말, 약간 은근히 건방진 말투.
저는 **행동원리**까지 그녀에게 맞춘 채 〈Infinite Dendrogram〉
안에서 그녀의 롤플레이를 시작했습니다.
그렇게 함으로써 무언가를 찾아낼 수 있을지도 모른다. 또 무
언가가 시작될지도 모른다고 생각하면서요.
제 마음속에 있는 그녀가 다시 숨쉬기 시작할지도 모른다……
그런 소원을 빌면서 그녀를 연기하고 있습니다.

시작한 뒤로 1년이 지난 지금, 아직 저는 뒷이야기를 그리지
못하고 있습니다.
하지만 느끼고 있습니다.
제 마음속에서, 마리 애들러 속에서, 마리의 숨결을 다시 느
끼고 있습니다.
제가 〈Infinite Dendrogram〉에 있는 이유는 그걸로도 충분했

습니다.

◇ ◇ ◇

□[기자] 마리 애들러

"음~ ♪ 이렇게 놀아본 건 오랜만이로구나~ ♪"

"잘됐네요."

제가 그림을 그린 뒤에도 그녀는 이 광장을 만끽했습니다. 평소에는 먹지 못할 노점 음식에 입맛을 다시고, 물풍선을 낚으면서 정말 즐겁게 놀았습니다.

지금은 나란히 벤치에 앉아 귀여운 동물 모양 사탕을 빨아먹고 있습니다.

그건 그렇고 이곳의 노점은 왜 이렇게 일본 축제 분위기인 걸까요?

"기데온은 정말 활기가 넘치는 곳이로구나. 브리티스 백작이 말했던 대로다."

"브리티스 백작?"

"음, 평소부터 내게 기데온이 얼마나 즐거운지 가르쳐주었다!"

"오호."

의심스럽네요.

"그래요. 그 브리티스 백작에게 이미 들으셨는지도 모르겠고, 이미 알고 계신 건지도 모르겠지만 기데온은 특이한 것이 많이 있는 곳이에요."

남부와 동부 국경이 가깝기에 레젠더리아, 카르디나와의 무역이 번창했고, 서쪽 항구도시도 도보로 며칠 밖에 안 걸리는 거리니까요. 관광 산업도 투기장을 중심으로 왕국 안에서는 손꼽히는 리조트 지역으로 자산가나 〈마스터〉들을 많이 불러 모으고 있죠.

또 하나 따져보면 주요 도시 중에서는 북부 국경과 가장 멀리 떨어져 있기에 드라이프의 위협도 없고요.

"지금 이 왕국 안에서 가장 융성한 도시라고 할 수 있겠죠."

"음. 사람들의 얼굴도 평소에 왕도를 산책할 때 본 것보다 밝았다……."

'왕도에서도 평소부터 빠져나왔던 건가요……'라는 의문은 제쳐두고.

왕녀님은 평소에 지내고 있는 왕도 모습을 떠올렸는지 좀 어두워진 표정을 짓고 있습니다.

지금 왕도 사람들은 전쟁에 대한 불안으로 가득 차 있으니까요.

……저번 PK 소동이나 그로 인해 발생한 〈노즈 삼림〉 소실 사건도 박차를 가했고요.

"가슴이 좀 아프네요."

"응? 왜 그러는 게냐, 마리. 몸이 안 좋은 게야?"

"아뇨, 문제는 없어요. 그건 그렇고 왕도 사람들을 생각하고 계신 것 같은데, 괜찮아요. 왕도 사람들의 안색도 금방 좋아질 거예요. 그러기 위해서 성에 있는 사람들이 열심히 일하고 있는 거잖아요?"

"······그렇지! 언니라면 괜찮을 거다!"

"네."

······사실은 힘들겠지만요.

선정을 펼치면 국내가 안정된다는 말은 국내만으로 끝날 때 하는 말이죠. 명확하게 적대시하고 있는 나라가 있는 상태에서는 선정만으로 불안과 피해를 억누를 수가 없어요.

하지만 '적국이 있으니 왕도 사람들의 불안함은 계속될 거야'라는 말을 이 아이에게 하고 싶지는 않네요.

거짓말로 달래는 거지만 기분도 풀어진 것 같으니 지금은 이 정도면 됐죠.

"나도 이제부터 언니의 일을 도울 것이다!"

"네, 열심히 해주세요, 왕녀님."

"음~."

어라? 기분이 풀어졌나 싶었는데 또 갑자기 기분이 상했네요.

"왜 그러시나요? 왕녀님."

"그거다!"

"그거?"

"마리는 아까부터 계속 나를 왕녀님, 왕녀님이라고! 거의, 거짓······ 거리가 느껴진다!"

거리가 느껴지는 건가요. 하긴, 그녀의 이름을 부르지 않고 입장으로만 부르면 그런 기분이 들지도 모르겠네요.

그리고 혀를 깨물어서 그런 거겠지만 거짓을 느끼더라도 이상하진 않겠네요.

저는 거짓 덩어리니까요.

"그러면 에리라고 부르도록 하죠."

"…………."

아, 침묵. 역시 거리를 너무 좁혀버린 걸까요.

"에리……."

"싫으신가요?"

"아니! 에리가 좋다! 이제부터 나는 에리다!"

마음에 들었나 보네요.

"네, 에리."

"헤헤~."

어머, 귀여운 미소.

데리고 가서 볼을 비비면서 함께 잠들고 싶다.

…………아니, 아니, 아니, 아니. 그러면 완전히 사건이니까, 게다가 중요인물 유괴니까.

아, 그렇지. 중요인물이라고 하니 생각났네.

"그리고 보니 에리는 머무르고 있던 곳에서 빠져나왔다고 했는데, 이 마을에 온 이유는 뭔가요?"

"기데온 관광이다!"

"죄송합니다, 잘못 물어봤네요. 공무 쪽요."

마음속으로 답을 반쯤 확신하면서 물어보았습니다.

"음, 내일 투기장에서 열리는 이벤트를 시찰하러 왔다."

역시 〈초급 격돌〉의 관람이었나요.

기데온에서도 처음으로 열리는 이벤트니까요.

왕족이 관람하면 충분히 포장할 정도는 되겠죠.

"언니도 내일 올 예정이다."

"……네? 언니?"

"음."

알터 왕국 제2왕녀인 에리의 언니. 그 사람은 알터 왕국 제1왕녀이자 국왕 대행 알티미아 A 알터 전하다.

이해가 안 되네요. 포장이라면 두 사람이나 올 필요가 없을 텐데요.

……뭔가 있는 걸까요?

"에리는 언니하고는 따로 이 마을로 온 거군요~."

"어제는 언니의 '대리인'으로서 영주인 기데온 백작에게 인사를 하거나 내일 있을 만찬회에 대한 이야기를 해서 여러모로 힘들었다."

어린 아이에게 너무 일을 많이 맡기지 말아주세요.

그렇게 말하고 싶긴 하지만 그것도 왕족의 역할이라는 거겠죠.

"그러니까 오늘은 숨을 돌릴 수 있어서 엄청 즐거웠다!"

"저도 에리가 즐거워해주니 기쁘네요~. 아, 볼일이 좀 있어서 그런데 이동해도 될까요?"

"음! 광장은 만끽했다!"

저는 에리의 손을 잡고 일어서서 다 먹은 사탕 막대기를 쓰레기통에 버린 뒤 그곳에서 떠났습니다.

도중에 시야 구석 가로등을 보고 금속 표면에 비춰진 **것**을 보았습니다.

"……따라오고 있는 건 세 명인가요."

"왜 그러는가?"

"아뇨, 아무것도 아니에요. 에리."

투기장 앞 광장을 나선 뒤, 저는 에리를 데리고 〈DIN〉 기데온 지국에 들렀습니다.

〈DIN〉——〈덴드로그램 인포메이션 네트워크〉는 대륙에 있는 신문사 중 하나입니다. [기사]가 왕국의 기사단, [닌자]나 [은밀]이 천지의 닌자 마을에서 전직할 수 있는 것처럼…… [기자]는 세계 각지의 신문사, 출판사 등의 매스 미디어에 소속됨으로써 전직할 수 있습니다.

제 만화의 주인공인 마리는 저널리스트이기도 하여 [기자]라는 직업을 선택하는 것은 확정사항이었습니다.

그때, 제가 여러 신문사 중에서 선택한 것이 〈DIN〉이었습니다. 〈DIN〉은 업계에서 제일 큰 곳은 아니지만 각 나라의 주요 도시에 지국이 있는 것이 특징입니다.

그밖에는 신문사를 경영하는 한편, 정보상으로도 활동하고 있다거나 국경을 넘어 정보를 전달하고 있다는 것도 만화 같아서 마음에 들었죠.

〈DIN〉의 지국은 이 기데온에도 있었고, 내일 있을 이벤트 티켓을 취급하고 있는 암표상이 있는 곳도 기데온 지국의 동료가 가르쳐주었습니다.

참고로 저를 포함한 〈DIN〉 소속 〈마스터〉들은 전부 특파원 취급입니다. 여러 장소에 갈 수 있으니까요.

저도 시작 지점은 천지였지만 그 뒤로 그란바로아, 황하, 카르디나 같은 나라를 돌아다닌 뒤 지금은 알터 왕국의 기데온에 있으니까요.

행동력이나 전투력, 무엇보다 정보를 가지고 돌아오기 위한 생존력까지 포함하면 〈마스터〉는 특파원에 딱 맞는다 할 수 있습니다.

……제대로 된 [기자]라면 데스 페널티를 받게 될 확률이 높겠지만요. [기자]의 《펜은 칼보다 강하다》는 전투 행위를 할 수 없게 되는 디메리트가 있는 스킬이니까요.

하지만 이것은 [성기사]의 《성기사의 가호》 같은 것처럼 그 계통의 직업에서만 효과가 있는 스킬입니다. 일시적으로 메인 직업을 다른 계통의 직업으로 전환하면 효과가 사라져 전투 행위를 할 수 있습니다.

그래서 [기자]인 〈마스터〉가 여행을 하려면 일시적으로 다른 직업으로 전환하여 이동, 취재 현장에서는 [기자]로서 정보 수집, 그런 다음 다시 직업을 전환하여 이동하는 방법을 쓰고 있죠.

문제가 있다고 한다면 기본적으로 직업 전환이 마을에 있는 세이브 포인트에서만 가능하다는 거겠죠.

메인 직업을 단숨에 변경할 수 있는 아이템, [잡 크리스탈]을 사용하는 방법도 있지만…… 비싼데다 1회용이니까요.

[기자]인 상태로도, 전환하는 방식에서도 장단점이 있습니다.

그래서 저는 둘 다 **하지 않습니다.**

화제를 전환해서.

기데온 지국에 발을 내디뎠던 에리는 사회 견학을 마친 초등학생 같은 모습이었습니다.

뭐, 그렇다고는 해도 들키면 위험하니 가면을 쓰고 있지만요. 시각 오인 효과가 있는 《환혹》이나 스테이터스를 조작하는 《위장》을 간파하는 스킬을 지닌 사람이 많거든요. [기자]니까.

"신문사라는 곳은 그렇게 바쁜 곳이었구나."

"내일 이벤트 취재 준비 때문에 난리거든요. 저도 일을 하나 떠맡아버렸고요~."

암표상을 가르쳐준 것에 대해 고맙다고 인사를 했을 때, 여러 가지 기재들을 떠맡아버렸네요. 모처럼 특등석이니 확실하게 기록해줬으면 하는 모양입니다.

매스컴석도 따로 있을 텐데. 여러 가지 각도에서 찍는 게 더 낫다는 건 이해가 되지만요. 격투기 시합에서도 베스트 샷은 각도가 중요하죠. 만화를 그릴 때 자료 사진으로 자주 썼었기에 이해가 됩니다.

기데온 지국에서는 그렇게 오래 머물지 않고 인사를 한 뒤, 어떤 두 가지 정보만 들은 뒤 바로 떠났습니다.

◇

제가 기데온 지국에서 얻은 정보, 그것은 어떤 두 귀족 가문의 정보입니다.

첫 번째는 이 기데온을 다스리고 있는 기데온 백작가입니다.

현재 기데온을 다스리고 있는 애시밸리 기데온 백작은 현재 열다섯 살인 소년입니다.

선대 백작인 아버지가 두 달 전에 병으로 돌아가셨기에 급하게 백작 가문을 이어받았다고 합니다.

그리고 성인식을 치른 것이 한 달 전이기에 정식으로 이어받기까지 약간 텀이 있었던 모양이지만 성인식을 치른 지금은 이미 백작 예우를 받고 있다고 하네요.

성인식이라고 하니 이런 이야기도 있습니다.

이 알터 왕국의 귀족은 전쟁 때 당주가 아니라 후계자인 아들 같은 사람들이 참전하는 것이 관례입니다. '반대 아냐?'라고 생각할 수도 있겠지만 '그런 고난, 시련에서 살아남는 자야말로 차기 귀족에 적합하다'라는 생각이 있는 모양입니다.

하지만 반년 전 전쟁 때, 그는 성인식을 치르지 않은 상태였기에 전쟁에는 참가하지 않을 수 있었던 것 같습니다.

참고로 대리인으로 백작 가문을 섬기는 무관이 참전했습니다만 그분은 전쟁 때 돌아가신 모양이니 백작은 운이 좋았던 거죠.

하지만 좋은 일만 있는 것은 아닙니다.

현재 이 기데온에서는 고즈메이즈 산적단이라는 조직이 연속 유괴사건을 일으키고 있습니다. 사건은 선대가 살아 있었을 때부터 벌어지고 있었던 모양입니다만 대가 바뀐 지금도 해결될 여지가 보이지 않는 것 같습니다.

이로 인해 아직 어린 기데온 백작의 치안 유지와 영지 관리 능력에 의문을 품고 있는 사람들도 있습니다.

입이 싼 귀족들 사이에서는 다른 사람에게 맡기는 게 낫지 않겠냐는 이야기도 나오고 있다고요.

하지만 제1왕녀나 국정을 맡고 있는 중진 귀족들은 기데온 백작 가문을 신뢰하고 있어서 자리를 빼앗을 생각은 없는 것 같습니다. 이대로 고즈메이즈 산적단의 피해가 계속 생긴다면 달라질지도 모르겠지만, 반대로 누군가가 갑자기 해결해줄지도 모릅니다.

다른 하나는 브리티스 백작가입니다.

브리티스 백작가는 이 기데온과 〈서해〉에 인접한 항구도시 사이에 영지를 지니고 있었습니다.

당주는 알자르 브리티스 백작. 예순이라는 나이에도 불구하고 아직 정정하다고 합니다.

에리에게 '기데온의 즐거움'을 부추긴 그분, 예전 기데온 백작 대부터 기데온 백작가와는 사이가 험악했다고 하네요.

서로 잘 맞지 않았던 것. 비슷한 규모의 영지이면서도 결투도시를 포함하고 있는 기데온 백작가와는 하늘과 땅 같은 차이가 난다는 것. 그밖에도 여러모로 악연이었던 모양입니다.

개인적인 의견으로는 이 시점부터 이상합니다.

어째서 기데온 백작가를 싫어하는 브리티스 백작이 에리에게 '기데온의 즐거움'에 대해 전했는지.

미워하고 있는 상대방에 대해서는 보통 나쁘게 말하는 법입니다.

이 마을은 약점을 들자면 얼마든지 말할 수 있으니까요.

하지만 좋은 정보만 전했습니다.

이미 에리가 기데온에 흥미를 가지게 해서 거리를 돌아다니게 만들고 싶었다, 그렇게 생각할 수밖에 없습니다. 돌아다니게 만들어서 어떻게 할 것인지는 아직 추측 단계지만요.

그렇죠, 이 브리티스 백작에 대해서는 이런 정보도 있었습니다.

브리티스 백작에게는 나이가 들고 나서 생긴 아들이 한 명 있었습니다.

브리티스 백작은 아들을 매우 사랑했고, 눈에 넣어도 아파하지 않을 정도로 귀여워했다고 합니다.

성인식도 마치고 정식 후계자로서 장래를 촉망받고 있었습니다.

네, 성인식을 마친 상태였습니다.

반년 전, 전쟁 때.

그는 관례에 따라 아버지인 브리티스 백작의 대리인으로 참전하였습니다.

브리티스 백작은 아들을 걱정하며 재산을 있는 대로 써서 병사를 끌어 모았습니다.

아들이 무사히 돌아올 수 있게끔.

또한 각종 수단을 동원하여 왕국 최강의 근위기사단 근처에 자신의 영지 군대가 배치되도록 하였습니다.

아들이 무사히 돌아올 수 있게끔.

아들을 위해 모든 것을 바친 브리티스 백작에게 남은 것은……
가문의 문장이 새겨진 반지를 낀 아들의 오른쪽 손뿐이었습니다.

[마장군(헬 제너럴)] 로건 고드하르트.
드라이프 황국의 톱 랭커 중 한 사람이자 악마를 부리는 것으
로 유명한 〈마스터〉.
그는 전쟁 때 근위기사단장의 머리를 노리고 움직였다고 합니
다.
그리고 근위기사단 근처에 진을 치고 있던 브리티스군은 [마
장군]이 이끌고 있던 3천 마리가 넘는 식인 악마에게 유린당했
고, 시체는 거의 남지도 않았다고 합니다.
이렇게 브리티스 백작은 후계자인 사랑스러운 아들을 잃었습
니다.
불행은 그것뿐만이 아니라 전쟁에서 병사를 모으기 위해 사용
한 자금, 그리고 죽은 자들의 유족에 대한 막대한 조의금.
쐐기를 박은 것이 브리티스 백작 영지에서 발생한 역병. 그는
그것을 왕국 전체로 확산시키지 않고 영내에서 억누르기 위해
남아 있던 모든 재력을 사용했습니다.
그렇게 역병이 만연하는 것은 억누를 수 있었지만, 브리티스
백작 영지는 완전히 파탄을 맞이했습니다.
브리티스 백작은 왕가에 고개를 숙이고 영지를 반납했습니다.

보통 영지를 운영하는 것이 힘들어져도 계속 운영하는 법입니다(그 과정에서 영지의 백성들에게 큰 피해가 발생하곤 합니다만).

하지만 브리티스 백작은 그렇게 하지 않고 재빨리 왕가에 영지를 반납했습니다.

왕가의 직할지로 삼음으로써 백성들을 구하려 한 것이다라는 평가, 그리고 후계자를 잃고 영지에 대한 아무런 미련도 남지 않았다는 이야기도 있습니다.

그렇게 브리티스 백작은 영지가 없는 귀족이 되어 일개 문관으로서 왕국 안에서 일을 하고 있다고 합니다.

지금 그는 무슨 생각을 하고 있는 걸까요?

"그런데 귀족의 정보를 이렇게 자세히 알 수 있다니……."

역시 신문사. 높은 사람의 소문이 잔뜩 있네요.

정보의 조각이 더해진 덕분에 시나리오가 여러모로 파악이 되었습니다.

하지만 제가 상정하고 있는 대로라면 꽤나 막무가내네요.

정말 잘 풀리지 않는다면 생각했던 대로 되지 않을 텐데요.

"에리, 브리티스 백작은 어떤 사람인가요?"

"브리티스 백작 말이냐? 성실한 사람이다."

성실하다고요.

"그런데 가끔씩 엄청 쓸쓸해 보이는 표정을 짓는다."

"쓸쓸해 보여요?"

"나도 쓸쓸하니까 잘 안다."

에리는 그렇게 말하고 약간 어두워진 표정으로 멀리…… 왕도가 있는 방향을 보고 있습니다.

"내게는 언니와 여동생이 있다."

"네, 알아요."

"두 사람은 정말 힘들 거다."

에리의 언니인 제1왕녀 알티미아는 국왕 대리로서 격무에 시달리고 있고, 여동생인 제3왕녀 테레지아는 병약해서 멸균된 안쪽 건물에서만 생활할 수 있다고 들었죠.

"언니하고는 나이가 꽤 차이나고, 테레지아는 계속 침대에만 누워 있다. 자매들끼리 함께 논 적도 없었지. 그리고 요 반년 동안은…… 가족처럼 지내는 것도 힘들었다."

에리는 힘없이 한숨을 쉬었습니다.

"계속 쓸쓸했다. 내가 진짜로 사랑받고 있는 건지 알 수가 없어졌다."

"……에리."

저는 오늘, 직접 만나기 전까지 에리가 제멋대로 구는 왕녀님이라고 들었습니다.

알터의 제2왕녀는 정말 제멋대로 굴고, 쓸데없이 활발하고, 정말 방약무인하고, 손을 쓸 수 없을 정도로 호기심이 왕성하다고요.

실제로 그런 구석도 있겠죠.

이번에도 기데온 거리를 관광하는데 수행원도 데리고 나오지 않고, 머무르고 있던 곳에서 탈주한 거니까요.

하지만 혹시 언니나 여동생과 가족처럼 지내지 못하는 쓸쓸함이 에리의 행동에 박차를 가하고 있는 건지도 모릅니다.

"그래도 오늘은 기뻤다! 마리가 같이 놀아줘서 즐거웠다! 이렇게 놀아본 적은 처음이다!"

에리는 내 손을 두 손으로 꼬옥 잡고 먹구름이 개인 뒤에 내리쬐는 햇살처럼 밝은 미소를 보여주었습니다.

"즐거워해주시니 저도 기쁘네요~."

"음, 정말 즐거웠다! 마치 그림책에 나오는 마법처럼 멋진 시간이었다! ……그래도."

에리는 입을 다물고 고개를 숙였습니다.

"그래도…… 마법의 시간은 끝나는 법이다."

에리는 그렇게 말하고 잡고 있던 손을 놓은 뒤 저에게서 등을 돌렸습니다.

"나는 슬슬 돌아가려 한다."

"……만족하셨나요? 에리."

"음! 마리에게 기운을 받은 덕분에 내일부터도 공무를 열심히 할 수 있다."

에리는 그렇게 말하고 등을 돌린 채 두 주먹을 꾹 쥐었습니다.

"언젠가 공무를 더 열심히 할 수 있게 되면 언니의 일도 내가 끝내서 언니에게 쉬는 시간을 줄 것이다."

에리는 돌아서서 활짝 웃으며 이렇게 말했습니다.

"그러면 이번에는 언니와 함께 이 기데온을 돌아다닐 것이야!"

에리가 한 말은 어린 아이의 결의와 꿈.

그녀와 언니의 입장을 생각하면 실제로 그것을 이룰 수 있을지는 모른다.

하지만…….

"네, 에리라면 분명 할 수 있을 거예요."

나는 거짓말이 아니라 소원을 비는 것처럼 그렇게 대답했다.

정말, 이 아이의 순진한 꿈이 이루어졌으면 한다고 진심으로 생각했다.

그러니까 저도 에리의 꿈이 이루어질 수 있도록 조금 도와주기로 하죠.

◆ ◆ ◆

■???

"타깃, 그리고 함께 있던 인물이 이동을 개시했다. 방향은 1번가…… 머무르고 있는 기데온 백작의 저택으로 예상."

"영상은 [마법 카메라]로 기록해두었습니다. 저 〈마스터〉를 범인으로 꾸밀 '증거'는 갖춰져 있습니다. 일을 벌이려면 지금이겠죠."

"시내의 정보 교란을 맡고 있던 각 반에 전달. 집합하여 타깃

―― 알터 왕국 제2왕녀 엘리자베트 S 알터를 주살한다."

□■???

저희들은 저녁의 거리를 나란히 걷고 있습니다.

손을 잡고 있는 저희들은 자매나 모녀로 보일까요?

제 아바타인 마리는 애초에 제 딸이나 마찬가지니 신기한 기분이네요.

그렇게 걸어가던 동안 저는 어떤 인기척이 적은 길을 골랐습니다.

이유는 이곳을 지나는 것에 따라 목적지, 기데온 백작의 저택에 도착하는 시간이 십 몇 분은 달라지니까. 아니면…….

"멈춰라."

뒤에서 가로막는 소리가 들려서 돌아보았습니다.

그 직후, 무언가가 목을 뚫고 지나갔습니다.

몸이 약간 흔들린 뒤── 머리가 몸통에서 떨어져 나갔습니다.

■직업 암살자 집단 〈사신의 새끼손가락〉 두목 [흉수(데드 핸드)] 루 지엔

"타깃 확보 완료."

"함께 있던 인물 살해 확인."

내 시야 안에서 머리가 떨어져 나간 〈마스터〉 여자가 빛나는 먼지가 되어 사라지기 시작했다.

타깃인 제2왕녀도 눈앞의 광경에 충격을 받은 건지 기절한 상태였다.

"흥, 〈마스터〉잖아? 죽을 리도 없을 텐데."

〈마스터〉 녀석들은 항상 그렇다. 치명상을 입혀도 시체가 사라지고, 사흘이 지나면 아무렇지도 않다는 듯이 돌아다니고 있다. 게다가 규격외의 힘, 〈엠브리오〉까지 사역한다. 〈마스터〉끼리 네트워크가 있다는 것도 골치 아프다.

귀족이나 자산가에게 의뢰를 받아 살인을 하는 우리들이라도 '죽지 않는' 상대를 노리는 건 골치 아프기에 보통은 무시한다.

하지만 이번 타깃인 제2왕녀 옆에 〈마스터〉가 있다면 오히려 잘된 일이다.

"'증거'는 준비해두었겠지."

"녀석이 왕녀를 데리고 거리를 돌아다니던 모습은 이미 기록해두었습니다. 왕녀를 살해한 뒤에 익명으로 이 '증거'를 제출하면 그 여자는 왕녀 유괴 살인범으로 국제 지명수배를 받게 되겠죠."

부하는 그렇게 말하고 기록용 영상 수정을 꺼냈다.

거짓 물적 증거라면 《진위판정》으로 인해 깨지겠지만 이것은 틀림없는 진짜다. 걱정할 필요는 없다.

그 여자는 《환혹》 스킬을 사용해서 왕녀의 외모를 속이고 있었던 모양인데, 그것은 생물의 정신에 관여하는 스킬이다. 무기물에는 의미가 없다. 스테이터스 표시를 조작하는 《위장》도 걸고 있던 모양이지만 그런 건 카메라 영상과는 상관이 없으니까.

그리고 나처럼 숙련된 [암살자]로서 《심안》과 《간파》를 익힌 자에게도 통하지 않는다. 아직 하급 직업인 부하들이 간파하지 못했던 점을 보아 꽤 레벨이 높은 《환혹》이었던 모양이지만.

왜 일개 [기자]가 《환혹》과 《위장》 스킬을 지니고 있었는지는 신기하다.

하지만 그것들은 전투 행위에 관련된 스킬이 아니니까 [기자] 말고 다른 직업에서 습득한 것을 사용했는지도 모르지.

"왕족 살해라면 나라를 불문하고 곧바로 지명수배당하겠지. 그렇다면 녀석이 되살아나는 것은 '감옥' 속이다."

그곳으로 가면 죽은 거나 마찬가지지.

"순조롭네요."

"그래, 힘없는 여자와 아이를 상대로 하는 거니 예정보다 꽤 편하군."

원래는 근위기사단과 전투를 벌이거나 저택에 침입하여 독살을 감행할 필요가 있었다.

그런데 이유는 모르겠지만 왕녀가 스스로 혼자 저택에서 빠져나왔고, 희생양까지 함께 있었다.

이건 그야말로 행운이라 할 수 있다.

"보로젤 후작에게도 좋은 보고를 할 수 있겠어."

그런 내 혼잣말에.

"흐음, 브리티스 백작이 아니었군요."

——부하의 목소리가 아닌 대답이 바람을 타고 흘렀다.

그 직후, 실신한 제2왕녀를 안고 있던 부하가 양쪽 팔다리에서 피를 흘리며 비명을 질렀다.

보았다. 부하의 양쪽 팔다리 힘줄이 잘려나갔다.

보았다. 기절해 있던 제2왕녀는 두 눈을 크게 뜨고 있었다.

보았다. 제2왕녀는 오른손으로—— 무시무시한 장식이 달린 단검을 하나 쥐고 있었다.

알았다. 이 녀석은 제2왕녀 따위가 아니라—— 적이다.

"죽여라!"

내 지시를 받고 그 자리에 있던 부하들이 일제히 독을 바른 단검을 던졌다.

하지만 제2왕녀의 모습을 한 적은 뒤쪽으로 뛰어 올랐다.

양쪽 팔다리 힘줄이 잘려 쓰러지기 직전이었던 부하 뒤쪽으로 돌아가 방패로 삼았다.

단검은 전부 방패가 된 부하에게 꽂혔고, 그 녀석은 비명을 지를 틈도 없이 절명했다.

"심한 짓을 하시네요~."

녀석은 시체를 방패로 삼으며 말했다.

"그래도 순진한 아이들을 죽이려 하는 사악한 악당이라면······ 목숨을 잃더라도 어쩔 수 없겠죠."

시체를 내던지고 모습을 드러냈을 때, 적은 제2왕녀의 모습이 아니었다.

왕녀의 금발과는 전혀 다른, 밤을 녹인 듯한 검은 머리카락.

드라이프나 카르디나에서 가끔 입는 '남성용 정장'인 상하의.

이미 해가 저물려 하고 있는데도 쓰고 있는 선글라스.

신장, 체격조차 전혀 달랐다. 이쪽은 척 보기에도 어른이다.

오른손에 든 단검과 머리에 비스듬히 걸치고 있는 여우 가면만이 제2왕녀였을 때와 같았다.

"그건 그렇고 체격이 크게 다른 경우에 《변화술》을 쓰면 소비 SP에 문제가 있네요~."

그리고 그 얼굴은 방금 전에 목을 잘라 죽였던 〈마스터〉의 얼굴이었다.

왼쪽 손등에는 〈마스터〉의 문장이 빛나고 있었다.

"네놈은……!"

"어라, 어라, 왜 그러시나요? 유령이라도 본 듯한 표정이신데."

왜 살아 있나.

어떻게 살아난 거야.

이 녀석은 [기자]가 아니었나?

다시 《간파》 스킬을 사용하여 녀석의 스테이터스를 들여다보았다.

마리 애들러

직업 : [기자]

레벨 : 32 (합계 레벨 : 33)

…………보았다. 역시 저 녀석은 [기자]고, 합계 레벨도 30 정도다.

"뭐죠? 멀뚱멀뚱 보는 건 실례거든요?"

"살아난 건 〈엠브리오〉의 고유 스킬이냐?"

그렇다면 곧바로 부활한 것도 납득이 된다.

"죽지도 않았는데 왜 살아날 필요가 있는 거죠?"

"……진짜 왕녀는 어디로 빼돌렸지? 언제 바꿔치기한 거야?"

"바꿔치기하고 말고, 이 골목으로 들어온 건 처음부터."

그렇게 말하던 도중에 골목 옆 건물 안에서 대기하고 있던 부하 중 한 명이 녀석의 등 뒤로 뛰어내려 녀석의 목을 베어내기 위해 칼날을 휘둘렀다.

목에 칼날이 닿았다 싶은 순간, 녀석이 빛나는 먼지가 되어 사라졌다.

그와 동시에 칼날을 휘둘렀던 부하가 기절하며 땅에 쓰러졌다.

"처음부터 저 혼자였거든요."

녀석의 목소리는 또 다른 곳에서 들리고 있었다.

그것은 부하가 뛰어내렸던 건물의 옥상.

하지만 녀석의 모습은 또 달라진 상태였다. 몸에는 '까만 안개'가 끼어 있어서 모습이 제대로 보이지 않았다. 알아 볼 수 있는 것은 머리에 가면을 쓰고, 왼손으로 단검을 들고── 오른손으로 기괴한 **권총**을 들고 있다는 것.

"………!"

그리고 계속 발동시키고 있던 《간파》에는 방금 전과는 전혀 다른 정보가 보이고 있었다.

■■ ■■■

직업 : [■■]

레벨 : ■■■ (합계 레벨 : ■■■)

이름이 보이지 않게 되었다.

직업도 보이지 않게 되었다.

스테이터스도 들여다볼 수가 없다.

이것은 [암살자]로서 수행을 쌓고 있던 무렵에 체험한 적이 있다.

자신의 《간파》보다 스킬 레벨이 훨씬 높은 《위장》이 걸려 있을 때다.

하지만 암살자 계통 상급직 [흉수]의 극에 달한 내 《간파》의 스킬 레벨은 최대인 10.

그보다 더 고도한 《위장》?

"말도 안 돼."

말도 안 되지만 실제로 《위장》을 간파할 수가 없다.

하지만 그래도 내 《간파》라면 자릿수 정도는 맞을 것이다.

"말도 안 돼……."

하지만 이번에는 그 자릿수가 가장 큰 문제였다.

직업 레벨 표시가 세 자리. 그렇다, 합계가 아니라 단일 직업이.

적어도 50레벨이 한계인 하급 직업인 [기자]는 불가능하다.

처음 보았던 [기자]로서의 연약한 스테이터스는 《위장》 계열 스킬에 의한 것이고 이것이 녀석의 진짜 능력, 그리고 이 표시 결과를 나타낼 수 있는 것은 두 가지밖에 없다.

나와 마찬가지로 상급 직업을 한계까지 단련한 자.

아니면──.

"네놈은…… 뭐냐!!"

내가 묻자 여자는 지독한 미소를 지었다.

마치 내가 묻는 것을 기다리고 있었던 것처럼.

"'──나는 그림자'."

마치 강한 마음을 담는 것처럼, 녀석의 입이 말을 자아냈다.

"'네가 거듭한 악행의 그림자이자, 너 자신을 어둠속으로 끌어들이는── 죽음빛 그림자'."

방금 전까지 우리를 바보 취급하던 말투가 아니라 냉철하고 연기를 하는 것 같은 말들의 파도.

"'Into the Shadow'."

녀석은 두 팔을 벌리고 마치 연극 무대에 선 것처럼 그 말을 크게 외쳤다.

"이치미야 나기사 지음, **살인청부업자 이능 배틀 만화** 인투 더 새도우 제1화『그림자』로부터 인용."

방금 전까지와는 방향성이 달라서 의미를 알 수 없는 말을 한 뒤, 녀석의 분위기는 원래대로 돌아와 있었다.

하지만 지금도 보이는《위장》된 스테이터스나 방금 부하가 순살당한 사실이 사라진 것은 아니었다.

나도, 그리고 부하들도 움직이지 못한 채 녀석의 일거수일투족을 온힘을 다해 조심할 수밖에 없었다.

"으, 으아아아아!"

그런 와중에 신참이라 가장 미숙한 부하가 견디지 못하고 뛰어나갔다.

어리석기는 하지만 그 희생으로 인해 한순간이나마 녀석에게 빈틈이 생겼다면 해치울 수 있었다.

"…………."

하지만 여자는 말없이 손목 아래쪽만 움직였다.

스냅을 주어 리볼버식 권총에 장전되어 있던 탄을 꺼내 새로 '하얀색'과 '검은색' 탄환을 장전하고 ──방아쇠를 당겼다.

권총 총구는 전혀 다른 방향을 향하고 있었지만.

『게르가가가가각!!』

검은색과 흰색, 두 가지 색으로 물든 탄환 비슷한 괴물이 이상한 소리를 내며 총구로부터 튀어나왔다.

그리고, 총탄이라면 불가능한 궤도로 휘어져서── 신입의 몸에 꽂혔다.

"………………."

신입은 맥없이 쓰러져 신음소리 하나 내지도 않고, 꿈쩍도 하지 않았다.

마치 온몸에 강한 마취라도 된 것처럼.

살아 있긴 하지만, 이제 아무것도 할 수 없다.

여자는 손목 아래쪽을 움직이는 것만으로 매우 손쉽게 그런 걸 해내버렸다.

"——왜 그러시죠?"

녀석이 우리들을 내려다보며 말을 걸었다.

"다리에 힘이 풀리셨나요? 식은땀이 나나요? 심장이 두근거리나요? 마음이 부러질 것 같나요?"

선글라스와 안개로 인해 이중으로 가로막혀 있을 녀석의 시선.

"'힘없는 여자와 아이 상대가 아니면 그 정도인가요?"

하지만 그 눈이 차가운 빛을 뿜어내고 있다는 것은 이해할 수 있었다.

"저도 남 이야기를 할 처지는 아니지만요."

녀석은 휴우, 한숨을 쉬었다.

"육상전함 상대로는 도망치는 것밖에 없었고…… 겁을 먹기도 했어요. 덴드로인데도 죽는 줄 알았죠. 네, 저도 강한 상대는 무서워요."

겁을 먹었다, 무섭다고 하면서도…… 여자의 표정은 싸늘했다.

그저 냉철하게 이쪽을 내려다보고 있었다.

"그러니 그런 제가 할 수 있는 건."

그리고.

"'힘없는 암살자'를 걸레짝으로 만드는 정도뿐이죠."

선고와 함께, 녀석이 움직였다.

우리들은 녀석의 행동을 방해하려 했다.

하지만 녀석의 몸을 뒤덮고 있는 안개가 녀석의 움직임을 숨겨버렸다.

부하 몇 명은 다시 단검을 던졌지만 녀석이 전부 단검으로 튕겨냈다.

그리고 녀석은 안개 속에서 무언가를 날렸다.

그것은 도화선이 달린 구체── 폭탄.

나와 부하들은 그것에서 거리를 두려 했지만, 도화선에 붙은 불은 빨랐고, 곧바로 폭발했다.

그 직후, 맹렬한 연기가 골목 일대를 뒤덮었다.

"!"

폭발이 아니다, 연기뿐이다.

"허둥대지 마! [연기 구슬]이다!"

눈속임을 목적으로 한 연막으로 우리들의 시야를 빼앗고 덤빌 생각인가? 그렇게 생각하며 녀석의 모습을 찾았다.

곧바로 녀석의 모습을 발견했지만 녀석은 연기 속으로 몸을 숨겼다.

연막이 퍼지는 것을 틈타 이탈할 생각인가? 그렇다면 우리도 그것에 맞춰서 움직인다.

그렇게 생각한 순간.

연막에서 '다섯' 개의 사람 모습이 튀어나왔고── 그 전부가 그 여자와 똑같은 모습이었다.

"?!"

《환혹》…… 아니, 더 고도의 환술인가!

"환영을 박살낸다! 전부 투척!"

"""투척."""

부하들에게 지시하여 일제히 독약을 바른 투척 도구를 마구 던지게 했다.

정확하게 노리지 않아도 된다. 환영이라면 통과할 것이고, 본체라면 막을 것이다.

이 일제공격으로 상대방의 본체와 환영을 가려내면 된다.

하지만 결과는 상상과는 달랐다. 다섯 개의 환영이 제각각 전혀 다르게 움직이며 단검을 휘둘러 날아든 투척 도구를 전부 튕겨낸 것이다.

"전부 실체라고!"

"공교롭게도 《그림자 분신술》에는 실체가 있거든요."

《그림자 분신술》이라고?!

그건 동방의 천지 고유 직업 중 하나, [닌자]가 사용한다는 스킬!

왕녀로 변했을 때 쓴 스킬도…… 그렇구나! 녀석의 정체는……!

"…………으으!"

부하들도 당황하는 기색을 보였다.

그것은 그림자 분신 중 어떤 것이 진짜인지 모르기 때문이다.

어떤 것이 가짜고 어떤 것이 진짜인가, 진짜 한 명과 네 개의 분신, 기척은 전부 똑같다.

진짜와 '실체를 지닌 환상'을 구분할 수 있는 방법이 없는 무시무시한 술법.

그리고 부하들은 그런 것을 만들어낼 수 있는 녀석의 기량을 두려워하고 있었다.

레벨 자릿수가 보이는 것은 나쁘다.

부하들이 녀석의 레벨을 알게 되면 겁을 먹고 움직임이 둔해진다.

그렇게 되면 내 승산이 사라진다.

"겁먹지 마라! 수로 밀어붙이면서 상대해! 쌍인일살!"

"""알겠습니다."""

부하들이 호령을 받고 녀석과 분신을 공격했다.

분신 하나에 두 사람이 달려들었다.

상식적으로 생각할 때, 분신이라면 본체보다 뒤떨어질 것이다. 숫자로 밀어붙이면 부하에게도 승산이 있다.

그리고 이렇게 녀석의 움직임을 막아두고 있으면 할 수 있는 것도 생긴다.

그렇게 생각하고 있었다.

"레벨이 낮네요~."

"그렇네요."

"밑천을 지나치게 들어낼 필요도 없고."

"아르캉시엘은 이제 쓰지 말도록 할까요."

"라져~."

하지만 뚜껑을 열어보니 2대1인 상황에서도 밀리고 있었고, 이미 두 사람 중 한 사람이 당한 쪽도 있었다. 본체보다 뒤떨어지는 분신이 [암살]자로서 기술을 갈고닦은 부하 두 사람을 상대하면서도 이쪽을 밀어붙이고 있는 것이다.

나와는 다르게 아직 상급 직업인 [흉수]의 영역에 도달하지는 못했지만 그럼에도 불구하고 [암살자]의 기술은 단련한 녀석들이다. 그런데 이렇게 쉽사리……

"많은 사람들은 〈엠브리오〉의 유무에서 발생하는 가장 큰 차이가 고유 스킬이라고 생각합니다."

"하지만 그것은 어떤 의미로는 맞지만 틀리기도 하죠. 특수한 스킬이라면 티안도 〈UBM〉의 특전 무구를 손에 넣어서 사용할 수가 있으니까요."

"제가 생각하기에 진정한 의미로서의 차이는 스테이터스…… 그리고 '성장'의 보정."

"〈엠브리오〉의 보정을 받기에 〈마스터〉의 레벨 업은 빠르고, 스테이터스의 성장도 보다 강력하게 이루어지죠. 불사신이기에 무리할 수도 있고요. 그러니까 티안과는 성장의 효율이 너무 달라요."

"그야말로 제 3년이 당신들의 10년, 20년을 쉽사리 능가할 정도로는요."

3년? 설마 이런 괴물 같은 기량을 3년 만에 갖추었다는 건가?

"말도 안 돼. 그렇다면 우리들의 수련은 네놈들 〈마스터〉가 보기에 어리석은 자가 돌을 쌓아 탑을 지으려는 거나 마찬가지잖아……!"

"어리석은 자의 돌 쌓기…… 알터 왕국의 격언이었던가요."

"돌을 손수 쌓아 하늘까지 닿는 탑을 지으려 하는 남자의 이야기. 마지막에는 무너져서 자신을 짓누르죠."

"손수 쌓아서 탑을 지어버리는 사람도 있겠지만요."

"초급 직업에 도달한 사람은 티안 중에도 있으니까요."

"하지만 그 비유를 들자면 저희들 〈마스터〉는 건설 기계를 가져와서 짓는 거나 마찬가지고요."

애초에 기반이 다르다, 녀석들은 그렇게 말했다.

그래서 사람들은 〈엠브리오〉를 '재능'이나 '가능성'이라는 표현으로 나타내는 건가, 그렇게 생각하며 그 부조리함에 짜증이나 어금니를 악물었다.

인정할 수 없다. 나는 어렸을 때부터 조직에서 수십 년에 걸친 암살의 수행과 실천을 거쳐서 지금에, [홍수]에 도달했는데.

그런 내가 〈마스터〉 녀석들의 부조리함을 인정할 수는 없지.

저 여자가 나보다 위에 설 수는 없어.

나는 아이템 박스에서 비장의 수인 [젬──《크림존 스피어》]를 꺼냈다. 그것은 상급 직업 [홍련술사(파이로맨서)]의 최대 마법, 《크림존 스피어》가 들어 있는 [젬]이었다.

효과 범위는 그렇게 넓지 않지만 위력은 절대적이다.

지금이라면 저 여자에게도 맞출 수 있다.

왜냐하면 부하들이……, 두 명이서 덤벼도 분신에게 뒤처지는 어리석은 부하들이 겨우 움직임을 막고 있으니까.

"죽어라."

내가 던진 [젬]은 그 여자와 분신, 그리고 부하들이 싸우고 있던 곳 중심에서 폭발하여— 모든 것을 홍련으로 둘러쌌다.

소리도 없이, 폭발도 없이, 그저 붉은빛과 열량만이 그 공간을 끝까지 태웠다.

여자도, 분신도, 싸우고 있던 부하도, 이미 전투불능 상태에 빠졌던 부하도, 빛에 둘러싸였다. 부하들은 깜짝 놀란 표정을 짓고 난 다음 순간에 얼굴의 피부가 새까만 숯으로 변했고, 그 직후에는 뼈조차 까만 먼지가 되었다.

"쓸모없는 부하도 마지막에는 도움이 되었군."

붉은빛 속에서 그 여자도 전부 빛나는 먼지가 되어 사라졌다.

"흥, 그렇군. 분신도 〈마스터〉가 사라질 때처럼 같은 빛을 내뿜는 건가."

그것을 통해 처음에 목을 쳤을 때 보았던 마술의 비밀도 알게 되었다.

녀석들이 사라지는 건 지켜보았다. 이제 여기에서 떠나……제2왕녀를 주살해야 한다.

"그런데 그 여자 때문에 꽤 고생했군. 뜻밖의 희생도 컸어. 역시 동방 비전의 상급 직업 [닌자]인가. 하지만 이제 아무런 의미도 없지. 결국 녀석은 왕녀 살해범으로 '감옥'행일 테니까. 하하하하하."

나는 솟구치는 유쾌한 기분으로 인해 오랜만에 웃으며 '증거품'이 될 손바닥 안에 있던 영상수정을 만지작거렸다.

──그 직후, 등 뒤에서 차가운 무언가가 몸에 꽂히는 듯한 느낌이 들었다.

"아, 어?"

손바닥에서 영상수정이 떨어져서 큰 소리와 함께 깨졌다.

내려다보니 내 가슴에서 단검 칼날이 튀어나와 있었다.

"자, 방심은 금물~."

눈을 들고 앞쪽을 보니 그곳에는 사라졌던 그 여자가 다섯 명, 나란히 서 있었다.

"아무래도 [닌자]에 대해 잘못된 정보를 가지고 있는 모양이네요. 정정할 부분이 두 군데 있습니다."

"첫 번째, [닌자]는 하급 직업이에요. 상급 직업은 [조닌(上忍, 그레이터 닌자).]

"첫 번째 보충 하나, 닌자라고 해도 스타일에 따라 직업 계통이 나뉘죠. 닌자 계통하고 은밀 계통으로요."

"첫 번째 보충 둘, 닌자 계통의 [닌자]나 [조닌]은 화려한 인법을 사용해요. 외국인이 생각한 NINJA인 거죠."

"첫 번째 보충 셋, 저는 숨어들어서 교란하고 적을 치는 은밀 계통인 [은밀]에서 성장한 직업이에요."

"——두 번째, 저는 상급 직업이 아니거든요."

등 뒤에 있던 '여섯 번째 사람'이 귓가에 속삭였다.

"뭐, 어?"

나는 입에서 피거품을 토해내며 뒤를 돌아보았다.

그곳에는 안개를 두른 채 여우 가면과 선글라스를 쓰고 있던 여자가 있었다.

"네, 맞아요. 제가 '본체'입니다. 연막을 치고 《그림자 분신술》과 세트로 《은행술》을 써서 기척을 제로로 만들었죠. 아, 분신은 전부 사라졌지만 《그림자 분신술》을 다시 사용하면 다시 나오거든요."

여자는 그렇게 말하며 단검을 뽑았고, 나는 지면에 쓰러졌다.

쓰러진 나를 분신 다섯 명과 똑같은 얼굴인 여자가 내려다보고 있었다.

하지만 그 여자와 다섯 명 사이에는 명확한 차이가 있었다.

여자에게는 기척이 없었다. 눈앞에 있는데도, 존재하는데도 오감이 그 존재를 부정하고 있었다.

기척과 실체를 지닌 분신을 여러 개 전개하는 것과 동시에 본체의 기척을 완전히 0으로 만든다.

그런 묘기가 어떻게 하면 가능한 건지…….

"은밀 계통 초급 직업 [절영]…… 〈초급 킬러〉."

녀석은 자신의 직업과…… 어떤 이름을 말했다.

"저승길 선물인 건 아니지만, 그게 제 직업과 별명이에요."

"초급 직업, 그리고 〈초급 킬러〉라고……?!"

초급 직업이란 상급보다 더 높은 직업의 도달점.

그리고 〈초급 킬러〉란, 예전에 '티안 최대 살해자'로 악명을 날리던 〈초급〉을 〈초급〉이 아니면서도 해치운 살인청부업자에게 붙은 별명이다.

〈초급〉조차도 죽이는 자, 살인청부업자의 정점으로 붙은 별명.

"어, 어어어……."

나보다 훨씬 젊은 저 여자가 암살자로서 수십 년의 단련을 쌓은 나보다 앞서서. 한정된 사람만 도달할 수 있는 경지에 이르렀다.

직업으로서, 살인청부업자로서…… 내가 발치에도 못 미치는 정점에 서 있다.

그것을 알게 되자 방금 전보다 더 거센 감정과 충격이 나를 뒤흔들었다.

"이럴 수가, 이렇게 허무한 현실이……."

이미 메마른 줄 알았던 눈물이 두 눈에서 흘러내리기 시작했다.

"허무하다고 하시네."

여자는 살짝 짜증이 담긴 말을 내뱉었다.

"[흉수]였던가요. 분명 인간의 살해 숫자가 일정 이상을 넘기지 못하면 될 수 없는 직업이죠. 에리를 죽이려 하고, 부하도 곧바로 저버리고……. 지금까지도 많은 사람들을 말도 못하는 몸으로 만들어왔을 텐데, 그런 주제에 자기가 좀 벽에 부딪혔다고 울어버리고. 그건 좀 아니다 싶은데요?"

나는 나를 깔보고 있는 여자를 올려다보았다.

그 눈에 담긴 것은 경멸이었다. 깔보고 있는 것이 아니다.

그저 거리에서 문제가 있는 사람을 보고 경멸하는 것과 비슷한 정도로 여자의 눈이 나를 혐오하고 있었다.

그것이 무엇보다 큰 모욕이었기에 용서할 수 없었다.

하지만 이대로 살해당하면 설욕하는 것도——.

"자, 저는 슬슬 에리를 데리러 가야 해요. 재워서 숨겨두었으니까요~."

여자는 내 숨통을 끊지 않고 발걸음을 돌렸다.

"주."

"죽이진 않을 거예요. 직접 손을 쓰는 것도 바보 같으니까."

녀석은 그렇게 말하고 분신을 없앤 뒤 떠나려 했다.

나는 무슨 말을 들은 건지 한순간 이해하지 못하고 있었다.

잠시 시간이 필요했고, 녀석이 무슨 말을 했는지 이해하자——지금까지와는 비교도 되지 않는 분노가 몸을 불태웠다.

——놓칠 것 같으냐.

나는 등을 돌린 녀석에게 들키지 않게끔 아이템 박스에서 아이템을 꺼냈다.

그것은 방금 전에 사용했던 [젬——《크림존 스피어》].

이런 비장의 수를 두 개나 가지고 있을 줄은 몰랐을 것이다.

나는 곧바로 [젬]을 기동시키고 던져서…… 녀석을 폭살시킬 것이다.

그런 다음에는 제2왕녀를 찾아내어 반드시 죽일 것이다.

최대한 비참하게 죽일 것이다.

그러면 의뢰를 달성할 수 있지만 이 행동은 의뢰 같은 건 상관없다.

나를 저런 눈으로 본 짜증나는 여자…… 나보다 높은 곳에 있는 여자.

저 여자가 지키고 싶어 했던 것을 쓰레기로 만들어주지.

부활했을 때 왕녀가 죽었다는 걸 안다면 어떤 표정을 지을까. 나는 웃음이 치밀어 오르는 미래를 상상하며 [젬──《크림존 스피어》]을 던지려고.

던지려고…….

"…………!"

모, 몸이, 몸이 움직…….

"……?! …………?!!"

목소리를 내려고 해도 혀조차 움직이지 않았다.

말도 안 돼, 신입처럼 그 총에 맞은 것도 아닌데…….

"아, 그렇지 참. 제 아르캉시엘의 탄 중에는 방금 전에 보여드린 것처럼 마비탄이 있는데요. 그 비슷한 걸 이걸로도 할 수 있거든요."

여자는 이쪽을 보지 않은 채 한 손으로 단검을 뽑아서 보여주었다.

그것은 방금 전에 나를 등 뒤에서 찌른 것.

"이 단검은 스킬을 사용해 지효성 마비독을 칼날에 바를 수 있어요."

여자는 왠지 모르겠지만 그 단검에 대해 자세히 설명하기 시작했다.

"그 이름도 [비봉검 벨스펀]…… 일화급 특전 무구의 장비 스킬이니 상급 직업인 당신이 자력으로 저항하는 건 힘들 걸요?"

뭐, 라고…….

"손을 쓰진 않을 거지만 움직이면 곤란하니까요. 쓸데없는 짓을 하지 않으면 모레까지 굴러다니다가 관헌에 붙잡히는 정도로 끝나겠죠."

여자는 마지막으로 달라진 목소리로 이렇게 말했다.

"──쓸데없는 짓을 하지 않으면 말이에요."

내 손바닥에는 기동된 [젬]이 있었다.

"어, 어어어어어어어……!!"

나는 소리 질렀지만 알아들을 수 없는 소리만 나왔고.

마지막까지 이쪽을 돌아보지 않은 채 손을 흔드는 여자의 뒷모습을 보면서.

지근거리에서 작동된 《크림존 스피어》를 제대로 맞아──.

□알터 왕국 제2왕녀 엘리자베트 S 알터

정신을 차려보니 나는 마리에게 업혀 있었다.

방금 전까지는 저녁인 것 같았는데 지금은 해가 완전히 진 시간이었다.

"아, 깨셨나요?"

"음. ……나는 왜 업혀 있는 거지?"

"지쳐서 잠들어버린 거예요. 오늘은 잔뜩 놀았으니까요~."

그럴지도 모른다.

그렇게 마음껏 논 것은 태어나서 처음이었다.

"이제 곧 기데온 백작의 저택에 도착할 거예요."

"그렇다면 슬슬 내 다리로 걷겠다. 업힌 채로 가면 왕녀의 위엄을 나타낼 수가 없으니."

"네."

마리의 등은 아쉬웠지만 내려서 내 다리로 걷는다.

기데온 백작의 저택은 벌써 보였다.

"여기까지면 된다. 이제부터는 나 혼자서도 걸어서 갈 수 있다."

"그래요. 제가 더 이상 다가가면 경비병에게 심문당할 것 같으니까요."

"마리."

나는 마리의 눈을 보고 결심한 뒤 말했다.

"고마워."

그것은 내가 기억하는 한, 처음 한 말이었다.

분명 누군가에게 한 적도 없었고, 할 기회도 없었던 말.

"별말씀을요."

마리는 그렇게 말하고 미소를 짓고 나서, 이유는 모르겠지만 그녀가 쓰고 있던 여우 가면을 내게 씌워주었다.

"저도 이쪽에서 좋은 추억을 만들었어요. ……언젠가 또 만나도록 해요."

"음! 또…… 반드시 또 만나자!"

이렇게 내 기데온에서의 휴일은, 함께 추억을 만든 휴일은 끝났다.

백작의 저택으로 돌아간 뒤, 나를 찾으며 돌아다닌 모양인 릴리아나와 다른 사람들에게 엄청, 엄청 혼났다.

하지만 릴리아나의 눈에는 눈물이 보였기에 분명 진짜로 나를 걱정해주었다는 것을 알 수 있었다.

"미안해."

그렇게 말하자 왠지 모르겠는데 엄청 놀라긴 했지만.

오늘 하루만에 내 무언가가 변했다고 한다면 그건 분명 마리 덕분일 것이다.

변한 내게는 목표가 있다.

언젠가 언니, 테레지아와 함께 이 기데온에서 다시 관광을 하는 것.

그러기 위해서는 우선 산더미처럼 쌓여 있던 공무를 해야 한다.

◇ ◇ ◇

☐알터 왕국 법복백작 알자르 브리티스

한밤중, 나는 혼자서 왕국 안 서고에서 작업을 하고 있었다.

반년 전에 있었던 전쟁 이후, 영지를 반납하고 나서는 계속 이렇게 서류와 숫자를 정리하고 있다. 그것이 지금 내가 맡은 일이기 때문이다.

그렇다고 해도 영지를 운영하는 것에 비하면 나 혼자 맡을 수 있는 일은 가벼운 편이다.

그래서 나도 모르게 아직 손대지 않았던 일도 해버리는데……오늘은 일에 너무 집중한 모양이다.

이곳 조명은 매직 아이템이라서 연료비가 들지는 않지만……그래도 슬슬 마무리하는 게 좋을 것이다.

내가 그렇게 생각하고 있자니.

"알자르 브리티스 백작."

누군가가 내 이름을 불렀다.

목소리가 들린 쪽을 보니 그곳에는 여자 한 명이 있었다.

까만 남장 차림에 실내인데도 불구하고 선글라스를 끼고 있는 수상한 여자.

암살자나 자객이라고 생각하는 게 자연스럽겠지만, 나는 그런 생각이 들지 않았다.

"결투도시 기데온에서 생긴 에리…… 엘리자베트 전하 건에 대해 할 이야기가 있습니다."

"……들도록 하죠, 손님."

그리고 그녀는 이야기하기 시작했다.

제2왕녀의 가출.

기데온에서의 건달 소동, 눈앞에 있는 여자와의 만남.

기데온 거리에서의 관광.

그리고 다른 귀족── 아마도 기데온 영지의 이권을 노리고 있는 자가 고용한 암살자와의 싸움.

"그런가요, 그런 일이……."

꽤나…… 기묘한 형태로 진행되었군.

"저는 처음에 당신이 사건의 흑막이라고 생각했습니다. 암살자건 뭐건 당신이 손을 쓴 게 아닌가 하고요."

"어째서 그렇게 생각하셨는지요?"

"당신은 이 기데온에 인접한 브리티스 영지의 영주이자 선대 기데온 백작과는 견원지간으로 유명했죠. 그리고…… 반년 전, 전쟁 때 후계자였던 외동아들을 잃었고요."

그렇다. 그것은 틀림없는 사실이다.

"당신의 아들은 당시 열다섯 살. 성인식을 마친 상태라 왕국 귀족으로서 그 전쟁에 참전했습니다."

그렇다. 아들은 전쟁에 참가하여 당연하다는 듯이 죽었다.

"그때, 당신은 무슨 생각을 하셨을까요."

선글라스 너머로 나를 지긋이 바라보고 있는 시선이 느껴졌다.

"당신의 아들과는 다르게, 기데온 백작가는 대리인이 될 아들이 성인식을 치르지 않았기에 참전하지 않았습니다. 결과적으로 대리인인 무관이 죽었을 뿐이죠. 그리고 브리티스 백작에게는 후계자도, 영지도 남지 않은 것에 비해 기데온 백작은 선대가 죽은 뒤에도 당대로 이어졌고, 영지도 지금 왕국 안에서는 가장 융성하고 있고요. 당신은 어떻게 생각하셨나요?"

그녀는 말을 끊고 숨을 들이마신 뒤 단숨에 말했다.

"'기데온 백작에게는 축복받은 영지가 있다. 미래를 맡긴 아들도 있다. 나도 지금까지 열심히 왕국에 충성을 다해왔다. 그런데 어째서! 어째서 내게는 아무것도 남지 않은 거야!'"

그렇게 무대에서 연기하는 것처럼……. 언젠가의 나를 복사한 것처럼, 그녀는 그렇게 말했다.

"당신이 그렇게 생각하더라도 무리는 아니겠죠."

"……마치 직접 본 것처럼 말하는군. 자네와는 지금까지 만난 적도 없을 텐데."

"정보로 입수한 인물상에 대사를 더하니 이렇게 되었거든요."

그래, 그거 꽤 뛰어난 상상력이군. 말한 내용까지 거의 맞아떨어졌다.

나는 분명 그렇게 생각했고, 실제로 방에서 혼자 그렇게 통곡했던 적도 있었다.

그렇군, 그런 생각까지 도달했다면 내가 흑막이라고 생각하는 것도 당연하다.

"그렇다. 나는 모든 것에 분노를 퍼붓고 있었다. 왕이 생각 없이 도전한 전쟁으로 인해 아들이 죽은 고통 탓에 왕족에게, 아들의 곁에 있으면서도 아무것도 지켜주지 못했던 탓에 근위기사단에게, 그리고 내가 잃은 모든 것을 여전히 가지고 있는 탓에 그 기데온에게…… 분노를 퍼붓고 있었다."

그래서 그 모든 것에 복수하려는 계획을 세웠다.

그것은…….

"하지만 당신은 자신의 그런 감정이 잘못된 원한이라는 것을 이해하고 있었어요. 원한을 퍼붓는 것도 잘못이라고 '절반'은 그렇게 생각하고 있었죠."

──아, 그것까지 알고 있는 건가.

"아닙니까?"

그녀는 확인하는 것처럼 내게 물었다.

내가 그 말에 어떻게 대답해야 할까.

선택한 것은…… 그저 나 자신의 심정과 사실을 말하는 것이었다.

"……나는 왕가에게도, 근위기사단에게도, 기데온 백작에게도 어떻게 복수해야 할지 고민하고 있었다. 하지만 자네가 말한 것처럼 그것이 잘못된 원한이라는 것도 알고 있었네."

그럼에도 불구하고 아무것도 하지 않을 수는 없었다. 이대로 끝내기에는 원통함이 너무 컸다.

"그래서 하늘에 맡기기로 했다."

"그렇겠죠. 그래서 당신은 불확실한 계획을 세웠어요."

그녀는 손가락을 세 개 펴보였다.

"포인트는 세 개. 에리에게 기데온의 즐거움을 알려주면 그녀가 공무를 내팽개치고 저택을 빠져 나갈지. 근위기사단의 임무를 방해하더라도 그들이 임무를 제대로 수행할 수 있는 집단인지. 그리고 앞서 말한 두 가지가 제대로 되어서 에리가 기데온을 돌아다니더라도 무사할 정도로 치안이 바로 잡힌 도시인지. 이런 것들 중 하나만 달성된다면 그들은 자신과 마찬가지로 제대로 의무를 다하고 있고, 자신이 뒤집어쓰게 된 모든 결과는 그저 자신에게 원인이 있다…… 그렇게 생각한 것 아닌가요?"

그렇다.

세 왕녀 중에서도 자유분방한 엘리자베트 전하에게 기데온에 대해 과장을 섞어 말했다.

근위기사단의 호위임무에 지장이 생기게끔 일부러 잘못된 서류를 보냈다.

그 두 가지로 '왕녀가 저택을 빠져나갈 확률'을 높였다.

내가 한 것은 그것뿐이었다.

"모든 것에 문제가 있을 때만 왕족인 에리가 해를 입고, 근위기사와 기데온 백작의 책임 문제가 되겠죠. 당신은 모든 것에 복수를 하게 되고요."

내 생각이 잘못된 원한인지, 아니면 그들에게 원인이 있었는지 하늘에 물었다.

"계획이라고도 할 수 없는 거고, 반드시 그들에게 원인이 있어서 생기는 사태도 아닙니다. ……그래도 9할 정도는 성공할 뻔했지만요."

"하지만 끝장이 나진 않았을 터인데?"

"네. 왕가에게도, 근위기사단에게도, 기데온 백작에게도……
에리 자신에게도 이번 건은 '제멋대로 구는 왕녀님이 가출해서
기데온 관광을 만끽했다' 정도에 불과하겠죠."

"……고맙군."

그녀의 말을 듣자 내 입에서는 생각지도 않게 감사의 인사가
나오고 있었다.

"왜 인사를 하시죠?"

왜 인사를 한 걸까, 생각하는 것보다 먼저 마음이 말하게 하고
있었다.

하지만 잠깐 생각해보아도 역시 인사를 하는 것에 도달했다.

"당신 같은 사람이 운 좋게 전하 옆에 있어서 목숨을 구해준
덕분에 납득할 수 있었기 때문이다."

그렇다, 이번 사건에서의 우연.

그것이 내게 해답이 되었다.

"그저 운이 나빴던 거였어."

아들이 죽은 것도, 영지의 빈곤함도, 전부…… 그 말 한마디
로 끝난다.

왕국의 누군가가 잘못한 것이 아니다.

나 말고 누군가에게 원인이 있는 것이 아니다.

그저 운이 나빴을 뿐인 것이다.

"이 결과는 누구를 원망할 만한 것이 아니야. 아들은 전쟁에
나갔다가 운이 나빠 죽었다. 영지에서는 운이 나쁘게 역병이 창
궐했지. 누군가가 잘못한 것이 아니었어. ……나는 그 사실을

납득하기 위해 꽤나 의에 반하는 짓을 저질러버렸군."

"그렇네요. 에리의 목숨을 주사위 대신 사용했으니 저도 생각이 있습니다."

아, 엘리자베트 전하를 간접적이나마 해치려고 했던 것이다.

전하는 자유분방하긴 하지만 본질적으로는 자상하신 분.

그런 그녀를 시금석으로 삼으려 했던 것이다, 나는.

"그래도 말씀드렸죠? 이 건은 누구에게나 '왕녀님이 가출했다'일뿐이에요."

그렇기 때문에 이 건에 대해서는 누군가를 처벌할 수가 없다.

그저 엘리자베트 전하가 잔소리를 듣고 끝날 것이다, 그녀는 그렇게 말했다.

"하지만 그래서는……."

"반성한다면 에리에게 속죄한다는 생각으로 일을 열심히 해주세요. 우선은 이거부터."

그녀는 그렇게 말하고 내게 서류 세 다발 정도를 던져주었다.

"이건?"

"에리에게 암살자를 보낸 보로젤 후작의 부정행위 증거와 기록을 대충 모아왔습니다. 서류를 정리하다 발견했다든가 하는 이유를 붙여서 혼내주세요."

깜짝 놀랐다. 이건 원래 귀족 가문의 비밀 금고 같은 곳에 엄중히 보관되는 물건이다.

그녀는 왕녀를 지켜준 다음에 곧바로 보로젤 후작 영지로 가서 이걸 손에 넣은 뒤 이쪽으로 온 모양이었다.

"그러면 제 볼일은 끝났으니 이만 돌아갈게요."

"잠깐만요. 당신은 대체 누굽니까?"

내가 묻자 그녀는 살짝 미소를 지은 뒤── 이렇게 말했다.

"지나가던 기자입니다."

그렇게 그녀는 안개가 바람에 쓸려가는 듯이, 그림자가 햇살로 인해 사라지는 듯이 떠났다.

◇ ◇ ◇

□■[기자] / [절영] 마리 애들러

에리와 보낸 하루가 지나고 다음 날, 저는 기데온에서도 인기가 많은 가게라고 소문난 가게의 테라스석에 엎드려 있었습니다.

"……힘들다."

원인은 분명합니다. 어제의 피로가 남아 있는 겁니다.

티켓 입수, 에리와의 데이트, 에리를 노리는 암살자 토벌, 진범인 보로젤 후작의 부정행위 증거 모으기, 브리티스 백작과 나눈 이야기…… 이걸 전부 하루 만에 한 겁니다. 게다가 뒤쪽 세 개는 해가 진 뒤에 한 거라고요.

그야 말이죠, 저는 초급 직업이에요. 합계 레벨이 500은 넘는다고요.

스테이터스도 순수 전투형 초급 직업 정도는 아니지만 엄청나게 높다고요. AGI는 다섯 자리를 넘었으니 초음속으로 움직일 수 있다고요. 슈퍼스러운 우먼이라고요.

그래도 HP하고 체력은 다르고, MP, SP와 정신적인 피로도 마찬가지로 다른 거라고요. 졸리기도 하고.

그래도 느긋하게 잘 수는 없죠. 오늘은 기다리고 기다리던 이벤트, 〈초급 격돌〉 당일입니다. 레이 일행하고 만나기로 한 약속도 있으니 깜빡 잠들 수도 없거든요.

"레이, 라."

그와 처음 만난 건 〈노즈 삼림〉, 제가 살인청부업자로 활동하고 있었을 때였습니다.

제가 살인청부업자 이능 배틀 만화의 주인공인 마리 롤플레이를 하면서 그녀를 실감하는 과정에서 절대로 빠뜨릴 수 없었던 것이…… 살인청부업자로서 사람을 죽이는 행위였습니다.

하지만 티안은 살아 있는 사람과 마찬가지로 지성을 가지고 있죠.

살인청부업자로서 그런 상대를 죽이는 것은 역시 꺼림칙했습니다(어제 그 암살자 같은 녀석들은 별개라고 생각합니다만).

그래서 제가 선택한 것이 죽여도 죽지 않는 〈마스터〉 전문 살인청부업자라는 길입니다.

티안과는 다르게 되살아나고, 애초에 진짜로 목숨을 잃는 것도 아닙니다.

롤플레이로써 살해하기에는 문제가 없는 상대라고 할 수 있습니다.

그리하여 천지에서 [은밀], [영(影)] 등의 은밀 계통 직업의 수행을 쌓고 시련을 달성하여 초급 직업인 [절영]이 된 저는 PK 전문 살인청부업자로서 일을 계속하고 있었습니다.

참고로 은밀 계통을 선택한 것은 만화에 나오는 마리와 전투 스타일이 비슷했기 때문이죠. 그녀도 작중에서 변장이나 분신을 하게 했었으니까요.

일의 달성률은 높았고, 실행해나가는 과정에서 지금까지는 알지 못했던 '암살을 그리는 법'을 배워나갈 수도 있었습니다.

현실과 덴드로, 양쪽에서 이익을 챙길 수 있는 멋진 일이었습니다.

……만 명 단위로 티안을 무차별 살해하여 국제 지명수배된 〈초급〉, [역병왕(킹 오브 플레이그)]이 타깃이었을 때는 죽는 줄 알았습니다.

겨우 쓰러뜨려서 '감옥'으로 보낼 수는 있었지만요.

바로 전에 했던 일인 〈노즈 삼림〉에서의 초보 PK 때였습니다.

의뢰인이 누군지는 저도 몰랐지만 제 실력을 높이 사서 꽤 큰 금액을 제시했습니다.

저는 무차별적이고 거의 대부분이 초보라는 내용에 다소 꺼려지긴 했지만, 반대로 말하자면 그런 암살은 지금까지 해본 적이 없었습니다.

또한, 인투 더 섀도우에서도 '암살자 집단의 미숙한 제자들을 일방적으로 유린한다'는 전개가 있었던 것을 떠올리고 '이것도 마리를 움직이는데 도움이 될지도 모른다'고 생각하며 시험 삼아 죽여보기로 했습니다.

그렇게 저는 〈노즈 삼림〉에 들어온 〈마스터〉들을 한 명도 남김없이 타깃으로 삼아 살해하는 일을 맡았고…… 노리고 있던 타깃 중에 레이가 있었습니다.

그때, 저는 그에게 흥미를 느꼈습니다.

우선, 초보이면서도 제 〈엠브리오〉의 공격을 한 번 당한 뒤에 살아 있었다는 것.

두 번째 공격을 막아내고, 세 번째 공격까지도 기력으로 튕겨낸 것.

마지막에는 《검은 추적》과 《푸른 산탄》을 섞은 탄환 생물로 인해 데스 페널티를 받게 되었습니다만, 중요한 것은 결과가 아닙니다.

그렇게 행동했을 때, 그의 표정과 감정이 중요했습니다.

눈앞에 있는 죽음(데스 페널티)에 저항할 때, 그는 **살아** 있었습니다.

네, 그야 살아 있겠죠. 저도 살아 있습니다.

하지만 그런 말이 아닙니다.

그는 진지하게 살아남으려 하고 있었습니다.

이 〈Infinite Dendrogram〉 속에서.

본인이 자각하고 있는지는 모르겠습니다만, 그는 이 〈Infinite

Dendrogram〉에서, 게임 속에서, 진지하게 살고 있었던 겁니다.

저처럼 오랫동안 이 안에서 지낸 결과, 그렇게 된 플레이어는 있습니다.

모 종교 단체처럼 처음부터 게임이라고 생각하지 않고 들어오는 사람들도 있습니다.

하지만 그는 아니었습니다. 초보, 루키, ……그럼에도 불구하고 제가 지금까지 보았던 수많은 플레이어들보다도 훨씬 진지하게 살고 있었습니다.

그게 정말 흥미로웠고, '혹시나 그를 보고 있으면 내가 부족한 무언가가 채워지는 것 아닐까', '내 마음속에 있는 마리가 움직이지 않을까', ……그런 예감이 들었습니다.

그 이후로, 저는 데스 페널티에서 복귀했을 레이를 찾아다녔습니다.

그러던 도중에 왠지 모르겠지만 전함을 탄 모피…… 아니, [파괴왕]의 습격을 받아 〈노즈 삼림〉이 소실되는 사건도 있긴 했습니다만, 저는 레이와 그의 〈엠브리오〉인 네메시스를 발견했습니다.

루크 군과 이야기하고 있던 그들에게 지나가던 척하며 말을 걸었고, 그 뒤로도 파티 멤버로서 잠입했습니다.

그렇지, 그동안에도 제 직업은 계속 [절영]이었죠.

은밀 계통의 패시브 스킬 중에는 《은밀 은폐》라는 것이 있습니다.

메인 직업으로 은밀 계통 직업을 선택하고 있어도 은밀 계통 직업 레벨보다 낮은 직업, 미리 얻은 직업 중에서 가장 레벨이 높은 직업이 보이게끔 하는 효과죠.

그래서 제 레벨은 [기자](와 다른 직업 하나)만 보이고, 스테이터스도 그에 맞게끔 보일 겁니다. 파티 멤버들에게는 은폐를 해제시킬 수도 있지만 레이의 파티에 잠입하는 것이 목적이었기에 해제하지는 않았습니다.

……그로 인해 [기자]의 경험치 증폭 패시브 스킬《펜은 칼보다 강하다》를 어떻게 할지에 대한 문제가 있었습니다.

네, 사실 간단한 겁니다. [기자]로 바꾸면 패시브가 발동됩니다.

하지만 메인 직업을 은밀 계통에서 다른 직업으로 전환하면 합계 레벨 은폐가 해제되어버립니다. 그러다 들키면 말도 안 되겠죠.

그래서 직업은 [절영]인 채로 일정 시간 파티의 경험치를 증폭시키는 아이템을 몰래 써서 같은 효과를 얻을 수 있게끔 했습니다.

비싸긴 하지만요. 효력이 30분 지속되는데 10만 릴이 듭니다.

하지만 그 정도 비용은 감수해야 한다고도 생각했습니다.

……초보 사냥으로 돈을 받아버렸고요.

돌아보니 죄책감이 컸기에 '하지 말걸 그랬다'라고 생각하는 것과 동시에 하지 않았다면 레이를 찾아낼 수 없었을 테니 복잡하네요.

그렇게 파티 멤버로서 함께 행동하고 여행을 하다가 그 싸움이 벌어졌습니다.

고블린 무리, 그리고 우두머리였던 [대장귀 갈드랜더]와의 싸움.

[갈드랜더]는 강한 〈UBM〉이었습니다.

〈UBM〉에게도 자질 같은 것은 있습니다. [갈드랜더]는 제가 지금까지 쓰러뜨렸던 두 마리보다 레벨이 낮은 것 같았지만 그 잠재능력은 상당하다고 짐작했습니다.

그리고 낮은 레벨이라고 해도, 초보인 레이와 루크 군과 비교하면 훨씬 강한 괴물입니다.

일화급 〈UBM〉이라고 해도 원래 〈상급 엠브리오〉의 〈마스터〉가 필요합니다. 그런 경우에도 승산은 5할 정도입니다.

그런 존재와 〈하급 엠브리오〉, 그것도 멤버가 다 차지도 않은 파티가 맞서면 승산은 없죠. 가능성이 없습니다.

있다고 한다면 제가 위장을 벗어던지고 싸울 수밖에 없었을 겁니다.

하지만 저는 그걸 선택하지 않았습니다.

싸우면 정체를 들켜버린다. ……그것도 선택의 이유이긴 했습니다만 주된 원인은 아닙니다.

보고 싶었던 겁니다.

그 숲에서처럼, 자신의 힘을 뛰어넘어 승산이 없는 강자에게 레이가 어떻게 행동할지.

그것을 보고 싶었습니다.

저는 [기자]인 상태에서도 가능한 범위에서만 움직였습니다.

순수한 그의 행동과 그 결과를 보기 위해서.

그리고 그는 제 자그마한 기대와 예상을…… 뛰어넘었습니다.

도망치지 않는다.

티안이라고 해도 사람들을 저버리지 않는다.

강대한 힘에 눌리더라도, 예상이 빗나가더라도, 결코 포기하지 않는다.

마지막 순간까지 가능성을 모색하고, 잡아내어 그 [갈드랜더]를 쓰러뜨린 것입니다.

저도 마지막에는 약간 손을 써버렸지만 그건 사소한 것에 불과하겠죠.

그때, 모든 것을 내던져 [갈드랜더]에게 승리한 순간의 레이.

그의 모습을 보았을 때, 가슴이 뛰었습니다.

이 〈Infinite Dendrogram〉에서 '살아 있는' 그.

그리고 생각했습니다.

앞으로도 그를 지켜보고 싶다고.

[기자]로서, 만화가로서, 마리로서, 저로서, 그를 계속 취재하고 싶다고.

"취재 같은 거 이전에 마음에 들어버렸지만요~."

솔직히 말하면 제 정체까지 말하고 PK한 것에 대해 사과하고 싶어요. 평범하게 친구가 되고 싶어요.

하지만.

"……레이 씨하고 네메시스는 저에 대한 복수를 우선적인 목표로 삼고 있죠."

그는 기데온까지 오는 도중에도, 기데온에서 뒷풀이를 할 때
도 말했습니다.

첫 데스 페널티 이야기와 그 상대── 제게 '언젠가 반드시 이
기겠다'는 마음가짐. 듣고 있자니 등에 식은땀이 계속 흘렀습니
다.

"지금 밝혀버리면 결심에 찬물을 끼얹게 될 것 같으니…… 두
분의 의욕을 떨어뜨리고 싶진 않거든요……."

제가 [파괴왕]에게 쓰러졌을지도 모른다고 생각했을 때 네메
시스의 반응을 보니 저에게 복수하려는 의지는 상당한 것 같습
니다.

그리고 무엇보다, 레이는 진지하게 눈앞에 있는 일을 돌파하
려는 그 모습이 제일 멋지니까요.

그러니 지금은 두 사람의 목표를 방해하지 않고, 언젠가 두 사
람이 강해졌을 때 상황을 봐서 다시 정체불명의 PK로 등장한 다
음 승부를 내도록 하죠.

그때는 두 사람이 원하는 대로. 온 힘을 다한 진검승부로.

저는 그런 생각을 하면서 길을 따라 걸어오는 낯익은 〈마스터〉
와 〈엠브리오〉…… 제가 끌린 사람들에게 손을 흔들었답니다.

Episode End

곰『중기에 이어 후기 시간이다곰~! 매번 친숙한 곰 형님이다곰~.』

고양이 "3권에서는 이 코너밖에 분량이 없는 체셔야~!"

곰『아, 벌써 3권 째다곰.』

고양이 "독자 여러분께서 많이 도와주셔서 무사히 책을 내고 있습니다~."

곰『처음 회의 때 '매출이 안 좋아도 3권까지는 내고 싶네요'.』

곰『3권 정도면 제1부까지는 정리할 수 있을 것 같은데요'라고 한 게 그립다곰.』

고양이 "볼륨을 생각해보면 3권 안에 어떻게 다 담을 생각이었을까."

고양이 "보신 대로 페이지를 좀 두껍게 받긴 했는데요⋯⋯."

고양이 "⋯⋯지금부터 사건 시작이야! 3권에서 제1부가 끝날 리가 없잖아!"

곰『특히 이번 3권은 레이가 딱히 무언가 한 게 아무것도 없다곰.』

고양이 "근황 이야기하고, 먹고, 근황 이야기하고, 먹고, 관전한 거밖에 없지!"

곰『뭐, 먹은 건 거의 다 네메시스이긴 한데.』

고양이 "커버 일러스트에 나온 덧니가 반짝일 것 같네~."

곰『그런 관계로 3권에서 끝났다면 엄청나게 다이제스트스러웠을 거다곰.』

고양이 "피가로 VS 신우 같은 건 짤렸을지도 모르겠네."

곰『아니면 그 백의가 나온 부분에서 '우리들의 싸움은 지금부터다!'라고 끝내거나?』

고양이 "그건 끝낸 게 아니지?!"

우 "그렇게 되지 않았으니 독자 여러분께 감사해야지."

곰 · 고양이『"……누구야?"』

우 "[시해선] 신우다. 3권 이후에도 필요할 때는 후기에 참가할 거야."

고양이 "오호…… 다시 말해 내 얼마 안 되는 분량을 더 뺏기게 된다고?!"

우 "대호평인 만화판에서도 분량이 짤렸지, 너."

고양이 "그 말은 하지 마! '1화 표지에서 건방진 표정을 짓고 있는 이 고양이는 뭐지?'라는 말은 하지 마!"

우 "만화판은 코믹파이어에서 연재중이다. 니코니코정화도 잘 부탁한다."

고양이 "내가 할 예정이었던 선전까지 뺏겼어!"

고양이 "피가로의 내장뿐만이 아니라 분량까지 도둑질하다니, 무슨 도적이냐!"

우 "아니, 이 작품의 도적 담당은 내가 아니라 다른 녀석이거든?"

곰 (……후기에 등장하자마자 익숙해졌네.)

곰『3권의 삽화에서 무대에 서더니, 여기에서도 무대에 서냐, 달심.』

우 "누가 달심이야."

곰『팔다리가 늘어나고, 불꽃을 다루고, 텔레포트를 사용하면서 싸우니 너는 달심이다곰.』

우 "……요가는 안 해. 그리고 나는 여자거든."

고양이 "강시에다 여자라면 그건 그것대로 격투 게임 캐릭터 스럽지만 말이야!"

곰『참고로 작가는 달심하고 비슷하다는 걸 등장하고 나서 한참 뒤에 깨달았다고 한다곰.』

고양이 "자, 여기서 매번 보시던 작가의 진지한 코멘트 타임입니다."

독자 여러분, 구입 감사드립니다. 작가인 카이도 사콘입니다.

이 부족한 작품도 드디어 세 권째. 이후로 속간 예정도 있어서 여러분 덕분에 안심하고 계속 집필할 수가 있습니다. 정말 감사드립니다.

자, 이 제3권에서는 앞서 나온 두 권과 비교하여 큰 차이가 두 가지 있습니다.

첫 번째는 주인공 레이 스탈링이 아닌 다른 캐릭터가 메인인 이야기가 수록되어 있다는 것.

한 사람의 시점에서는 보이지 않았던 이야기로 인해 작품 세계의 전체 모습이 확대되어 독자 여러분께서 즐기실 수 있었다면 좋겠습니다.

두 번째는 한 사건이 이 제3권에서 끝나지 않았다는 것입니다.

피가로와 신우의 대결과 루크와 마리의 외전. 그러한 에피소드는 3권에서 완결되었습니다만, 어떤 대사건이 3권에서 4권으로 이어집니다.

혹은 제1권 시점에서 시작되었다고도 할 수 있는 한 인연.

〈Infinite Dendrogram〉 제1부, 최대의 사건을 그리는 다음 권을 기대해주십시오.

카이도 사콘

고양이 "이렇게 후기도 끝날 시간입니다~."

곰 『4권에서는 이 3권에서 얌전했던 레이도 활약한다곰.』

우 "······어라? 방금 체셔에게는 그렇게 말하긴 했는데, 나는 4권에서 어떻게 되지?"

곰 『3권 마지막 부분을 놓고 보면······ 네 분량은 어떻게 될까.』

고양이 "결계 안에서 잠들어 있도록 해! 분량은 못 줘!"

곰 『어찌 됐든 내 분량은 안심이다곰(본편 개근상).』

고양이 "뭐, 이렇게 제3권의 뒷이야기인 제······."

우 "제4권은 여름에 발매 예정이다. 잘 부탁한다."

(일본 현지)

고양이 "또 선전을 뺏겼어──?!"

역자 후기

안녕하세요. 천선필입니다.
인피니트 덴드로그램 3권, 재미있게 읽으셨는지 모르겠습니다.

이번 3권은 큰 내용 하나, 자잘한 외전 둘, 이렇게 나뉜 내용
이었습니다. 개인적으로는 이런 외전틱한 내용을 좋아하는 편
이기에 1권, 2권 초판 부록으로 들어갔던 외전 분량이 아쉽다
싶었는데 이번 3권에는 분량이 꽤 되는 외전이 나오니 마음에
듭니다. 독자 여러분께서는 어떻게 보셨는지 모르겠네요.

그런 외전에서 잠깐 나온 내용입니다만 인피니트 덴드로그램
은 통일 서버 방식을 택하고 있는 것 같습니다. 현역 활동 유저
숫자가 수십 만, 접속 시 플레이타임이 비교적 긴 MMORPG의
특성을 생각하면 최대 동시 접속자 숫자는 아무리 적어도 몇 만
명은 넘겠죠.

그렇게 많은 유저들과 실시간으로 트래픽을 주고받으며 처리
하는 서버는 관리 AI 못지않은 괴물일 것 같다는 생각도 듭니다.
거의 현실과 비슷할 정도로 뛰어난 유저 경험을 제공하는 인피
니트 덴드로그램의 특성상, 그렇게 주고받는 트래픽의 크기도
상당할 테고요.

그리고 속도, 이번 3권 본편 내용은 〈초급 격돌〉, 이른바 정상급 플레이어들의 PVP 대결이었습니다. 묘사를 보면 초음속 공격, 회피 등이 나오는데요, 이 또한 전부 서버에서 처리한다면 그 서버의 연산 속도는 당연히 그보다 더 빨라야겠죠. 플레이어에게서 트래픽을 받은 뒤, 다시 돌려주어야 하니까요.

PVP의 경우 통신 속도 및 연산 처리로 인한 지연을 방지하기 위해 서버를 거치지 않고 플레이어들끼리 직접 연결시키는 P2P 방식을 사용하는 케이스도 있긴 합니다만 그럴 경우 부정행위(주로 핵)가 개입될 여지가 생기는지라 요즘은 지양하는 추세입니다.

물론 지금 시점과 근미래인 작중 시점을 일률적으로 비교하는 건 무리가 있긴 하지만 그런 면에 떡밥 중 무언가가 숨겨져 있지 않을까, 그런 생각이 들곤 합니다. 복잡하게 생각하지 않고 그냥 이런 서버를 장만하려면 얼마나 들까(……), 이렇게 단순히 생각하면 말이죠. 보통 현실에서는 서버를 여러 대로 나누고, 그중에서도 기능별로 다시 나누기도 하니까요. 그런데 통일 서버라고 하니 너무 까마득해서 감이 잘 안 오는 부분이 있긴 합니다. '이해가 안 되는데. 무언가가 있을 것 같다!'라는 느낌이라고나 할까요. 시스템적인 부분 이야기는 앞으로도 나올 것 같으니 어떻게 설명할지 기대가 됩니다.

감사의 말씀 드리고 항상 영양가 없는 소리만 늘어놓는(……)

후기를 마치려 합니다.

언제나 고생 많으신 소미미디어 관계자 분들, 아버지, 어머니, 누나, 감사합니다. 항상 폐를 끼치고 있는 것 같아 죄송스럽기만 하네요.

그리고 여기까지 읽어주신 독자 여러분, 진심으로 감사의 말씀을 드립니다. 가끔 원고로 인해 지칠 때도 있지만 따스한 격려 한 번씩 해주실 때마다 매우 큰 힘이 되고 있습니다. 앞으로도 즐겁게 읽으실 수 있도록 더욱 노력하겠습니다.

2권 후기에서도 잠깐 말씀드렸다시피, 다음 4권은 3권에 이어 제1부라 할 수 있는 내용의 하이라이트가 될 듯합니다. 작가 분의 후기에도 나온 내용이지만 이번에는 별다른 활약이 없었던 레이(……)도 다음 권에서는 맹활약할 것으로 보이니 3권 〈초급 격돌〉에서 이어지는 4권 〈프랭클린의 게임〉, 충분히 기대하셔도 좋을 듯 싶습니다.

항상 건강하시고 행복하시길 바랍니다.
천선필

Infinite Dendrogram 3
© 2017 Sakon Kaidou
Originally published in Japan in 2017 by HOBBY JAPAN Co., Ltd.

인피니트 덴드로그램 3 초급 격돌

2017년 8월 15일 1판 1쇄 발행
2019년 4월 1일 1판 2쇄 발행

저　　자 카이도 사콘
일 러 스 트 타이키
옮 긴 이 천선필
발 행 인 유재옥
본 부 장 조병권
담당편집자 김민지
편집 1팀 정영길 김민지 이성호 조찬희
편집 2팀 김다솜
편집 3팀 박상섭 김효연
미　　술 강혜린, 박은정
라이츠담당 박선희, 오유진
디 지 털 최민성, 박지혜
발 행 처 ㈜소미미디어
인쇄제작처 코리아피앤피
등　　록 제2015-000008호
주　　소 서울 마포구 토정로 222, 403호(신수동, 한국출판콘텐츠센터)
판　　매 ㈜소미미디어
마 케 팅 한민지, 한주원
물　　류 허석용 최태욱
전　　화 편집부 (070)4164-3962, 3963 기획실 (02)567-3388
　　　　　판매 및 마케팅 (070)4165-6888, Fax (02)322-7665

ISBN 979-11-6190-023-0 04830
ISBN 979-11-5710-725-4 (세트)

팔남이라니, 그건 아니지!
4

Y.A　　　　　　　지음
후지 초코　　　　일러스트
강동욱　　　　　　옮김

새로운 동료 '빌마'도 가세하여 옛 둥지를 무대로 상속분쟁 비슷한 개척기의 막이 오른다!

◆초판한정◆
양면 커버
증정

© Y.A 2015
Illustration: fuzichoco

"그냥……. 따분하지 않게 하면 된대."

　벤델린의 파티 '드래곤 버스터'의 첫 모험은, 자칫 전멸할 위기에 빠지기도 했지만 멤버 각자의 활약으로 가까스로 종료. 그 결과 파티 멤버 모두가 국가예산과 맞먹는 엄청난 보수를 받게 되었다.

　—그리고, 그 막대한 보수가 이야기의 새로운 국면을 연다. 너무도 많은 액수의 돈을 어디에 써야할지 난감했던 엘, 이나, 루이제 세 사람은 블라이히뢰더 변경백작을 찾아가 의논을 하고, 블랜타크의 조언에 따라 남는 돈을 몽땅 벤델린에게 떠넘기자는 결론에 도달했다. 그 갈 곳 없는 자금을 어디에 쓸까 고민하던 블라이히뢰더 변경백작은 대륙남부의 광대한 대지의 개척에 주목한다. 그런 의도가 노골적으로 담긴 '마의 숲 위령 토벌'이라는 의뢰가 날아들어 오자 벤델린은 난색을 표하지만, 거절하기 힘든 배경 탓에 결국 승낙한다. 이렇게 해서 이야기는 옛 둥지 바우마이스터 기사작령으로 무대를 옮겨 벤델린은 본가의 상속분쟁에 발을 들이게 된 것이었다.

애니플러스에서 애니메이션 인기리 방영중!!!

어서 오세요 실력지상주의 교실에 4.5

키누가사 쇼고   지음
토모세 슌사쿠   일러스트
조민정   옮김

다난했던 특별시험을 무사히 마치고 드디어 진짜 여름방학이 찾아왔다──!!

◆ 초판 한정 ◆
쇼트스토리 리플릿
책갈피
포스터
증정

©Syougo Kinugasa 2016
Illustration : Tomoseshunsaku
KADOKAWA CORPORATION

"남자의 청춘 하면 훔쳐보기 아니겠냐!"

각자의 여름방학을 즐기는 학원 묵시록 특별편!!

이런저런 사건이 일어나면서도 여름 특별시험은 무사 종료. 고도 육성 고등학교 학생들에게도 드디어 진짜 여름방학이 찾아왔다. 하지만 여름방학을 즐기는 방식은 저마다 달랐는데──! 베일에 싸인 A&C반 학생의 의외의 일면을 그린 「이부키 미오는 의외로 상식인이다」와 「카츠라기 코헤이는 의외로 고민했다」. 갑작스러운 사고 때문에 시작된 호리키타 스즈네의 고난의 하루를 그린 「그러나 일상에 숨어 있는 위험성」, 사쿠라 아이리가 아주 살짝 용기를 낸 결과는? 「여난(女難), 재난의 하루. 천사 같은 악마의 미소」. 여름 하면 수영장이지! 「다른 반과의 교류회」. 그리고 시크릿 번외편 1편까지 수록!